谢六逸 全集

三

谢六逸 著
刘泽海 主编

贵州出版集团
贵州人民出版社

日本之文学（上）

《日本之文学(上、中、下)》

谢六逸著,长沙:商务印书馆,1940年3月版。

《谢六逸全集》以长沙商务印书馆1940年3月版为底本。

目　录

001　　编　例
001　　自　序

第一编　总论

003　　第一章　日本文学的发生
009　　第二章　日本文学的特质
016　　第三章　日本文学的社会性
024　　第四章　日本文学与外国文学的关系

第二编　诗歌

037　　第五章　古代歌谣
043　　第六章　《万叶集》
051　　第七章　和歌
076　　第八章　俳句

089	第九章　狂歌与川柳
094	第十章　新诗运动
150	第十一章　现代诗歌

第三编　小说

189	第十二章　物语
227	第十三章　历史物语
240	第十四章　战记物语
250	第十五章　江户通俗小说
268	第十六章　新小说的诞生
280	第十七章　小说的成长
298	第十八章　大正时期的小说
326	第十九章　昭和时期的小说
354	第二十章　新兴小说

| 374 | 人名索引 |

编　例

一、本书目的,在使读者了解日本文学的本体,故对日本文学各部门,均分别详述。

二、本书共分五编,别为三十章,二十余万言。首为总论,次依诗歌、小说、戏剧、散文四门分述。章末并附列参考书。日本文学的轮廓,大体已备。

三、日本文学作品,目下译成中文者甚少,叙述时如只提起作品的本身,而不明其内容为何物,仍不免有隔靴搔痒之感。故本书述及某种作品时,凡属主要者,均移译原作之全部或一部,以供参证欣赏。

四、日本文学在古代曾受中国文学的影响,明治维新以后,则受西洋文学的影响,均有研究的价值。在叙述上,本不应有轻重之别;但为引起读者的兴趣着想,稍偏重于现代部分。

五、本书初稿,原为编者在学校所用的讲稿,年来屡加增补。惟所知有限,缺漏之讥,在所难免,甚盼读者指教。

六、友人张香山、魏晋二君,留学东京时曾助我搜集资料,至为辛勤,附志于此,聊申谢意!

自　序

近来常听人说："我们不要把日本的国力估量得太高，也不可以估量得太低。"其实估量得太高或太低，都是大可不必的，因为估量得太高，就无异于表示自己的"怯"；估量得太低，就是表示自己的"骄"，怯与骄都是不行的！

我们对于日本的文化，把它估量得过高的人，可以说居极少数；把它估量得过低的，却不免大有人在。把日本文化估量得过低的人，不是说日本全无文化，就是说日本的文化是抄袭中国或欧洲的，因此抱着轻视的心理，不肯虚心去研究它，了解它，这种态度也是不行的！

关于研究日本应取的态度，在过去的贤哲，我们应该钦佩黄遵宪（公度）先生，他在《日本国志叙》里说道：

昔契丹主有言：我于宋国之事，纤悉皆知，而宋人视我国事,如隔十重云雾。以余观日本士夫,类能读中国之书,考中国之事。而中国士夫,好谈古义,足己自封,于外事不屑措意。无论泰西即日本与我仅隔一衣带水,击柝相间,朝发可以夕至,亦视之若海外三神山,可望而不可即,若邹衍之谈九州,一似六合之外,荒诞不足论议也者,可不谓狭隘欤?

轻视的态度,就是黄氏说的"足己自封,于外事不屑措意";可是当烽火四起的时候,我们就可以证明"于外事不屑措意",也是不行的。

在现今的学者之中,我认为周作人(岂明)先生的态度,最为公正平允,也是我们应该钦佩的。周先生曾说:

目下中国对于日本只有怨恨,这是极当然的。二十年来在中国面前现出的日本全是一副吃人相,不但隋唐时代的那种文化的交谊完全绝灭,就是甲午年的一刀一枪的厮杀,也还痛快大方,觉得已不可得了。现在所有的几乎全是卑鄙龌龊的方法,与其说是武士道,还不如说近于上海流氓的拆梢,固然该怨恨,却尤值得我们的轻蔑。其实就是日本人自己也未尝不明白。前年夏天我在东京会见一位陆军官,虽是初见,彼此不客气的谈天,讲到中日关系,我便说日本有时做的太拙,损人不利己,大可不必,例如藏本事件。

那中将接着说,说起来非常惭愧,我们也很不赞成那样做。(见《谈日本文化书》,《日本管窥》一九、二〇页)

日本在中国的暴行,原是野心的侵略者所主动的,看了周先生的话我们更明白。在那边的民众仅有我们的同志,他们迫于侵略者的淫威,原也无可如何,如因此把日本的文化一概抹杀,便不是客观的态度。

周先生又说:

本来据我想,一个民族的代表可以有两种,一是政治军事方面的所谓英雄,一是艺文学术方面的贤哲。此二者原来都是人生活动的一面,但趋向并不相同,有时常至背驰,所以我们只能分别观之,不当轻易根据其一以抹杀其二。如有因为喜爱日本文明,觉得他一切都好,对于其丑恶面也加以回护,又或因为憎恶暴力的关系,翻过来打倒一切,以为日本无文化,这都是同样的错误。(同前)

中国在他特殊的地位上特别有了解日本的必要与可能,但事实上却并不然,大家都轻蔑日本文化,以为古代是模仿中国,现在是模仿西洋的,不值得一看。日本古今的文化,诚然是取材于中国与西洋,却经过一番调剂,成为他自己的东西,正如罗马文明之出于希腊而自成一家,所以我们尽可以说日本自有他的文明,在艺术与生活方面为显著,虽然没有什么哲学思想。我们中国除了把他当作一种民族文明去公平地研究之外,还当特别注意,因为有许多地方足以供我们研究本国古今文化之参考。从实利这一点说来,日本文化也是中国人现今所不可忽略的一种研究。(见《关于日本语》,《苦竹杂记》二四〇页)

因为憎恶暴力,便抹杀一切,则凡百学术的研究都无从进行了。周先生的公正的意见,指示我们一条研究日本的路径。

再说到日本文学的研究,编者所取的态度,纯以客观为立场。就是既不夸张,也不抑贬。日本文学的原样是怎样,编者就还它一个怎样。因为,文学是人类所共有的。日本的国民文学,原是世界文学的一环。这其间并没有什么民族的恩怨,这本书就是在这个观点上写成的。本书出版,如对日本文化的研究,能够稍有裨益,编者的愿望就算满足了。

中华民国二十六年(1937)七月一日,谢六逸识于上海

第一编 总论

第一章　日本文学的发生

日本古代是没有文字的,其有文字,当在汉字传来以后,但汉字究在何时传至日本,似乎颇难确言。据一般的推论,以为在中国后汉的时候。根据《魏志》,曾载有耶马台女王卑弥呼的传说,可以想象到当时以筑前的娜津(现九州博多)为港口,与朝鲜、中国相交通的事实。所以在这时候,未必无汉字流入的可能。这种推论,因为缺乏确证,还不能作为科学的论断。

自此以后,约一世纪左右,到了应神天皇十五年,百济国王照古王派阿知吉师到日本,呈献马匹与经典,于是王子菟道稚郎子就从阿知吉师修习中国文学,然后又聘请王仁(和迩吉师)来朝讲学,得到了王仁所献的《论语》十卷、《千字文》一卷,于是日本国中,开始见到了汉文。这个史实,载于日本的文献之中,所以一般论者,多以应神天皇十五年,为日本始有汉字的时候。

我们知道,在汉字没有传入日本以前,日本人已开始过着村邑的氏族生活,在共同的集团生涯之中必然地有一种文学的产生。不过这种文学是有文学意识以前的东西,并且因为那个时候没有可记述的工具,所以是采取另一形式,就是用口传述,亦即一般所谓的传诵文学。

这种文学是怎样发生的呢?是以怎样的形态而出现的呢?

据我们所知,一般的文学史家对于日本文学的起源有三种说法:一种是信仰起源说,一种是感动起源说,一种是综合以上二种意见的学说。我以为最后一说,最为正确,因为它不但肯定了日本文学的特色,并且以比较文学史的方法,确立了日本文学的起源。

现在为了说明最后一说起见,有先述信仰起源说与感动起源说的必要。

我们知道,在日本的精神史中,有一种特有的宗教,即是神道,是对于人代以前的神代所起的虔敬之念。其实,在日本人中,当以上代人对神的敬虔最诚,因为这是古代社会的特征。

不过在日本上代人的观念里,觉得神并不是一种神秘的存在,是一种含有浓厚的人间性的东西。如果具体地说来,则所谓神者,即是"上""巅上"的意思,亦即是比人要优秀、高级、有力的东西,同时是最珍奇凶暴的东西,所以这种神并不是理想化了最高的典型,而是和普通人类相类似、相接近的东西。因此日本的上代人觉得神格是与人格相一致,一切的人,是属于神的,但卓越的人也有成为神的可能,并且时时能与神相往来。

在上代人看来,认为这些神是住在海阪的彼岸之"常世国"(Tokoyo)里,每当一年或数年之间,就有神(Marebito)到本土来访问,并且常带来一种词章,名曰"咒语"[注],向上代人宣告,上代人就记住了此种词章,暗暗默诵相传,一经过相当的年代,加上了固定的形式,就成为叙事诗的形式了。

[注]"咒语"或"咒词"是大和时代以前,就有了的一种传唱文学。所以,它的发生年代,不得而知。而且,因资料缺乏,一般的日本文学史,对于咒词,多不论及。作者当然也不敢臆测妄断。所以,本文亦只能介绍其大概。

原来,在日文中,"咒词"一语,是含有"祝贺"和"宣命"之意的。在日本古代,有一种所谓"祝贺"的事。这是一种移动的团体行为,在举行"祝贺"时,有一种口唱文,这就是咒词。

咒词的性质,不仅是祝贺。这是和日本人对神的信仰完全一致的;因为,日本人所信仰的神,不是一种空的幻想物,而是富于极深的人间性的。即所谓"人可以是神","神可以是人"的东西。所以,在"咒词"中,不单是祝贺,同时亦有宣命。这是因为一面对神祈愿而祝福,一面代神布教而宣命之故。

可是,随着社会的进化,"咒词"亦随着进化的分化而渐渐消灭了。如像对神的祈祷之部,成了后来的"祝词";皇帝告谕人民的诏书,依于"咒词"的分化,做成了"宣命"等。

总之,"咒词"是日本文学的胚胎,亦即是日本文学最古的雏形。

此种"咒语",不但有神向人所宣示的,并且还有上代人向神所奉答的,因此它成了两种形式,一种是"宣词"(即神所下宣者),一种是"寿词"(即是受者所奉答的)。但不久以后,"宣词"包括了"寿词"的要素，总称为"祝词"。

上代社会，因了国家意识的增进，遂有主上对于臣下所宣的宣词之发生，与臣下对主上誓言的往来，这种宣词与誓言的形式，都是袭用过去的咒语的，并因施用日多，其种类也就加多。在这种情形之下，本来是传达宣词的"神格"就被"人格"的主上所代替了。所以在基本上说来，那原始的咒语实是日本文学的起源。

以上的说法即是信仰起源说，是以土俗学、民俗学为依根的，在目前有很大的势力。至于感动起源说究是怎样的东西呢？按此种学说是立脚于心理学的，因为人是感情的动物，古代人的理智生活（宗教信仰）是没有感情生活那般强盛的，性欲、恋爱等一切的感动情绪，实是创造原始文学的动机。所谓有动于中，表之于言外的，就成为文学的起源。譬如《古今集》的序文所说"夫和歌者，托其根于心地，发其华于词林者也"，就是感动起源说的论调，普通西洋的文学史家对于文学的起源，亦以为感动起源说优越于信仰起源说，因为感情的生活要比理智的生活早些。不过这种学说，在日本文学的范围里，却似乎不能尽然，因为没有资料的证明；所以我以为用信仰起源说为中心，渗和感情起源说的综合说较为妥当，因为在日本文学的特殊情形里，这二种学说，并不是难以相容的东西。

我们知道由于对神的信仰所产生的神话与民间风习，实与恋爱、性欲等的感情生活，有着密切的关系，试看由于对神的信仰而起的"歌垣""嬥歌""祭""盆踊"等的风习，就能发现它所含有的感情生活。譬如在岩户之前的舞踏，有"占卜鹿骨""天朱樱"的行为，这当然是信仰生活的一种,但一方面也能看出这种舞踏所表现的感情,例如天钿女命的跳舞之动作,可以说是性的魔法,而且当时诸神的哄笑,也是表示着舞踏给与了他们以肉体享乐的感情,感到美满,所以这种宗教的行事,是与感情生活相结连着的。其次如祭神,不用说这当然是对神之祈愿的宗教生活,但我们能在寺社的周围找到游乐的场所,也正是表现宗教的信仰生活与感情生活的交织。还有祭神的当儿须读庄严的《祝词》与《神乐》,使神人间互相沟通,但是当我们细察当时遗留下来的《神乐》时,能发现许多自由的抒情歌与恋爱歌。这一点也可以证明二种生活的交织,他如性器官崇拜,更显示出此二种生活的一元化,所以把这二种生活隔离开来,说单单靠信仰生活的延长,发生了文学,是不可能的,实是从信仰生活里,加上了恋爱、性欲等的感情生活,才产生了文学的艺术的要素。换言之,即信仰的自身,是感动的、情绪的,所以认咒语是文学的起源是可以的,但不能机械地否认了感动说的要素。要知靠此二种的调和统一,才产生了原始的日本文学。试看咒语与宣词发达而成的祝词,究是何种形态,是抒情的呢(感动的主观的),是叙事的呢(信仰的客观的),并且与抒情文学究有何种关系,就能证实了上述的综合说之健全。

咒语在其本质上看来,的确与主观的表现纯粹感情的民谣相异,是一种发抒对国家平安、五谷丰穰的意志的东西,因此它不是纯粹的主观的抒情文学,但因为它是抒叙自己的意志的东西,所以也不是纯粹的客观的叙事文学,实可以称为叙事的抒情文学。尤其当咒语发达以后成为祝词时,我们试除去它的"序"与"结",看其本文时,能发现有二种部分的存在，一种是记述的部分，一种是发抒意志的部分。在这二种部分中，最有文学兴味的虽是客观的记述，但祝词的形态的本质，却是存在于发抒应实现的意志处，所以我们可以说从咒语发展到祝词的本质是抒情文学，是第一人称的文学，亦即从咒词到祝词的形态，表面上虽似叙事，实质却是抒情。所以我们若认为咒语、祝词是日本文学的起源，则抒情文学实是日本文学的原始形态，只少叙事的抒情文学是日本文学的原始形态。

依据以上的证明，我们可以得这样的结论，就是日本文学的起源是咒语，但这种咒语并不是单单的信仰生活所产生的，也是感情生活之所至，产于它的表现形态，也是综合的，是叙事的抒情文学，但以抒情的性质为强。后来此种原始文学渐渐解体，抒情部分独立时，就成为抒情诗，如柿本人麻吕的长歌（见《万叶集》）。所有的叙事部分独立时，就成为神话（如《记》《纪》中的神话），而其本身的律文的要素，渐成散文时，就成为《宣命》。这三种形态，它们的本质都各相同，是叙事的抒情文学，客观的主观的文学。

（参考书见第四章末）

第二章　日本文学的特质

所谓日本文学的特质就是横贯于日本文学中的精神，同时这种特质通过日本精神的艺术表现时也能发现。普通把这种特质分成两方面：一方面是表现的精神，一方面是内在的精神。换言之，前者是美的精神，后者是国民的精神。

所谓表现的精神是什么呢？它包含传统精神的"诚"（Makoto），调和的精神之"物之情趣"（Mono no aware），象征的精神的幽玄与"闲寂"（Sabi），以及其他的淡泊、"可笑味"（Okashimi）的精神。至于内在的精神，就是爱国忠君和武士道的精神。

日本自神武天皇到现在，已近二千六百年，神武天皇以前尚有悠久的神代历史，所以这样的民族就自然有一种尊重传统的精神；尤其在上一代人的心里，对于悠久的神代历史，抱着更虔敬的信仰，遵守着传统的精神。

作为传统精神的本质的，是"诚"。这"诚"就是日本原始文学中的特质，它意味着"真实"的意义。所谓真实，固然是如实地写实之意,但还含有在如实之中找出理想与道德的可能性,亦即真实不仅仅是种事实,而是在事实之上的正与善的东西。所以它还含有理想的倾向,同时这种"诚"因为发源于过着自然生活的上古人的心里,所以有素朴的性质。

所谓素朴的性质是什么呢?我们如果以内容形式的关系来说明时,它即是重内容的意味;如以表现来说,它即是还未经过洗练的意思。所以这种素朴的作品,在艺术的立场上看来,虽有未完成的痕迹,但充满着无限的泼辣精神。古典作品的《古事记》《万叶集》,江户时代的《假名草子》,真浦派的短歌,都是以"诚"为特质的作品。

平安朝以后,上述的直观的"诚"的精神,加上了情趣,遂成为"物之情趣"的精神。

所谓"物之情趣"即是以某物为对象,所激起的情趣之谓,亦即是因对象而引起的感动。本来这种感动在原始时代是直质的,对于强烈的感动、纤细的感动,都能激起情趣,但到后来渐被限定,仅用于纤细的优美的感动上,成为特殊的中古文学的精神。换言之,亦即起初在任何东西里都可发起美,一草或一木,但后来美的范围渐小,只能在樱、梅、女郎、花里可以发现美。所以中古的"物之情趣"的精神,是被固定化了的、被观念化了的,是以狭隘的优美(它有使内容与形式调和的精神)作为物的情趣的本质。

这种"物之情趣"的特质,为什么形成于平安朝呢?这不外两种原因:一种是由于京都的风景是优美纤弱的,没有雄壮的景观,一种是平安朝文学的主力军是宫女,她们的女性心理是优美与纤弱,缺少浑然的气概，所以靠了以上的两个原因就形成了"物的情趣"的精神，像《源氏物语》就是以"物之情趣"的精神为基调的作品。

当"物之情趣"被象征化了的时候，它就成为幽玄。所谓幽玄乃是从汉文中借用的名词，是指的物的本质的生命，例如骆宾王的《萤火赋》中道："委性命兮幽玄，任物理兮推移。"但这二字，一到日本，就失了原来的涵义，在平安朝当作神秘之意，及至俊成的时代，把它看成为静寂的美，因此建立了所谓幽玄的文学精神。

其实俊成的说法还未尽然，所谓幽玄的内质，实是静寂、妖艳、平淡诸美的变迁（亦有互相综合的时候，如《新古今集》歌的幽玄，是静寂妖艳的混合）。但其形式上，则一贯地重视余情，亦即有言外之意，余音袅袅的意思。

这种精神充满于镰仓时代的《新古今集》和室町时代的《能乐》里，尤以《能乐》，它的词章（即谣曲）、演技、假面具等，都充满了幽玄的精神。

江户时代，以芭蕉的俳句为中心，表现了"闲寂"的精神，这种"闲寂"在性质上是与幽玄相同的，是一种心情的象征。幽玄的情调的内容，含有静寂妖艳等的变迁，但闲寂则更为成熟。诗人去来曾说，凡一切作品（以俳句为主），其趣向取材虽见华丽，如果作者的观照气氛有静寂磊落之趣时，就成为闲寂。这种闲寂的体得，并不是仅靠管窥寂寞之心可得的，而是人生种种体验里所具备的人格的色相，亦即作家不仅是在自然的深奥里能把握闲寂，并且亦能在日常生活中把握到这种精神，所谓在平凡的小生活里，能过极大的生活的就是

"闲寂"的真生活,在一蓑一笠的平凡的旅程里,能体会到极大的生活,也就是"闲寂"的生活。芭蕉曾说,"悟崇高之心遂致返俗",就是表示真正体会闲寂之色相的人,都是在世俗之中,亦即遍尝了人生经历的人的人格上,具备有闲寂之色。

这种精神首先表现在西行的短歌里,但还不曾成熟,带着焦虑之感,到了芭蕉的俳谐,可云大成。

与闲寂相并立的,还有一种"淡"的精神,就是以平淡无味为极致的精神。此种精神以能淡泊地表现深蓄于心中的事物为理想。譬如以日本的"花道"为例吧,普通有所谓"一轮插"的一种,就是在没有什么装饰的屋里,在瓷瓶或其他盛物中插上一朵鲜花,表面看来觉得非常单纯,实际则复杂无穷,正同由七色的虹反射的白光一般,因为它虽然只有茫茫的白的一色,实则含有七色(复杂)的过程。故所谓淡白,实有无限的深意,再以俳句为例吧:

庭前,洁白地开着的山茶花呵!

鬼贯 作

这首俳句在没有经过复杂的单纯之心看来,只觉得有株山茶花,在庭前开着纯白的花,但在有复杂的经验的心看来,它是含有一切之色,而是被白的单纯的色彩所统一了的人生的究极,所以我们常听见有人论日本文学太平淡、太无味,这正是表示他没有理解到"淡"的深邃处。

其次，还有一种，"可笑味"的精神，在日本文学中占着重要的地位，所谓"可笑味"多见于平安朝的作品中，尤以《枕草子》为最。大体是含表示"风情之趣"，很少有表示"滑稽"之义的，所以它与"物之情趣"颇有相同处，但大体上显得"明朗"。到了后来，就变成滑稽的感情，因为明朗性质近于笑的关系。

以"可笑味"为中心的文学有三种：一种是专以"可笑味"为主的作品，一种是在"可笑味"中含有"诚"的作品，一种是在"可笑味"里含有谐谑讽刺的作品。这三种作品，第一种的价值较差，普通认为是第二义的文学，因为它除了以笑为主旨外，没有艺术的韵味，例如连歌的"无心宗"，初期的俳谐，都是被视为次一等的文学的。至于第二类的文学，是以诚为主旨，以可笑味为表现上的技巧，故极有价值，例如狂言与一茶的俳谐，都属于此类。吉阿弥在习《道书》中讲述狂言的可笑味说："盖可笑者，使众人大笑而用世俗之风体，笑中含乐，是乃对有趣欣喜之钦佩。和合此心，成为观众之笑，每演一出，成为有趣的幽玄之上阶的可笑味。"又道："虽以笑为本体，但决不能用卑贱之言语风体。"这种意见，就是说"狂言"虽以可笑为本位，但风体只可近俗俚不可近卑贱。虽以笑为主，但不能忘笑中所涵义之真实的乐；其次如一茶之作品，虽俳趣笑味丛生，但有不可移动的严肃的人情味。第三种作品，是第二种的变化，因为以诚为主旨时，就有对现实的执拗，且因生活教养的进步，故对现实之不满能发生反抗的心情，但这种反抗，因某种压力，不能取正常的手段时，就以讽刺谐谑的形态出现，例如狂歌、以柳、三马的滑稽本，夏目漱石的《我是猫》等，都是属于这一类的作品。

以上是日本文学的表现的精神,现在再来看它的内在精神吧。在上面说过,内在精神就是日本国民的敬神忠君和武士道的精神。所谓敬神忠君的精神,是以日本建国的事实与理想为基础的,以为托神之洪福,有了天地国土,靠天照大神的洪恩,统一了国家,然后又靠天孙降临,得以在现实的国土上确立了国家,到最后还靠人格的皇帝继承了国家;所以生存在这样神恩隆重、帝泽渥厚的国家里,当然生出敬神忠君的精神。试看《古事记》《日本书纪》《祝词》《宣命》《万叶集》,以及《神皇正统记》等,都能发现这种敬神忠君的思想。其次最显著的内在精神,为武士道精神,亦即自镰仓武家政治形成以来的最高理想,它注重义理的精神,抑小我为大我(忠君爱国),抛弃微小的人情,追求正大的人情,亦即将自己个人的小小生命感情……看得毫不足惜,而以君主的万事为重。纵或牺牲,意在以此牺牲完成自己的大我。属于这种精神的作品有《战记物语》等。其次作为日本文学之内在的精神的,是爱自然的精神。在上代的神话里,"自然"是被拟人化了的,亦即神格化了的,到了抒情诗的发达以后,它就成为原来的自然的真貌,被众人所赤诚地爱好,《万叶集》中对自然之景仰,各和歌集中春夏秋冬四部所收的歌数之夥多,以及西行的歌集,芭蕉的俳句,都是自然爱好的精神的流露。

以上的内在精神,都是与他们的表现的精神相统一融合的,例如忠君爱国的精神是与传统的精神"诚"所合一的,武士道的精神是与幽玄相合致的(尤其与"茶道""能"中的闲寂、幽玄一致),爱自然的精神是与"闲寂"一致的,他如"物之情趣"与平安朝的恋爱生活,可笑味与江户的庶民生活,都是有一致的。

此外还有两种可注目的特质,就是尊重"型"的精神,与尊重"道"的精神。这二种精神都可以说是艺术家(人生)对于艺术的关联的问题。所谓尊重"型"的精神是从幽玄出发的,因为幽玄重情调,而不重精密的素材的写实,所以想以某种型态来象征地把握住素材的本质,故产生了重型的精神,例如花道、茶道、庭园艺术,都是重型的艺术,他如日本人的注重礼仪做法,也无非是想在严格的型态里,象征地表现其本质。至于在文学上,如传统精神的续继,即是尊重"型"的精神的表现。其次所谓尊重道的精神,即是将艺术与人生密切联络起来,也就是使艺术人生化,人生艺术化,如艺术中的茶道、花道的名人,镰仓时代的歌人、江户时代的俳人,都是尊重道的艺术家,同时也是尊重道的精神的发露的。

(参考书见第四章末)

第三章　日本文学的社会性

文学是时代的反映，同时也是时代的产物，所以任何文学作品都可以发现它所含的时代乃至社会的意义。并且通过那些文学，我们能发现当时社会的容貌和它的性质。

日本文学以其所属的阶级来分类时，除大和时代稍成问题外，余均颇见明晰。例如平安朝文学为贵族阶级的文学，镰仓时代文学为武士阶级的文学，室町时代文学为庶民阶级抬头期的文学，江户时代文学为庶民阶级的文学，明治大正期文学为布尔乔亚阶级的文学，昭和初期为普维列塔利亚阶级的文学。这样的分类毫不牵强，只要细察各时代的作品的内容与作者，就能明了。

大和文学究竟是属于何种阶级的文学，论说不一，有的说是贵族文学，有的认为是平民文学，其实当细察大和文学的内质时，我们能够说它是贵族阶级文学的先驱，但有平民文学的素质。

我们知道，日本上代的社会制度是以大化革新为因缘，分成二类的，大化革新以前的社会是氏族制度，大化革新以后是中央集权制。

在氏族制度里,一般民众都过着村落的集团生活,由世袭的首(或称长、君、公、稻置)所统治。换句话说,就是由地方的豪族或大地主做一地方的君主,统治民众。同时这些豪族中拥有一县一国的土地的则称为国造、县主,受朝廷的直辖,其他如大和(皇居所在地)附近的豪族,也受朝廷的管辖,不然则受朝廷里的"伴造"之类的统辖,但一般皇族贵族例如(苏我氏)所领的土地则由自己统辖,不受朝廷的管辖。所以当时的民众,可以说是统辖于国造、贵族、皇族之下的,不然就直辖于朝廷。年年贡赋,负着被榨取者的义务,反之,那些榨取者则世世相袭,享受榨取的权利。

大化革新以后,上述的氏族制度取消了,实行了中国式的官僚制度和中央集权制。但这种革新,在真实的意味上看来,只是政治制度的改革,而不是社会的经济改革。例如以大化革新废除了贵族豪族等的世袭制度,但他们的实际地位并未动摇,在朝廷里获得了新的官阶,成了新的贵族,享受土地的税收权利,所以在民众方面,还是一如往昔。

根据上面的所述,可以看清上代社会的机构的轮廓,也即可以知道上代的社会,是由朝廷、贵族、地方豪族所统治的。同时这些统治者与民众过着悬殊的生活,并且由此造成他们自身的贵族文化。

作为文化的一部门的文学,处在这种的社会里,当然也带上了贵族阶级的色彩——无论浓厚或浅淡。例如上代的《记》《纪》吧,其著述的态度,就有统治者向被统治者训令的口吻,其中的神话史话,大抵是关于皇室祖先的事实,以及贵族、伴造等的伟绩,一般的民众都没有资格成为物语中的人物，所以说《记》《纪》有贵族气氛浓厚的作品，并非过言。况且口诵传承这些神话的"语部"，也是朝廷的官员，那么原来有民众气氛的神话，一经这些官员的传承洗练，当然现出了贵族阶级文学的姿态。

至于《万叶集》的和歌，只要分析那些有名字的歌（除卷二十《防人之歌》少数以外），大都是贵族、官吏或知识阶级的作品。并且编者的辑录的态度，就有浓厚的贵族色彩，例如卷八的《草香山歌》，按有"因作者微，不显名字"的话，就能看出其态度。不过《万叶集》也不能说是纯粹的贵族作品，也有平民的作品，不过伪托的也不少，例如《藤原宫》之《役民作歌》就是贵族或知识阶级的伪撰，因为这首和歌，有中国的祥瑞说，并有儒教的王者观的缘故。总之，《万叶集》含着浓厚的贵族气氛，至少辑录的态度也是贵族的，其他如祝词本是朝廷的礼仪，当然有浓厚的贵族成分，更毋庸疑虑了。

根据以上的论证，我们能够肯定上古文学有浓厚的贵族气氛，但不能说上古文学是纯粹的贵族文学。为什么呢？因为《记》《纪》《万叶》《祝词》大都是上代的信仰精神史和生活的实录，它的形成，远在强健的民族制度确立之前，所以它是有横溢的民众素质的，不过后来，因氏族制度的巩固，贵族的抬头，这些文学就在他们之间传承洗练，渐渐淘汰了平民的素质，有了贵族气氛，再加之把这些传诵文学写成文字的人，也是朝廷的官吏或贵族阶级，因此更充分地掺入了贵族的气质，成为贵族文学的姿态；不过以此与平安朝的贵族文学相较，则显得素朴洁净得多，所以我们能够说上代文学是贵族文学的抬头,不能说它是纯粹的贵族文学。

继大和时代而起的是平安朝,是以贵族为中心的社会,当时政治的实权,完全操纵在贵族或公卿的手里,尤以藤原家最为荣达。这些贵族,大抵靠庄园制度的洪福,坐享利益,在山明水秀的平安城里,度着情趣的享乐生活。所以在文学史的见地看来,当时真是文学的黄金时代,才女诗人辈出,著名的杰作,也续续出现。

在当时的作品里,可以说是充溢着全幅的贵族趣味和贵族的生活貌。例如《大镜》《荣华物语》,都是描写藤原道长的一代的繁荣和贵族生活的面目。《源氏物语》是表现出宫廷的恋爱色相沉醉于官能的享乐的平安宫人。他如《古今集》中的一部分,和泉式部的歌与日记,都有放胆的官能的享乐,渲染贵族生活,宛如天上人间一般。但反过来,民众生活是种怎样的情形呢,说得简明点,就是盗贼横行,贪污暴敛,民不聊生,道有饿殍。试看《宇治拾遗物语》记有某狂女在待贤门侧吞吃死人头,《今昔物语》记有罗生门的楼上,有拔死尸头发而出售的人,就可以知道当时的惨状。其他如史籍所示,嵯峨天皇弘仁四年下令禁止弃病人于街头,仁明天皇下令捡拾各河傍的髑髅共得了五千五百等事实,可知这二种阶级的相殊的情形。然而这些事实反映到文学里来的仅仅《今昔物语》一二种而已,且《今昔物语》的作者也是以贵族的记述为主,至于百姓的惨状,虽也有记载,不过是出于一种喜听怪诞事物的好奇心,未见得有暴露民众惨状的真意。所以平安朝的文学,可以说是道地的贵族文学,并且是烂熟期的宫廷贵族文学。

镰仓时代是以武士为中心的武家政治时代，因此与平安朝的贵族中心主义不同，将平安朝的烂熟文化加以革新，使之成为刚健实质的武家文化。文学也不能例外，在当时就成了武士阶级的文学，诸如《战记物语》，大都是记述武家伟人勇士的故事，漂漾着武士的理义与人情。并且这种倾向，还侵袭到女性的作中来，例如《十六夜日记》，它抛弃了平安朝的闺秀型，有了武家的气氛。例如一个妇人为了尊重家声，诉讼前子的不孝，不惜跋涉千里，到镰仓的幕府去诉讼，实有刚健之气。同时还具备了贤妻良母的典型，反映出镰仓时代以政子为首的"妇道"。

其次，镰仓时代的文学，还有庶民的倾向，这是什么缘故呢？因为当时的武士，大都是地方的土著，没有受过什么文化的教养，所以用武士为对象的文学，如亲鸾、日莲、法然等的语录，都有浓厚的庶民倾向。

镰仓时代之后，为室町时代，普通称为黑暗时代，因为当时的日本，战争连绵，农民"一揆"（暴动）也层出不穷，所以文学上没有什么可观的作品，尤其因"下尅上"思想的流布，使日本社会起了极大的动摇；所谓下尅上者，即是大帅不如部将，部将不如兵卒，在下者要比在上者更威风，因此皇室分裂，幕府奈何民众不得，而庶民较富庶的如堺等处的工商业者，都厉行自治，农民则群起暴动，形成了极动乱的时代。

处在这样混乱的时代里，当时的文学就多少地尽了反映的工作，例如《新叶和歌集》，都是那些坐困于吉野朝的皇室的悲叹，感伤当时皇室之无力。其次像《神皇正统记》，虽然是想建立"日本乃神国"的观念，挽救皇室的悲运，但其中所流露出来的南朝的悲惨的运命，使人感到命运的无可奈何。其他如新抬头的"御伽草子"，就是一种庶民文学的抬头，俳谐、狂言的产生，也是庶民文学的萌芽，象征庶民阶级的抬头。所以我们能够说室町时代的文学，是庶民文学的抬头时代。

江户时代虽然仍由德川幕府所统治，并且厉行了士农工商的阶级制度，抑压工商业的町人，提高武士阶级的地位。但自天正庆长以来，因金银货币的铸制，遂将当时的土地经济时代，一变成为货币金钱时代，于是工商业不管幕府的压迫如何厉害，得以一帆顺风，达到发展的地步；同时幕府却渐见贫穷，诸侯武士，也都困窘，于是町人却成了他们的债权人，自夸为"天下的町人"，其意气的轩昂也就可知了。

庶民阶级既然在经济上掌握了大权，于是素来成为武士贵族阶级专利的文化文学，也势非受庶民的控制不可，所以当时的文学，除了汉文学还是武家的文学以外（当时的儒学官，也有平民出身的），一般的文学戏剧，都成了庶民的天下。例如西鹤的"好色物"，洒落本的游廓情绪，人情本的游荡情调，都表现出町人阶级的享乐生活与金迷纸醉的生涯。其他如西鹤的"町人物"的《胸算用》《日本永代藏》，都是描绘着当时的町人生活的。式亨三马的滑稽本，也表现出町人生活的各种面貌。还有近松的"世话物"，也描出了当时的社会的世相。

至于这些作品的作者，也与从前相异，例如平安朝的作者是贵族,镰仓室町是武人或与幕府有关的学者僧侣,但江户时代的作者,则大都是庶民,有做书店伙计的,有以文笔为生的自由职人,有能写雅文的白拍子(妓女),真是形成了学问无阶级,达到了公开的境地。

不过当时因为仍有武士阶级的存在,所以还有反映武士阶级生活的作品,当时的武士道精神,连续的仇讨(双杀)都被采为题材,西鹤的"武家物",以及"忠臣藏"的故事等,都属于这一类。不过这种作品,并非成于武士阶级之手,而是由庶民所写成的,所以也应该归入庶民文学之列。

至于江户以后的明治、大正、昭和三时代的文学的社会性,可以从各该时代的概论里窥见,故这里不赘述。

现在既然述明了各时代的文学之社会性,就可以再进一步来研究一个重要的问题了,这问题是什么呢?就是一般的读者——尤其是日本人以外的读者,觉得日本文字有超越现实、太琐屑、太拘于主观的弊病。这种非难,不是没有道理的,但这是无可奈何的缺点,因为日本是处于海洋包围的岛国,他们所接触的自然界是不雄伟的,不但没有广大的原野,就是气候的变化也极简单,处在这种环境里的民族,当然比不上大陆民族的雄健,并且日本自古代到镰仓止,并没有受过外族的侵袭,就是镰仓时代的蒙古来袭,也靠了二百十日(自立春后二百十日)的大风,把蒙古军舰吹沉在博多湾里,算是避免了可恐的杀伐。处在这种环境里的日本人,其性格当然狭小,更何况他们过的是悠久的唯心生活——三木清所说的东洋自然主义生活——则其偏于主观,偏于个性,也就是必然的现象了。所以这个国家的主观的文学(日记、随笔等)特别发达,正有其社会意义的存在,但话虽这样说,我们也不能就此轻轻地抹杀了日本文学的社会性客观性;因为文学究竟是时代的反映,多少地都含有其社会的意义——就是那些游离现实的文学,也含有消极的社会的意义。譬如鸭长明吧,他挈携方丈小屋,隐居各地,记述若干隐遁生活的韵味,似乎该说是极端的游离现实的作品了。其实不然,他的这种生活思想,正是反映当时佛教的净土的思想。根据以上的例证,我们可以断言,日本文学是有社会性、客观性的,就是那些社会性客观性稀薄的作品,在其消极的意义上看来,正是表现其社会意义的一面的。

(参考书见第四章末)

第四章　日本文学与外国文学的关系

如果翻开日本的文化思想史来看的时候,我们首先要发生一种惊疑,就是在日本的文化思想里,为什么有如此多的外国文化思想的交织。

从上古到目前,日本的文化思想,无时无刻不在与外国文化思想吸收、交流、融化的过程中,我们试举几件显著事实,就能证明此说的不谬。

日本第一次的政治革新,是以圣德太子为中心的大化革新,这种革新完全可以说是儒教与佛教思想的产儿,譬如当时厘定的十七条"宪法",其精神就完全立脚在儒佛二教上,不过稍有融通而已。

其次,如被小泉八云夸为日本唯一的"忠义之宗教"的武士道,却也是受有浓厚的中国禅宗的思想的,武士的修养与"最期"(悲壮的牺牲),就是禅的精神之极化。其他如被称为日本特有艺术的茶道、花道,也大都是受有中国老庄思想与禅宗思想的混合的。

至于明治维新与维新后一切设施,可以说是西洋文化思想的影子。简直难以发现其独自的存在。所以如果在日本文化思想中，抽掉了中国、印度、西欧的素质，或者根本就没有这些文化思想的影子。日本文化的荒芜与粗杂，是不难想象的。

在原则上我们的确可以这样论断，但在事实上我们也不能不承认日本民族的独特性，那就是强大的融化力。亦即当他们锐敏地接受了异邦的文物，加以咀嚼后，就使之日本化，与自己的民族性相调和。所以一到了日本国里的儒佛基督诸教义，就与原来的教义相异，成为日本化了的教义，譬如镰仓时代的佛教，吉田松阴所倡的儒教，就与原来的教义颇相歧异。

其次，我们以汉文的传入作为例子吧。中国的汉文，曾经传入朝鲜，然后又传入日本，但朝鲜人读汉文的法子，是一如中国人，毫不改变；但日本人就不同了，他把它加上了 Okoto 点，合乎自己的语法，颠倒而读者有之，助词改成日语者有之，现已经不是原有的汉文了。所以从这些例子看来，日本人不但能接受外来的文物，并且常以自己的民族性为基础，将外来的文物加以铸炼，成为适于自己运用的东西。

日本的文学与其他文化、思想一样，也是受过外国文学思潮的洗礼的，其中以受中国文学的影响最大，印度的佛教次之，西欧文学更次之。因为日本之与西欧文明的接触，是在室町末期，为时极短，故不及中国与印度；但他对于明治以后的文学之影响，却是中国与印度所望尘莫及的。现在为了明了日本文学与外国文学思潮的关系起见，特分述如下。

一、中国文学与日本文学的关系

中国文学对于日本文学的影响，非常宏大，其相互交流的历史，自上代到德川末，也可以说是悠久之至。

我们试看上代文学的《古事记》《日本书纪》，都以汉文来记述，《古事记》的文章虽非纯粹，但其引用汉文，实为铁一般的事实。至于《日本书纪》，其所受影响更大，不但全用的汉文汉语，它的文章与语调，完全模仿中国书。

《万叶集》之歌虽为纯粹的日人之作，但却以汉字来表现，或谐音或谐义，极其复杂；而是集中之歌序题意等，也都施用汉文，模仿中国诗歌的体裁，至如此中留学中国诸人的作品，颇有中国诗词的面影。

平安朝以后，假名文逐渐发达，已有假名文的作品，如《古今和歌集》《土佐日记》《竹取物语》等都是。但这些作品，未必脱离了中国文学的影子，例如《古今和歌集》的卷末附有真名序（汉文序），表示没有汉文，不足显示威仪之气。《竹取物语》据江户学者看来，认为它有浓厚的《后汉书》的影子，当是事实。其他如《源氏物语》，引用中国的诗句处极多。清少纳言的《枕草子》酷似李义山的《杂纂》，原作中的语句，喜引白乐天的诗词与《论语》，可以说受汉文学的影响最大。

平安末期，日本停止了遣唐使的派遣，中国与日本之间已渐隔离，日本专心于过去所接引的文化的融化，变成为自己的东西，所以当时的中国文学，没有什么影响日本文学的地方。

镰仓时代，虽有中国的禅僧续续赴日，但这些禅僧除了在宗教上或思想上有所建树外，对于文学并无什么贡献，所以当时日本的汉文学，如《公卿日记》，都成了四不像的汉文，更何况假名的文学，例如《战记物语》之类，仅仅在辞藻上袭用中国式的骈骊体，或引用些中国的故事，其意识与内容，与中国文学无涉。

室町时代的"连歌"，在传说上看来，是起源于神代的歌谣，但实际上是中国柏梁体以来的联句的模仿。至于谣曲，则有元曲杂剧的影响，但这个问题，尚在论争之中。他如御伽草子中的《鲶太平记》《鸦鹭合战物语》，皆有庄子、列子寓言的面影。后来崛兴的俳谐，也曾受韩退之的《毛颖传》、苏东坡的《江瑶柱传》等的暗示。

室町的黑暗时代以后，代之而起的，是灿烂的江户时代，汉文学欣逢当时的时势，遂致大盛，其他如日本固有的文学，也相当露出与中国文学交织的容貌来。不过在初期的西鹤小说里，似乎与中国文学无缘，这是由于西鹤的贫学，他的小说之题名，如《二十不孝》之类，是中国《二十四孝》等的模仿。

和西鹤相似，与中国文学无缘的，是近松门左卫门，他的剧作的结构与词章，都未受中国杂曲之类的影响，仅仅引用些中国文学中的诗句而已。不过俳圣芭蕉则不然，他的俳句实有浓厚的中国文学的影响，因为我们只要看一看他的传记，就能晓得他是杜甫的崇拜者，他之改革俳句的态度，可以说是受杜甫诗歌的熏陶所致，因为杜诗启发了他对诗之认识。其他如继芭蕉而著名的俳人与谢芜村，则更受中国文学的教养，他的句作有三分之一，是含有中国趣味的。

在当时，中国的稗史小说大都流入了日本，诸如《水浒》《三国志》《西游记》《剪灯新话》《今古奇观》，等等，此种通俗小说，对于日本的"读本"影响最大，甚之有好些作品，都是种模仿中国小说的末枝而已。

"读本"的著名作者泷泽马琴，其小说的结构体段，都是模仿中国的章回小说的。甚至主题的劝善惩恶，也是中国小说的模仿。他如描写法和叙景法，简直可以清楚地看出中国小说的面目，其他如林文会堂、浅井了意的怪异小说，完全是中国小说的模仿。德川中期以后的笑话，也是中国《笑府》《笑林广记》的模仿。

以上说述及的，仅是日本文学中的一部分，其他尚有专用汉文所书的汉文学，如上代的《怀风藻》、中古的《和汉朗咏集》中的汉诗，江户时代的汉文汉诗，更是多得难以枚举。其所受汉文学的影响之浓厚，当然也在意料之中。

二、佛教与日本文学的影响

我们知道，印度的古代，是有很多伟大的诗歌的，不过这种诗歌，对于日本并没有什么影响，不及佛教的经律论，对日本的文学予以无限的影响。

日本自接受了佛教文化以后，国内的政治、思想、生活、行事、技艺都换了另一副面貌，甚至连自夸为独特的神道，都与佛教起了交流，神道的解释也成为佛教化了。那么在文学的领域里不用说，也与佛教发生了密切的关系，佛教的思想成了作品的主题，佛教的说话成了作品的题材的,简直是多得可以。现在将这些事实列述如下。

在日本文学中,最初受到佛教思想的洗礼的,是《万叶集》,例如柿本人麻吕、大伴旅人的歌,间有无常思想的点缀,不得不说是佛教思想的投影,不过是微乎其微而已。

作为平安朝物语之祖的《竹取物语》,是受佛教思想最浓厚的作品,其中如竹中生子,乃是根据《大宝广博楼阁善住秘密陀罗尼经》而成的,还有老翁因抚养赫耶姬,致伐竹得金等的故事,乃是善恶的因果报应思想的表现。

《源氏物语》据有些学者说来,是佛教文学,因为它是劝善宣戒悔淫之书,虽然这不免是一种论见,但《源氏物语》之有浓厚的佛教思想,也是显明的事实。我们知道在平安朝中期正是佛教的流行时代,上级社会,几乎没有不受佛教思想的洗练的,所以《源氏物语》就能自然地流露出佛教的思想,诸如无常观念、因果报应,等等。我们试看其中的女主人公,有许多都因超越了恋爱的烂熟时代,遂断然地遁入空门,以求来生的超脱。其他如源氏身上所表现的因果报应,更见显著,亦即源氏与母后藤壶曾有暧昧,而结果自己的妻子,也与柏木有了暧昧,生了薰大将,使源氏痛感人世间的报应,有了警惕,不也是佛教思想的缩影吗?

与《源氏物语》并称的清少纳言《枕草子》,也染有佛教思想的气味,也有取材于佛教的地方。因为此作原是随笔,所以更见率直明显。例如百六十段对于僧侣的批判,与事件的记述、经典的记述,都是与佛教有浓厚关系的叙事。其他如当时的《今昔物语》,对于佛教也有记述,或为信仰问题,或为靠佛得救故事,例如十七卷十三段所写的安艺桥吃人鬼故事,某甲靠念"观音菩萨"的名字,得以骑马越过了桥,都是很显著的当时的事实或巷谈。

镰仓时代的日本佛教,惹起了新的改革运动,成为日本化的佛教,其势力也愈见扩大,并成为武家的信仰中心。

反映武家文化的战记物语,是有浓厚的佛教思想的,例如《平家物语》的卷首,就揭出人世无常的思想,继之如《妓王》段的故事,更是佛教思想的极致,佛御前以十七岁的华年,抛弃了富贵荣达而为尼僧,简直是佛教思想的作祟。至于室町时代的谣曲,更是表白佛教思想的作品,像它的"二段能"前段,系指人间(明),后段系描阴间(幽),表现阴阳二界的佛教思想。至于其作品,更可视为佛教思想的说教,例如《兼平》是天台宗思想的说教者,《天达个原》为真言宗思想的说教者,《鹈饲》是日莲宗思想的说教者,《实盛》是净土宗思想的说教者,《熊野》是信仰观音的说教,其他尚有歌颂读《般若经》的《藤户》等,不胜枚举。

在江户时代的作品中,像西鹤的作品,虽无明显的佛教思想,但也不能说它纯粹地与佛教思想无关,例如《好色一代女》的结末处,述女主人公入寺见五百罗汉,觉得个个面熟,仔细一想,原来都逼似自己一生所交的男子,于是打动善身,立志皈依,以求来生的超脱,这种思想都是受佛教思想所致的。至于近松,他的作品与西鹤相异,曾有很多的佛语,几乎每篇都有,尤以心中物为甚,如《天之网岛》中的最后的"桥袟",那简直是悲哀的尊虔的宗教的人情诗,远望残日西沉,心中祈念西方的如来,口念"一莲托生,南无阿弥陀佛"的科白而终幕,把佛教思想表现得很清楚。他如马琴之作,以儒教的仁义礼智忠信孝悌来解说《法华经》的真谛,都是明确的证据。

除上述普通的文学作品之外,其他有诸法师的随笔诗集,如鸭长明的《方丈记》,兼好法师的《徒然草》,西行法师的《山家集》,更充满了佛教的思想,不可胜述。至如亲鸾、日莲诸僧的语录,简直是纯粹的佛教文学尤为显浅的事实。

明治以后,佛教对于文学的影响,已渐渐淡泊,较可瞩目的为中里介三的《大菩萨岭》,是一种以佛法为主题的义侠小说。

三、西欧文学与日本文学的关系

欧洲文学首先同日本发生关系的,系在"切支丹"(基督教)传入日本的室町末期,当时靠教徒的移译,在日本流进了《伊索寓言》(文禄二年),实是西洋文学传入日本的嚆矢。不过它的影响,极其薄弱,不及"切支丹"的异国趣味。不过打动了当时若干的作者,发表了含有南蛮趣味的作品。

德川幕府时代,洋学较盛,尤以兰学(荷兰)最为发达,但它的范围,以医学为主,在文学上并没有什么关系。且当时又因实施锁国政策,故西欧文明无法进入日本;文学方面,仅有《鲁滨逊漂流记略》一册,从兰文方面抄译过来,译者系横山由清,刊于安政四年,极其粗率,但因投合时人的好尚,颇被通读,不过对当时的文学作品,并无大影响。

实在外国文学之得以流畅地传入日本,当在明治维新以后,但初期各国的文学,多由英文转译而来,所以英文可以说是西欧文学与日本文学接触的桥梁。兹将明治以后各国文学与日本文学的关系略述于下。

开辟明治文学的新道程的,是坪内逍遥的《小说神髓》,原作是西洋文学理论的移植,亦即坪内氏读西人评莎翁的理论的札录。至于他的小说《当世学生气质》与各种戏曲,都是受了莎氏比亚、狄更斯、萨克莱的影响而成的。

其次,明治初期的新体诗运动,也是受了英国文学的影响而兴起的,像当时的《新体诗抄》中所译的英诗,不但作了新诗歌的蓝本,并且使当时的青年,个个拜倒。他如英诗人渥兹华斯对于国木田独步的影响,英文学中的幽默对于夏目漱石的余裕文学的影响,皆为显著的证据。

足与英国文学相抗拮,给日本文学以极大惠赐的,是俄国文学。例如明治小说中唯一的杰作《浮云》即有崇高的俄国文学的面影,他如长谷川二叶亭所译的《幽会》《约会》(屠格涅夫作)不但使当时的作者感觉新颖,并且由此创辟了日本的言文一致体,惹起了文体的改革。他如岛崎藤村的《破戒》,据说是以妥斯托耶夫斯基的《罪与罚》为蓝本的;森田草平的作品,也有妥氏作品的痕迹。

其实影响日本文学最大的,是托尔斯泰的作品,他的人道主义,不但引起了日本的白桦运动,德富芦花反对他的哥哥苏峰的帝国主义,也是受了托氏的影响,并且是被日本读者作者所最爱读的一人,例如他的《复活》,在日本的知识阶级间,恐怕有一半左右是赏识过了的。

至于法国文学,最受日本欢迎的,是卢梭、大仲马、维勒、左拉、雨果、波特莱尔等。不过卢梭的作品,受日本欢迎的,多是思想方面的,像《忏悔录》《爱弥儿》并没有什么影响。大仲马的政治小说,雨果的《哀史》,维勒的科学小说,在明治初期颇有势力,因为大仲马的政治思想,《哀史》中的革命,都适合当时自由民权思想的潮流,至于科学小说呢,亦因当时的启蒙运动力主科学的万能,故能风行极广。其他如左拉、莫泊桑的自然主义小说,使日本自然主义运动的勃起;波特莱尔的颓唐情绪,影响了新体诗的象征运动与永井荷风系的享乐文学。

其他各国,如德国文学中的歌德、海涅、席勒等,都与日本有密切的关系,诗人生田春月的诗,就受了海涅的影响。他如挪威的易卜生,可以说是日本文坛剧坛中的时髦货,明治末年到大正初叶的剧作,都有易卜生剧的韵味,除了托尔斯泰以外,没有人可以比得上易卜生的。到了昭和年间,则苏俄文学对于日本文学有密切的关系,高尔基等人的小说,给日本的新文学以不少的暗示,至于苏联的艺术理论,更是支持日本新兴文学的柱石。

以上大略说明了中国、印度、西欧的文学思潮对于日本文学的影响。反之,日本的文学,对于外国的文学究有怎样的影响呢?这个问题很简单,就是因为日本语言的隔阂,所以日本文学很少被外人所赏识,勉强被外人所认识的仅有"俳句""和歌"而已,但也译得完全失却了原来的韵味。至于"能乐"、《古事记》、《源氏物语》等虽然有外文译本,但都不能够表达出原有的古典风味,这种原因可以归诸言语的隔阂和东西洋趣味的相歧。

努力介绍日本文学到外国去的,最著名的为小泉八云、阿斯吞与张伯伦、威廉,其中尤以张伯伦氏,对于《古事记》与神道的研究最为卓越。

其他,如中国新文学之直接间接地受到日本文学的影响,也是不容抹杀的事实。

参考书(自第一章至第四章)

改造社　版:《日本文学讲座》

新潮社　版:《日本文学讲座》

津田左右吉:《上代文学中的社会性》

藤村作:《日本文学史辞典》

藤村作:《日本文学史概说》

久松潜一:《日本文学概说》

折口信夫:《日本文学的发生》

冈崎义惠:《日本文艺学》

斋藤斐章:《日本国民史》

第二编 · 诗歌

第五章　古代歌谣

　　文学的始源为诗歌，而日本之最早的诗歌，当推古代歌谣，亦即一般通称的"《记》《纪》之歌"，所谓《记》《纪》之歌，即是《古事记》《日本书纪》内所收的歌谣之总称，其数量计百九十首左右，内计《古事记》百十首，《日本书纪》百三十首，重复者五十首；除此之外，当然还有许多上代歌谣的存在，但因散佚不传，不得论证，只得靠仅存的《记》《纪》之歌，当作上代歌谣的真髓。

　　《记》《纪》之歌，大体含有二种性质，一种即当时所歌唱的歌谣，亦即广义的民谣，一种如上田秋成等认为它持有历史的传说的背景；无论任何歌作，都有相当的传说和作歌之动因等，因此这些歌谣，有了与史料有密切关系的性质。

　　这些歌谣的作者，包含上自神代伊邪那岐命、伊邪那玄命等起，经神武天皇以后的二十代人皇，直到天智天皇时代止，不过《古事记》所录的歌谣，则止于显宗天皇。内中的作者，以天皇之作品较臣下为多，次之则为皇族中有勋功者和传说的主人公。这个原因，可以归诸于《古事记》和《日本书纪》,是种历史的关系。

至于《记》《纪》歌谣的内容,不用说,正是反映着上代生活的全貌,赤裸裸地表现了上代人生活的极致。

我们知道,在上代生活中,除了肉体劳动以外,就是对于神的敬虔,但后者则是出发于愚昧的、原始的、本能的心情,不是中世纪所谓的洗练了的宗教情操。实在,上代人之信神,不外有二种本能,一种是对于生殖器的崇拜,正是反映着原始社会的血缘关系;一种是惊慑于自然现象,对于太阳、火、雨等的愚昧的信敬。所以在上代的歌谣里,我们看到二种的抒情,一种即是由劳动感情而发的抒情,一种即是对神的赞美之抒情。

但是把这二种诗歌,再仔细地看时,就能发现其他各点,如由劳动的掠夺而起的战争,为发泄个人的冲动而起的恋爱,在劳动或战争完了后的欢宴,对生死等自然现象所起的感伤等。所以以具体的方法,来归纳上代歌谣的内容时,可以分成下列几种,即:1.恋爱,2.战争,3.欢宴,4.挽歌,5.其他(对神君王等之虔敬)。

关于恋爱的歌谣,在《记》《纪》的歌谣里,几乎占着一半以上的数目,故颇可注目。我们知道,上代的贵族和民众,都是靠着冲动刺激的反应,而生活着的,既没有伦理性,更没有道德思想,只有深深地感到的自己之冲动和刺激,而欲表现其咏叹之情。但这些刺激是什么呢?是"食和色"。食这东西,是难以成为抒情的对象的,因此作为唯一的抒情对象的,就是"色"了,也就是恋爱的世界,不过这种男女之爱,是没有理念和伦理性的,是超越道德的;男性是放胆、雄伟,女性是柔弱、优美,但有似蛇的执拗和嫉妒。现在译一首恋爱歌如下。

> 八千矛神,因为在日本国里,
> 难以求到贞淑的妻子,
> 听见远方的越国里,
> 有个贤悧贞丽的淑女,
> 于是特意到越国去求妻。
> 大刀的刀索,披身的斗篷
> 还没解掉,
> 但天已破晓,
> 正当推开又闭上公主寝处的板门
> 偷看地伫立着的时候,
> 四围的青山,鸣着夜鸟的啼声,
> 飞出了雉鸡,叫起了庭鸡的报晨。
> 呵,多末无情的鸟们!
> 真想打死这些鸟,
> 不让它们高鸣,惊碎幽情,
> 呵,飞奔的天使呀,
> 请传语我的心曲给公主吧!

于是公主就返歌给八千矛神。

敬爱的八千矛神,

奴是个柔软纤弱的女人,

奴的心像只住在沙滨的海禽,

渡着忐忑不安的生涯,

不过终有投入你怀中的一天,

请不要失望丧命!

呵,飞奔的天使呀!

请传语给八千矛神吧!

自后,八千矛神又束装打扮,预备赴越国迎妻子,但当其跨上马启程的时候,他的故妻须势理卖命拦住去路,将美酒注入马上的八千矛神之杯里,诱惑地歌道:

八千矛神我的大国主,

你是男人,

能在各岛各海滨

找寻你称心的爱人。

但我是个纤弱的女性,除了你

没有别的男人,除了你

没有别的爱人。

请不要远行,

就在柔软的绫帷里,

温柔的绸衾中,
清丽的白衾中,
用你像白索一般的坚腕,
来紧拥我如雪的酥胸;
互捏着白玉的美手,
互伸着丰盈的双腿而安睡。
呀,请干了这杯美酒。

这是《古事记》中的恋爱歌谣,描写神代的大胆的爱欲貌,有着非常真率和热情。至于描写战争的歌谣,则大抵充满了尚武的精神,兼有对于刀剑的赞美;其中以神武天皇所作的军歌,最能发挥战争诗的特色,所谓简劲有力,现译一首如下。

靠我勇敢的久米部的兵士们
所耕成的粟田里,
杂生着这纤弱的薤菜,
呵,像拔掉这薤菜的芽和根一般
来歼杀这些贼军吧!

这些歌谣,虽见稚拙,但充满了勇壮夸大的气魄,尤其当战争胜利,大张酒宴的时候,实有种不可一世的气概。不过这种飨宴,和《万叶》时代的咏歌吟诗的酒宴相异,而是畅怀痛饮大嚼的集会,故充满了雄壮的气概。

上代人的好酒,不仅在飨宴里如此,就是在平日,也是对酒有着无限赞美的气氛的,例如应神天皇歌颂须须许理所造的新酒道:"我醉于须须许理所酿的新酒,我忘了一切的忧愁,充满了欣悦而沉醉。"

其他如挽歌等的歌谣,首数极少,不及恋歌与战争歌等的可观。

以上已略述这些歌谣的内容,现在再来看一看它的形式吧!其实,这些歌谣的形式,长短不一,由最短的"五七七"(片歌)三句体,到几十句的长歌,各色都有,真是光怪陆离。但片歌还算是略有定型,其他没有定型的,更不可数;所以我们能说《记》《纪》之歌,是自由的无定型诗。

我们知道,无定型诗的根本特色,是其句数无一定的数目,同时一句中的音数亦不一致,短则自二音至三音、四音、六音、七音,混合着长短各异的句,生出一种自由的流动之美。同时,因其形式自由,则是表现非常自由,可以免去单调的现象。

总之,作为《记》《纪》之歌的价值的,是能以伸缩自由的形式,表现出古代人素朴而野性的生活,在艺术上占着特殊的地位。并且从学问的见地看来,它是决定日本文学发生的重要资料,并且证实古代的诗作,是没有个性和作风的特质的。

(参考书见第九章末)

第六章 《万叶集》

接引上古歌谣的源流之日本诗歌,到了奈良朝后,有了极显著的发达,真有桃樱李梨诸花,一时盛开的气象,作为这种花朵的果实的,就是日本文学中最著名的《万叶集》。

关于《万叶集》的名义,共有二说,一说为集合万(Yorotsu＝一切)的言叶(言语)的集子,一说为万世之集,前说多为前代的国学家的意见,未经确定,但后说已由山田孝雄博士,加以确切的定论。是书共计二十卷,撰者与成立年代,早已不明;有根据《古今集》的汉文序,推定此作为平城天皇时所撰,有根据《荣华物语》,推定为孝谦天皇天平胜宝五年由橘诸兄所撰,又有证其为橘诸兄所撰经大伴家持所续的,总之异说纷纭,莫衷一是。不过现在一般的论见,权认此集为大伴家持所撰,不过其中的卷一卷二似为敕撰,而非出诸一人的手里的。至于成立年代,亦假定为称德天皇时代,然后再在平安时代,加以若干的补缀,但此种论见,究亦不出假定的范围。

此集所含歌数计四千四百九十六首,内长歌(每句为七十五音,反复无数)计二百六十二首,短歌(每首计五七五七七音,计三十一音)计四千百七十三首,旋头歌(五七七五七七,共三十八音)计六十一首。如以其内容来分类,可成下列几种,即相闻(除后世所谓的恋歌以外,尚包含抒君臣、父子、兄弟、朋友间之情的)、挽歌(哀伤)、譬喻、杂歌(包含杂咏羁旅)、四季相闻、四季杂歌、东歌,此种分类法,为后世歌集分类的渊源。作者计五百六十一人,上自天皇皇后,下至樵夫渔夫,网罗了所有的阶级;但其中以大官人柿本人麻吕、山部赤人、山上忆良、大伴旅人、大伴家持、笠公村、石川郎、笠女郎等最为有名。

我们如果从形式上来观察此集的和歌时,就能看到《记》《纪》歌谣里所述未一定的短歌、旋头歌、长歌的三体,在《万叶》里则有了明显的区别,而且句格也有了一定,多以五音或七音,是后世诗歌句格的嚆矢,不过在以上的三体中,以旋头歌之数最少,短歌则在此集内有了极大的发展,显示了后来发达的预兆,至于长歌则亦相当发达,不过已显冗长,现出衰微的前兆。按此种长歌,在平安朝以后的歌集中,几乎已不施用,故《万叶集》的特长精髓,可以说是存在于长歌中。至于句的连续状态,大抵在第二句和第四句处,加以切断,在第三句处切断的极少。修辞方面则已减少反复,对句则极盛,枕词(名词之修饰词)之种类与数量亦增,序词挂词(一言双关之谓)则颇发达,其他如以汉字来表示音训的用字法,实极巧妙,因其涉及言语学的专门问题,只得省略。

至于《万叶集》的内容方面,其题材诗想种类,极其狭小,而且材料亦有限制,正如奥斯吞所说一般,多为抒情的作品,其中尤以恋爱歌为多，歌尽了种种曲折的恋爱，后世的恋歌几乎都是《万叶集》的反复。叙事诗为数极少，其题材多取于游览惜别哀伤乃至花鸟风月，至于譬喻之歌，规模宏大的近乎祝词，其他如拟人法的歌作，都属于是类。总之，《万叶集》的材料，无论在譬喻上、歌材上，大抵为卑近的自然界或日常生活，尤多素朴优丽，例如在天象上多为风、云、日、雾，在地理上多为山川野海，兽类则取马，草木则取荻、梅、藻，用具则取玉、衣、带、镜、剑。至于《万叶》的歌风，则已不如《记》《纪》之歌的缺乏个性，有了各自的风格和特性，是为可注目的事实。现将《万叶集》中最著名的歌人，分述于下。

柿本人麻吕为持统文武年间服官于朝廷的歌人，其作品的数目，在《万叶集》中，占着首席的地位；长于长歌，有伟大的气魄与雄大之格调，至于短歌方面，长于羁旅歌，以流水般的谐调，表现出自然之姿，总之他的歌风，正如贺茂真渊所说一般，是"古今独步，其长歌之势，尤如揭起风云，飞行于大空之蛟龙，言词如大潮涌于苍溟中；至于其短歌之调，则如力士之曳大弓，抒言悲哀时，可使猛者悲泣"。现在译其最有名的《过近江荒都时》一首如下。

> 亩火山傍的橿宫，
> 自神武天皇的圣代以降，
> 历代天皇都在这大和国里
> 建造皇宫，
> 把天下的政治加以亲躬。

但后来——
我是浅虑的微臣,
不知道天智天皇是怎样的睿虑。
离了大和,越过了奈良山,
在那荒村鄙野——近江的大津
建下了新都,算是
统览天下政治的大官,
呵,听说就在这里哟!
那辉煌的大殿听说就在这里哟!
但现在,只有茸茸的春草滋生,
只有笼着云霞的春光微霭。
再看那荒芜的遗址,
使我充满了无言的悲哀。

　　这一首是他看见了荒芜的皇宫之遗址,所起的感怀,对于世态的兴亡,迸激着无限的感慨,尤其在末后几句,有极高的情绪。

　　山部赤人的传记不明,服官的年代,似较人麻吕为后。是集所收之歌计四十四首,长歌缺少独自的创造,短歌则较佳,但题材多为叙景,所以是个超绝的自然诗人。不过他对于自然的窥视,绝不忘了自然中的神,离了神的自然,对于赤人是种视野以外的东西,现译其短歌如下。

为了采摘可怜的堇花,
到这碧绿的春野。
但因贪赏这绮丽的野色,
忘了归时,
在野里渡过了长夜。

想给你欣赏这清香的梅花,
但今晓积下了——
皎洁的白雪。
谁能察看到是雪还是花朵。

他除这些著名的短歌以外,如长歌中之《望不尽山歌》,至《伊豫温泉歌》等,亦极有名。

山上忆良曾为遣唐小录,住中国若干年,故有儒教之教养,《万叶集》中所收忆良之歌甚多。彼之一生,因郁郁不得志,且苦于痼疾,为贫穷而困恼,所以一切的世事,对于执着于现实之他,实是最辛酸的苦杯。他的作品,除贫穷的世界以外,即是世事的烦恼,且因他有浑然的理智之反省,故其歌极其概念,并是其人生深处所发的沉痛的回响,文学史家称之谓人生诗人,实非过赞,至于他的诗之技巧,简近于无,但有逼人的真实,故可以说是无技巧的技巧,著名之歌为《贫穷问答》《哀世问》《难住歌》等,现译《贫穷问答歌》之前段如下。

刮着烈风的雨夜,
杂着霖雨的雪夜,
为了无限厉寒,
细啃着黑色的粗盐,
啜饮着酒糟汤,
然后频频地咳嗽,
又哼出嗡嗡的鼻音,
一面抚摸着短稀的须髯,
一面豪夸自己是天下的好汉。
但是厉寒更加利害,
盖上了麻被,
穿上了所有的粗布背心,
但还是不能耐的寒冷之晚。
暗想比自己还更贫穷的他人之父母,
准是饥寒交迫吧,
并且他的妻和子,
诉说饥饿与厉寒,
而在暗示饮泣吧,
唉,在这样的日子,
怎能厮挨!

这种诗歌的表现,虽不见佳,且无美辞和佳句,不过其中所笼的一股真情，却能打动读者的心怀。

与忆良同时，有个与忆良相反而诗则相反的诗人，那就是大伴旅人。他出身名门，对于贫穷之类的苦楚，毫不通晓，其对于人生的态度，只感人生之短促，而欲在每一瞬间，尽情地享乐；因此既无反省，亦无沉思，所有的只是明朗的享乐生活之抒情，例如他的短歌：

　　请不要无聊的耽思，
　　不如饮一杯浊酒，
　　来消却心头的忧思。

　　今生只要能畅怀地饮酒，
　　来世变成了虫或鸟，
　　又有什么可悲悼。

试看以上的短歌，是多么的放胆，完全是沉溺于享乐之境里的欢唱。

大伴旅人之子家持，亦为极著名的歌人，收容于《万叶集》中的歌极多，如卷十七至二十卷间的歌，几乎都是家持的歌作，不过他的歌才，比较贫乏，私淑人麻吕、忆良，故有袭用以上二人诗句的弊病，但努力不挠，有其强烈的性格。他的歌境，可分三个时代，第一期是恋歌时代，第二期是动摇时代，第三期是个性表现时代，当以第三期为最杰出，现译其有名之歌二首如下。

云霞笼着春野，
暮日将沉的夕阳下，
啭啼着清袅的黄莺之声，
使我心里，涌出无限的哀愁。

庭院里繁茂的群竹，
让晚风簌簌拂吹，
这幽微之音呵，
是那么的寂寞。

其他如女歌人中坂上郎女的歌，充满了冷静的理智，茅上娘子与笠女郎咏有强烈的情热之恋歌，现译笠女郎《赠大伴家持之歌》一首如下。

深爱着你，
独自地痴立在
奈良山上的小松下，
吐出思念之太息。

总之《万叶》的精华，并不仅在于这些卓越的诗人之歌里，其他的无名作家(佚名)、闺秀歌人，也都有极佳的诗歌，令人玩味，并且能表现出《万叶》的精神——纯日本趣味、纯日本感情。

(参考书见第九章末)

第七章 和歌

日本的诗歌,以《万叶集》为境界显出了二大倾向,一种是受汉诗流行的影响,呈现萎靡不振的现象;一种是短歌,占据了和歌形式的王座,淘汰了旋头歌和长歌。

一、镰仓时代之前的和歌[①]

平安朝初期——尤其弘仁年间——因汉文学的发达,使和歌呈现不振的现象,已如上述。所以当时既无卓越的诗人,也无卓著的集子,勉强地能提起的,仅猿丸大夫著的《右家集》,略可一读。不过这册集子,据一般的考证,似为后人的伪撰,所以减少了它的价值。

贞观元庆以后,日本国民已渐渐自觉,汉文学也达到了饱和的状态,于是国学渐渐抬头,和歌也有了新的转机。作为当时最著名的歌人,是在原业平、僧正遍昭、小野小町、大伴黑主、文屋康秀、喜撰法师等六歌仙,大抵选有家集(个人诗集)。不过他们的诗风,已渐渐脱离

[①] 此标题为整理者加。

了《万叶》的雄健、素朴与真挚，作为《古今集》的优婉纤柔浮靡的先驱；同时在形式方面已脱离了长歌、旋头歌的形式，以短歌为其中心了。此种短歌，到后来就被认为是日本和歌的本质，对于同是诗歌的连歌、俳谐、川柳等，一律视为和歌以外的东西。

所谓短歌，正如上述一般，共有三十一音，排成五七五七七，此种形式之构成，据说原为五七五七，后在第四句之七后，加上七音，才成短歌的形式。其他一说，则云由旋头歌变化而成，亦即在五七七五七七的六句中，抽走了第三句的七音，才成短歌，其他尚有说它是长歌的末尾之反歌所成，莫衷一是，其实也无深究的必要。不过短歌形式，是表现日本人感情的最适切之形态，并持有最长的抒情诗形态之生命的事情，是不容否认的事实。

自六歌仙以后，直至镰仓初期，和歌达到了相当的发达，撰辑歌集，已成为国家的公事。当时奉天皇或法皇的敕谕，所撰的歌集，连镰仓的《新古今集》在内，共有八集，名为"八代集"，即《古今和歌集》（简称《古今集》，下仿此）、《后撰集》、《拾遗集》、《后拾遗集》、《金叶集》、《词花集》、《千载集》、《新古今集》；其他尚有个人的家集极多，如贺茂季保的《月诣集》，藤原公任的《金玉集》，能因的《玄玄集》，曾祢忠好之《曾舟集》，不一而足，因限于篇幅的关系，权且从略，现将八代集分述于下。

（一）《古今和歌集》

是集系醍醐天皇诏旨纪友则、纪贯之、阿内躬恒、壬生忠岑等献上家集，然后将《万叶集》所遗漏之旧歌，一并掺入，撰成《续万叶集》。不久，又下诏命，令将是集加以部类，改名为《古今和歌集》，算是完成了撰集的工作。

此集歌数计一千一百首，内长歌仅五首，旋头歌四首，余皆短歌，分为春、夏、秋、冬、贺、离别、羁旅、物名、恋、哀伤、杂、杂体，成为以后敕撰集之先例，集中之歌人，除四撰者外，尚有上述之六歌仙、素性法师、藤原敏行、伊势、清原深养父、在原元方等人，计年代则为自淳仁天皇天平宝字二年至延喜五年终，计百五十年左右。

此集所收作品的形式，已与《万叶集》相反，修辞上也废弃了反复与对句，减少了枕词序词，颇多拟人法，歌风已从《万叶》的简劲，变成了流丽。至于内容方面，以四季景物歌与恋歌最为有名，不过其对自然的态度，已不如《万叶》诗人之庶民的放浪于山川、酷爱素朴的野趣，而是种对于春花秋月所起的娴爱之情，充满纤弱优丽的感情；且因多为题咏歌会上的作品，故多游戏的讽咏，致更巧致，而偏于思索；其中诸人，如贯之之重于理性，但见稳健雅正；躬恒富于机智，极其率直多感；友则则以格调为主，有典雅之风；忠岑则长于才智，有热烈之情，是为各人的特色。现译其中和歌三首如下。

> 如果没有为羡卿而
> 掉下的泪泉，
> 那么胸上的锦衣，
> 将被胸中燃烧着的想思
> 之情火，

灼成焦色吧!

贯之

在畅闲的阳光下
的春天里,
为什么没有安静的心境
而簌簌地飞散的樱花呵。

友则

挂染在浅绿色上的
白玉之露
像念珠一般的春柳呵!

忠岑①

末后一首,是遍昭咏西大寺畔的杨柳之作品,将沾露的春柳,想象成念珠,正与西大寺的佛境,两相衬映,显出无限清净的境界来。

(二)《后撰和歌集》

继《古今集》而敕撰的歌集,是《后撰集》。是集的撰成,实缘于村上天皇于天历五年十月,下命设和歌所于梨壶,专门以研究《万叶集》的训释为本旨,但后来又着手于敕撰集的撰集,撰者为大中臣能宣、清原元辅、纪时文、源顺、坂上望城等五人;其体裁系仿效《古今

---

① "忠岑"二字底本无,据文义加。

集》，但分类错乱、序文阙漏、词书乱杂，似为未定稿。所收歌数，计千四百二十六首，以古人之咏为主，兼采当代名匠并权门的作品，而无撰者自身的作品，是为特色，其撰歌之方针，颇显保守、沉滞，故其歌较《古今》为劣，但有天真烂漫的流露，颇可注目，集中最著名之作者，为壬生忠见、平兼盛、源重之、中务等人。

(三)《拾遗和歌集》

继《后撰集》而撰的敕撰集，是《拾遗集》，撰者与成立年代，尚不可知。是作分《拾遗和歌抄》《拾遗和歌集》二种，前者计十卷，据说为藤原公任所撰。集计二十卷，据说为花山院下令，系根据《抄》所撰成，二者之间似有五六年的间隔。歌数总计千三百五十一首，因此集为捡拾《古今》《后撰》所遗漏之歌而成，故名《拾遗集》。作者除前时代的人麻吕占百首以上外，著名的有藤原公任、曾祢好忠、藤原长能、和泉式部、赤染卫门等，其中公任之歌，其诗藻浅薄、平板而守古格，所谓稳和雅正；和泉式部则多情多感，热烈清新(参看平安朝散文篇)；赤染卫门虽措辞不见巧妙，但缀辞敏速。总之是集全体歌风的特色，为渐喜新奇，不过还保守《古今》式的旧调，为移向新体的过渡作。换言之，即是求巧致，缺热情，望新奇而流于卑俗，有露骨之作意，无清新之诗趣，兹译和泉式部与曾祢好忠的歌各一首如下：

夕暮的悲哀的钟声，
不知道变幻莫测的自身
到明天还能倾听？

怜爱的

不能用手采摘

盛开在村民茅屋

的荆篱上的花啊！

以上三集，又名《三代集》，其中以《古今》之恋，《后撰》之杂，《拾遗》之四季，最有特长，成为后来的模范。

(四)《后拾遗和歌集》

《拾遗集》以后约八十年，到了平安朝末期的承保二年，藤原通俊奉白河天皇敕命，于应德三年九月，撰进《后拾遗和歌集》二十卷，部门之分类，与以上诸集无异，但新设了释教(佛教)与神祇(神道)之部。其中所收作品，以和泉式部、赤染卫门、相模诸才媛为多，此外有天皇之御制，能因法师、大江匡房、藤原长能等人的作品。此集虽有不背古格的苦心，但时势所致，已有显著之变调，形成了《拾遗》以后的清新之格调，亦即脱离了小主观的境界，重于清新的述景；同时在修辞上有了历历的苦心，遂致惹起尚古派的恶评，所以此集可以说是为歌之论难的发肇者。

(五)《金叶和歌集》

共计十卷，系源经信之子源俊赖受白河法皇的院宣而撰进者，撰进年代在崇德天皇大治二年，其间曾经改修三次。其中部类之分署与以上诸集相同，但有连歌一门为其特色，撰者俊赖，酷嗜试用新体，故其选歌方针，仿效《万叶》之例，多采现代歌人之作，遂遭藤原盛经讥为"臂突集"（可笑可嗤之意）。此中所选之歌，以本人及其父经信为多，其他则为藤原公实、藤原惠通等，对于当时极有名的藤原基俊，因歌风之相反，只选三首，可知撰者之偏好。

（六）《词花和歌集》

此集为左京大夫藤原显辅奉崇德上皇的宣谕，开始撰辑，至近卫天皇仁平元年始撰竟进呈。部门之分类，选歌之方针，与二十五年撰成之《金叶集》无异，以曾祢好忠、和泉式部、源俊赖等人的作品为多，撰者自身，仅只六首。

统观《金叶集》与《词花集》之间，有个显著之特征，就是反抗世人嘲笑的曾祢好忠的业绩（新体之建设），已被此二集所绍继，脱离了用语句法的拘束，想自由地咏诵感兴之努力，终于在叙景的咏奏上有了成效，修辞之巧，亦有成功。不过因施用奇珍之物名、地名、俗谚、卑语，遂有奇怪拮屈的弊病。现将《后拾遗集》至《词花集》之间的主要歌人之歌，译其二三首如下。

想给有风流心的雅人
看一看
津国难波附近的春色。

能因

薰风吹动
清水溅过莲的浮叶，

清冽的

茅蜩的啼声。

源俊赖

旅睡初醒，

曙晓的野鹿之鸣声里，

吹着摇靡稻叶的秋风。

源经信

(七)《千载和歌集》

《词花集》后三十年，又有《千载集》的撰成，此集系藤原俊成于寿永二年二月，奉后白河法皇的院宣开始撰辑者，撰进年代，则在后鸟羽天皇文治四年四月。此集之体裁有重归昔日之《后拾遗》的形态，部门歌数皆见增加，卷数则仍为二十卷；其中所容之歌，以近代为主，最多为俊赖之作，次之为撰者自作，其他有藤原基俊、崇德上皇、俊慧法师、西行法师等。

统观此集的作品，实在扩大了和歌的世界，有了心的深奥，抛弃了《金叶》《词花》等的新颖与新的新语。所谓心的深奥，即是幽玄，所谓幽玄就是深钻有余韵余情的世界之谓（不是指用语与向），亦即将艳色与寂色相交流之本体，但此种幽玄，在当时还未被人认识，认为是达磨宗（玄宗），颇可发噱。其中诗人当以西行法师为最佳，此人本为藤原秀卿之九世孙，有武勇之名，为鸟羽上皇的护卫，后起遁世之心，遂抛弃妻子，旅行各地，以自然作为唯一的友人，直至于死，时在建久元年二月十六日，正七十六岁的时候。西行的诗歌，除收于《千载集》及《新古今集》以外，有家集《山家集》，其歌多为深浸于自然之中，而寄托其生命。尤其当跋涉自然时，捉其闲寂的气氛，可谓日本文学中最初的真实的自然爱之诗人，今译藤原俊成与西行的歌一首如下。

夕暮
田野的秋风，
侵袭着弱身，
鹑鸟哀啼
的深草之村里呵！

津国难波的春，
是一场梦幻呵，
现在又吹起北风，
吹动着枯了的芦叶。

(八) 歌谣

上代的诗歌，本来极其单纯，耳听与目诵的歌概为一体，但自奈良朝后，已渐分离，到了平安朝后，其相异的倾向，更见显著，故通常遂称目诵者为和歌，耳听而伴以乐器者为谣曲。此种谣曲最古者为神乐歌、催马乐歌、东游歌、风俗歌以及后来之朗咏与今样（Imayō），其中除东游歌外，合称五歌为《郢曲》，亦即卑曲之意，现将诸曲，略述于下。

1. 神乐

此种乐曲起源于神代，至平安朝初期始具今日之样式，其形式颇不一定，一节之句数无定，短则仅二句，长则十数句，但以六句一节为多，即五七五七七七音（最普通的），不过也有三、四、六、八音者，故可谓无定型，末后多添"ya""aitso"等拍子，此种乐曲大体歌于祭神之时，故其内容多神事，至于作为娱乐而歌者，则多关于恋爱传说。总之，此乐为当时民间思想感情的率直之反映，无外形修辞等的推敲。

2. 催马乐歌

是乐起源于奈良朝初期，作者与成立年代多不明，现存六十首左右。其形式大抵与神乐歌相同，不过比神乐歌为长，三节以上为一首的颇多，但其中以七五调、七七七调的占多数。内容方面，因此歌为俚巷之谣俗，故多为恋爱方面，寓有讽刺的意味，其声调崭新，思想轻妙，为后世"谣物""俚谣"之先驱。

3. 东游歌

是歌之起源，有一段传说，据云当安闲或宣化天皇时，骏河国有度滨有天女下凡，翩翩舞踏，世人模仿其舞法，遂成骏河舞，为《东游歌》五首中之一。此种传说，近于神话，不足为信，察其歌调之组织，似为平安朝初期的作品，作者之名，则不可考，似与神乐、催马乐诸歌为一体系，其中三首的内容系歌恋爱，较有价值。

4. 风俗歌

现存二十首,与催马乐、《东游歌》等相同,为一种当时的俗谣,后因制定歌谱,致有特殊之乐调,作者与成立年代,皆不可考,但似在以上诸歌之后,其内容方面则与上述诸歌大同小异。

以上诸乐最盛行于醍醐天皇至花山院之间,尤以催马乐最见发达。

5. 朗咏

所谓朗咏,乃将和汉古今诗文中之佳句与短歌施以曲节,而加以吟咏者之谓,是种朗咏,流行于延喜天历年间,大体靠笙、筚篥、横笛三乐器合奏而朗咏。当时为搜集朗咏之材料起见,曾撰有《和汉朗咏集》二卷(藤原公任撰)、《新撰朗咏集》二卷(藤原基俊撰),尤以《和汉朗咏集》对后世之"谣物""语物"颇有影响。

6. 今样

所谓今样,即当世风之意,若译成中国俗俚,即为"摩登""时髦"之谓。此种歌谣不拘于奈良朝以前的古格,且为语句格调极其新颖的歌谣。起初无定形,上述诸歌亦被称为"今样",但后来仅限于七、五、四节之歌曲。内容方面,起初多为对佛之赞美,后来则渐渐歌及人情与自然,盛行于后朱雀天皇至镰仓时。

其歌之形式可注意的,即为七五调之确定,按七五调本在《万叶》中已有,但不足言,催马乐中固见萌生,经《古今集》而更甚,但还显不纯,到了今样,才算纯粹地发现了。自后七五调甚至侵入平安的散文中,镰仓的军记室町的谣曲中,到了明治,还可以在美文与新体诗里发现哩!

二、镰仓室町时代的和歌

镰仓时代的文学一概的都极不振,但和歌方面却还发达,尤其镰仓时代的初头,实是歌坛的黄金时代。像《新古今和歌集》的出现,真是最可夸耀的事实,按是集系御歌所寄人督源通具、藤原有家、藤原定家、藤原家隆、藤原雅经五人,于建仁元年十一月三日,奉后鸟羽天皇之旨,开始撰集。其中曾经上皇亲自批阅,及至元久二年三月,始告撰竟,所辑歌数,计千九百七十九首,分二十卷,部类亦分四季、贺、哀伤、离别羁旅、恋、杂、神祇、释教,与《千载集》略同,首尾有和汉二文之序,洵一代之伟构。

此集在开拓新诗境的意义上,有了相当的成功。在此集里,虽然看不见豪壮、雄丽、妖艳之趣,但有闲雅、清淡、幽寂等所谓闲寂(Sabi)之趣。当然,在这里不能够过分地发现宗教的法悦和哲学的深奥,但其开拓了以上的新诗境,实有无限的夸耀。

《新古今集》的表现形式极其紧凑,想将复杂的事象,放进极短的诗形之中,好用倒置、省略、拟人诸法,在修辞的技巧上,可以说是尽了最大的努力。

在《新古今集》中,最可注目的歌人,是撰者藤原定家、藤原家隆以及后鸟羽上皇等。

藤原定家为俊成之子,不仅长于歌作,且长于歌学(理论方面),其歌努力于表现有余情余韵的世界,故有象征的阴影。作为其歌的对象的,往往是静寂的光景,幽雅的风光,亦即所谓漂漾着"幽玄"之色,现译其诗一首如下。

春夜短促梦中醒,
眺见深夜和山峰密接的
横云之穹空,
已离峰涯显鱼白。

这首短歌表面看来,似乎在描写自然,实际上仍然有着人间的成分;春夜的梦,是多么艳甜,但陡地醒了,真是余韵奕奕,留下梦回的情趣,这时向外一看,看到和峰离别的云空,显出苍白的晓曙:因此把自然与人间的心情,互相融合,有机地浑融,含有无限的余情。定家个人的著作颇多,有《拾愚昧草》等。

藤原家隆为中纳言光隆之子,一代作歌在六万首以上,可知其努力。其所作之歌,不如定家之含有浓厚的象征气氛,不太求新奇,亦不太求警拔,现示稳健着实之真貌,今译其代表作一首如下。

琵琶湖呵!
照耀着皓月的光彩,
在那浪花上,
也透出秋天的娇容。

除上述二人以外，尤可注意的是后鸟羽上皇在他不遇的半生所咏之歌，真有击动人心的个所，而尤其对于叙景方面，达到了自我的三昧境，现译其作品一首如下。

  盛开在吉野山高岭的樱花
  片片地散了，
  从岭上吹下来的大风，
  伴着落花显着微白
  那春天曙晓的天空呵。

在这个时代里，有个可注目的诗人，就是源实朝，他是源氏的三代将军，但因生成蒲柳沉郁之质，实不合于将军的素质，终于二十八岁的那年，被公晓所暗杀了。实朝的歌，初期为定家式的《新古今》调，自后因亲于《万叶》，遂共鸣于《万叶》之古调。这种原因，是由于武士阶级大抵厌憎京都贵族趣味之优婉流丽，喜爱刚健素朴的气质，故其作多单纯率直，粗枝大叶，有其独自之光芒，著有个人歌集之《金槐集》。现译其歌二首如下。

  虽成了山崩水涸的世界，
  但我仕奉君王，
  绝没有二个心眼。

我越过了箱根路，

那伊豆的大海，

有浪冲击着

洋面的小岛。

自《新古今集》以后，到近古初叶末所撰成的敕撰集，共有八集，但此些集子，多为沾尝《新古今集》的糟粕，在文学上，没有什么极大的价值，尤其藤原定家在此时构成了歌坛的门阀，以传统家风为其唯一的价值，故无佳撰，现将各集略记如下。

《新敕撰集》二十卷，藤原定家奉后崛河天皇敕宣，于贞永元年撰进者，将《新古今集》的幽玄的巧致的歌风，推移至淡雅的歌风之集子。

《续后撰集》二十卷，藤原为家奉后嵯峨上皇之院宣，于后深草天皇建长三年所撰进者。

《续古今集》二十卷，藤原为家奉后嵯峨上皇之院宣，于龟山天皇文永二年所撰进者。

《续拾遗集》二十卷，二条为氏奉龟山上皇之院宣，于后宇多天皇弘安元年所撰进者。

《新后撰集》二十卷，二条为世奉后宇多上皇之院宣，于后二条天皇嘉元元年所撰进者。

《玉叶集》二十卷，京极为兼奉伏见上皇之院宣，于花园天皇正和元年所撰进者。

《续千载集》二十卷，二条为世奉后宇多上皇之院宣，于后醍醐天皇元应二年所撰进者。

《续后拾遗集》二十卷，奉后醍醐天皇之敕宣，于正中二年撰进，起初撰者为二条为藤，因中途死亡，遂由养子为定续撰。

总之以上诸集，都不脱《新古今和歌集》的臼穴，在艺术的立场看时毫无特色，仅表现出和歌之渐渐沉沦。

近古中期以后，敕撰歌集之行事，仍旧进行，计有下列各集。

《风雅和歌集》，花园院自撰，成于贞和二年，因花园院重视为兼之歌风，故有《玉叶集》之倾向。

《新千载和歌集》二十卷，二条为定奉后光严院之敕宣，于延文四年所撰进者。

《新拾遗和歌集》二十卷，二条为明奉后光严院之敕宣，于贞治三年所撰进，但为明中途死亡，改由阿顿续撰。

《新后拾遗和歌集》二十卷，起初由二条为远奉后园融帝之敕宣而撰辑，但中途逝世，遂由二条为重赓撰，至小松院永年三年撰进。

《新续古今和歌集》二十卷，是为最后之敕撰集，由飞鸟井雅世奉后花园天皇之敕宣，于永享十年八月所撰进。

以上五部敕撰集，多为因袭无力，毫无文学的价值，不如当时之《新叶集》与顿阿之《草庵集》引人注目，兹分述此二集的内容如下。

《新叶集》二十卷，弘和元年十二月，由宗良亲王所撰进，经后龟山天皇批准，认为敕撰集，(与上述之二十一代集合并，称二十二代集)所收歌数在千四百首以上，但无古人之作，以后村上天皇之御制百首为最多，其他皆为吉野朝君臣之咏歌。按吉野朝君臣，当时离京都已五十有余年，正是悲愤彻骨髓，故多慷慨之情、激越之调，带有从来敕撰集所无的风格，流露着无限的真情。除此之外，此集因富于描写南北朝时吉野朝君臣的生活，故可作历史的资料。现译后村上天皇的御制等如下。

被鸟的羽声
惊醒了清晨的酣睡，
静思着宇内的波澜。

在这里也盛开着
云井樱，
但这里究竟是
暂时的住所呵！

后面一首是后醍醐天皇的御制，作于赏吉野行宫世尊寺傍的云井樱后；所谓"云井"，又有禁苑之意，故起忆京都之情，泛起流浪人的感慨。

《草庵集》六卷，著者为四天王（参看《徒然草》篇）之一的顿阿所作，其歌风则继承二条家之家风，对于自然之描写或在感情的抒述上虽无清新之处，但在其平易畅达之点，颇被当时所爱赏。

总之，概观镰仓、室町时代之和歌界，则镰仓时代确有不少成就，例如一，歌论之勃兴，作为美学修辞学文艺批评学的先驱；二，显示了平安短歌所到达之最高顶，暗示了新境的开拓之必要；三，靠实朝与西行（《新古今集》时代）显示了新时代短歌之前途。至于室町时代之和歌，则毫无可观，不及当时新兴的连歌。

连歌之发源，远在上古神代，如《记》《纪》歌谣中伊弉诺尊与伊弉册尊二神之唱和，即为连歌之始，到了平安朝后仍有相当的流传，直到镰仓时代，才分成二派，称为有心宗（柿本众）、无心宗（栗本众）。前者以闲雅优美为主，后者以滑稽谐谑为旨，镰仓中期以有心宗为优势，到了室町时代，亦以有心宗为优势，其发展的势力，远驾于和歌之上。

以上是关于连歌内容的分派之说明，至于它的形式，究是怎样的东西呢？原来连歌，一般的有长短二种，所谓短连歌，以五七五为首句，由一人唱出，继由他人和以七七十四音一句，成为短歌的形式；至于长歌，则由此而继续唱和，引长至数十句到百句，大体上以长歌占优势。

长连歌的形式，大抵以百韵（长短句相续到百句）为主，亦有五十句者，最长者有至千句者，没有一定。长连歌之第一句（五七五）称为"发句"，发句之次句名为"胁"（入韵），由七七短句所成。继胁之第三句为"第三"，最后句为举句（扬句），其他各句名为平句。在作句上，最要紧的为发句，其次为胁及第三，发句多由先辈长者所咏，现将连歌的形式列下。

575（发句）

77（胁）

575（第三）

.....

..

77（举句）

连歌的歌集，最有名的有二，一为二条良基所撰之《筑波集》，计二十卷，成于后村上天皇正平十一年，多为搜罗从古代到当代的连歌。另一集为《新筑波集》，由宗祇所撰，按宗祇不但是《万叶集》《古今集》《源氏物语》等古典的研究家，并为著名的连歌师，酷似西行，跋涉各地，周游于自然的怀里，故其作品，多为把捉自然之静寂，可称为自然诗人。其他如宗长、肖柏，都极有名。现译连歌的《水无漱三吟百韵》的一节如下。

降着雪，山麓朦胧的夕暮。

宗祇

流水远逝，梅香溢乡村。

肖柏

河风吹动的一丛柳树，透过春光。

宗长

晨曦里舟声欸乃。

宗祇

月还残留在笼着雾的夜里。

肖柏

铺着白霜的野原已见秋声。

宗长

此种连歌,到了江户时代,则渐见没落,其开首的发句,则成了俳句的始源。

三、江户时代的和歌

江户时代因在黑暗时代之后,故学术、艺术随着时代的太平,呈现了复兴的气象,诗歌方面除一向被视为正统的和歌,有了复兴的气色,还继之又有俳句的出现,以及和歌与俳句的变态之狂歌与川柳的泛滥,这种艺术虽不能登大雅之堂,但都充分地表现出江户时代庶民艺术的特质,有其不可抹杀的意义。现将是些诗歌的内容形式等分述于下。

江户时代的和歌,可分三期,但其最大的特色,厥为"复归《万叶》"的呼声,例如初期的户田茂睡、下河边长流、契冲、荷田春满等都有复归《万叶》的意识,但在实际的作歌上，还没有能表现出《万叶集》的歌风来。是些歌人中以契冲最有名，虽生于武士家中，但幼即出家为僧，修行于高野山，除修赞佛学以外，尤长于国学，故关于国学的著作极多，如《万叶代匠记》《古今余材抄》《势语臆断》等为今日研究歌学的权著，本人的歌集，则著有《契冲延宝集》《漫吟集类题》二十卷，其作虽无《万叶》调，但在华丽之中，有僧侣式的静寂之境地，尤长于长歌，现译其作一首如下。

哀啼着
列飞过天空的雁群，
欲见不得见
笼着云霞的夕暮。

在江户时代中期"归返《万叶》"的呼声，算是具体地展开了，不过这种复古运动，绝不是象征着保守和反动，而是意味着进步、清新和真实，为什么呢？因为自《新古今集》以来的诗歌，都是忘掉了精神，囚于形骸，闲却了内容，拘泥于样式，所以当时的所谓"复归《万叶》"，实是意味着精神内容之重视的意思。换言之，亦即要求以真实之心为基础而歌咏之意。同时以《万叶集》作为是种要求的模范和寄托。这派运动的主导者为贺茂真渊，以及他的弟子，如田安宗武、揖取鱼彦、橘千荫、村田春海、本居宣长等。但实际上他的弟子，未必都有《万叶》的歌风，如橘千荫、村田春海是近于《古今集》的，本居宣长则是近于《新古今集》的。

真渊之所以提倡短歌之复古运动，不外有二个动机，一个是受时代精神的影响（复古运动），一个是受其国学之师荷田春满爱上古朴素气风，以及汉学教师渡边蒙闇之爱古典所致。

他曾在《歌意考》中道："人心率直将胸中所思，如意咏出，即成合调之歌。"所以他的诗歌，以率直粗大为本旨，但这种心情实意，由于时代的隔阂，终不能达到《万叶》人的境地，故其歌作，显得非常模仿的痕迹。现译其歌一首如下。

故乡的野边，
寻访妻子的野鹿，
在夜的丘冈上
凭依荻草而独眠。

在他的诸弟子里，最有名的为本居宣长，不过宣长的功绩多为国学上的研究，和歌不过是他的余技罢了。宣长幼少好学，二十三岁时，听母劝赴京学医，同时从崛景山学儒，然后又专心于国学。二十八岁冬季，归乡为医，但仍不忘国学的研究。三十四岁时，识真渊，遂专志于《古事记》的研究，积许久之心血，著《古事记传》，为国学中一大名著。他的和歌好《新古今集》风，但有浓厚的国粹思想，现译一首日本妇孺皆知的本居之歌如下。

有人若问大和民族的心境,

(我回答你)

那心境是像朝日初升中,

清气四溢的山樱花呵!

在这个时候,与真渊等的歌风相异,有一派在京都另树一帜的歌人,那就是脱离了旧派歌风,持有新态度的歌人小泽芦庵和上田秋成,他们和以上诸人最显著的相异,就是前者多是学者,而他们则是真实的文学者,故其歌颇有可观。

小泽芦庵的歌,以《古今集》歌风为对象,咏唱平凡之事,施用俗谈平话,为其特色,著有《六帖咏草拾遗》。至于上田秋成为一长于小说之诗人,歌集有《藤篓册子》,现译小泽之歌一首如下。

大井川花月朦胧的夜里,

唯有清冽可闻的

浪音呵!

近世后期的和歌,几乎以京都的香川景树为中心,其门下诸生,有熊谷直好、木下幸文;至于其他的歌人,尚有橘曙览、良宽、大隈言道等,可以说是与短歌以新的机运。

香川景树是个持有才气的歌人,他反对真渊等所提倡的"复归《万叶》",认为采用新词,提高调子,为最基本的歌之作法,所以侧重于《古今集》的歌风。至于他所说的"调子",那是指的与内容相贴合的微妙之调子,但是他的歌,有时未必与主张相同。这个原因,可以归诸景树是缺少芦庵般的诗人之禀质,任自己的才气而咏歌。至于他的歌之特色,为言词的转回之巧致,调子的清新(在内容思想感情方面则未必见新)。他咏歌恋爱,但不能抓住恋的热烈,只靠清新的调子和着色,聊补他的缺点。歌集有《桂园一枝》,故他的诗派称为桂园派。现译其作一首如下。

伴着妹子,采摘七草,
在冈崎的墙根,
降着可眷恋的春雨。

除景树以外,当时最著名的歌人,当推良宽和尚和橘曙览。良宽为一奇僧,他一生所厌者凡三,即"厨师所作之菜肴,诗人所作之诗歌,书家所书之字"。从这个脾气看来,他是不承认自己是歌人的。所以他是个想自由地把自己的生活表现出来的门外汉诗人。

他的歌正是他生活的反映,歌咏着避尘世,安住于佛陀之教的清贫之心。因此能率直地咏出谦虚寂寞中的清净满足的生活;他也共鸣于《万叶》风,但不与真渊派相呼声。现译其诗一首如下。

笼着云霞的畅闲的春日,
和小孩拍着手球,

又渡过了今天。

这种歌显出非常天真无邪,有种乐天的气氛。

与良宽相同,同样地尊敬《万叶》,想咏出生活之味和情绪的,是橘曙览。他的诗充满了真实味,以自己特有的言语——汉语口语,咏出自己的生活。他的歌里,尤其当歌咏清贫的心情时,有泌泌浸人的魅力。著有《志浓夫迺舍歌集》,现译其歌一首如下。

用断线结成网,
二郎太郎三郎整日价
在河边捕鱼玩。

当时还有大隈言道,也极有名,著有《草径集》《戊午集》《今桥集》《续草径集》等。

总之,以上为江户时代的和歌状况,可以看到它从虚伪到自然,从空想到实感,从模仿到独创,从陈腐到清新的外廓。

(参考书见第九章末)

第八章　俳句

俳句即俳谐之句的意思，其发源为连歌之发句，已详上述，普通为五音、七音、五音三句十七音之律格的定型诗（也有破格的时候）。在这短短的十七音中，有着二种的规定，就是须与季节相连关，并有文法的完整（这完全是连歌中发句性质的袭用）。因此之故，俳句实是最完成的小型诗。

所谓与季节相关，即是试用季题之谓，亦即每一句里，必有个代替季节的名词，表示此句为春夏秋冬中某季的作品，例如此句有樱花，当然是春；五雨月（梅雨），就表示夏；明月就表示秋；雪就表示冬，如果没有这种季题，就不能算是完成之句，现在举芭蕉的名，举来说明俳句的特色吧！

　　　　Fu, ru, i, ke, ya, （5音）
　　　　Ka, wa, tsu, to, bi, ko, mu, （7音）
　　　　Mi, tsu, no, ō to。（5音）

上句译成中文,即为:

古池呵,跳入青蛙的水之音。

其中青蛙,即是季题,用来代表夏。在这短短的十七音里,实构成了一首完整的小诗,试想在青萍满滋的古池塘里,突然有只青蛙跳进水里,激起扑通的一声,这声音像水波一般,在静寂的宇宙里传了开去,是多么深奥的悟境啊!

现在为了明了俳句的发展起见,特述其经过如下。

早期的俳句作者,为室町末期的山崎宗鉴与荒木田宗武二人,皆以俏皮、洒落、滑稽为唯一目的,尤长于文字的游戏,大抵引征古籍、俗俚,作成其可笑的俳句,例如宗鉴之句:

突着手,申奏和歌的蛙呵!

这句俳句是说青蛙,突着手端坐岸然,好像想申奏和歌一般。按蛙之与和歌相连,实有一段故事,即贯之在《古今集》序言中道:"花中啼鸣之莺声,栖于水中之蛙声,未有不咏歌者。"(一说听见花中啼鸣之莺声,栖于水中之蛙声,未有不动于中、咏之于歌者。当以是说为对。)宗鉴根据《古今集》中的序,想到端坐的蛙之容貌,遂咏了这样的俳句,尽其谐谑的本意。所以初期的俳谐,除滑稽以外,实在别无可道。

到了近世，第一个可注目的俳人，厥推松永贞德，他提倡古风之俳句，制作各种法式，不以诗想的滑稽为主，而以言语上的洒落为旨，亦即以俳言（和歌、古连歌所不用之俗语及汉语）为其俳句的根本特质；故其通弊为将审美的见解，置于偏狭的修辞法上。此派名为"贞门"，其门下有七人，被一般称为"七俳仙"，即野野口立圃、松江重赖、山本西武、北村季吟、安原贞室、高濑梅盛、鸡冠井令德等人，以贞室较有名。现译贞门的始祖贞德之句如下。

作为众人，昼寝之种（Tane = 原因）的秋月啊！

我们知道，秋天的月亮，在深夜观赏最为皎洁，但是夜深人静，多易瞌睡，致碍赏月的雅趣，于是为了避免睡神的到来就实行昼寝，所以作者说秋月是使人昼寝的原因；其中所用的"种"字，即为俳言，非其他诗歌的用语，且含有通俗的滑稽味。

继贞门而起的，是西山宗因，他的俳句自树一帜，名为"谈林派"（檀林派），嫌弃形式的法则之束缚，不定法式，以自由变化之妙致为主，故其特色为自由、磊落的表现与小丑式的思想。其取材范围较贞门要广，谣曲、小呗、净瑠璃之语句，皆加采用，甚之制作汉语调，破格多音的句子。他们以多作为能，盛行一日千句、大矢数、三千句、十百韵等，遂致使人疑谈林派的俳句，为无规律与放纵的东西。属于是派者有井原西鹤及小西来山等人，其他尚有前川由平、菅谷高政、田代松意等人。不过此中的西鹤，后来转向小说，而小西来山则成为芭风的过渡者,致使谈林派邃然没落。现译宗因之句一首如下。

人民之家又日新,扫除了煤灰烟尘。

是句中之又日新(Mataaratanari)乃引用《大学》中"汤之《盘铭》曰,苟日新,日日新,又日新"之句,显明地表现出是种俳句,乃是文字上机智的游戏。

作为自谈林派至蕉风①之间的过渡者,为小西来山与上岛鬼贯。来山的作品,在轻快之中,加上潇洒味;而鬼贯的俳句,则有其独自的特色,就是深悟了所谓俳谐不外是"诚"(Makoto)的真理,得以脱掉了饰伪、凝思作意的毛病。他的俳句排技巧主张着想之真实,故与芭蕉略同,且非常率直飘逸,在恬淡之中,有不可言的雅趣;他的一派称为伊丹风,但无后继者。兹译其作品如下。

黎明曦晨
麦的叶尖上闪着春霜。

观此俳句,可知已近于写实,淘汰了滑稽和谐谑了。

芭蕉的出现,不仅是日本俳谐史的荣誉,实是日本文学史的荣誉。

芭蕉姓松尾,伊贺人,藤堂家之世子,最初仕良忠,因良忠好俳

---

① 蕉风与上文芭风同指芭蕉诗风。

谐，遂有与俳谐相亲的机会，自后良忠逝世，遂赴京人季吟门下，不久就开始了放浪生涯，后卜居江户的深川，开始了俳人生活。起初的作品，多为谈林风，至后因有不满，遂自创正风，终于风靡了全俳坛。他的改革的目的有二：一种是想抛弃谈林式的滑稽轻妙为主的俳句；一种是想以平民文学的俳句，来代替短歌的地位，亦即想在俳句里注入纯艺术的生命。

芭蕉最喜爱的诗人是《山家集》的作者西行与杜甫，因此芭蕉的俳句，受有这二人的影响，使他的眼渐渐转向闲寂的自然，天和元年他歌了："枯枝上停着乌鸦，秋天的夕暮。"开始了正风的第一步伐，也就是他离了因袭的世界，发现了新世界之第一句。所谓"新世界"，是什么呢？就是中世之歌的真精神"闲寂"。其实蕉风的特长，共有三点，即上述的"闲寂（Sabi）"和"琴（Shiōri）""细味（Hosomi）"这三种东西，据去来的解说，则"闲寂"为句之色，"琴"为句之姿，"细味"为句之心，亦即闲寂与细味为句之内容。细言之，则在艳丽华美之中，作为其骨子的诗材是有"闲寂"之趣的，即为"Sabi"。至于只管求幽玄之余韵，则为"Hosomi"，而"Shiori"则为其修辞与内容相调和，发挥整齐的诗美之谓。

芭蕉既是个爱闲寂的自然诗人，并且是个爱田园与平民相亲的诗人，所以他从素朴的田园里，汲到生命的源泉。他发现永远之美、不朽之美，一草一木，都认为有汲不尽的清新之生命，他之爱旅，无非由于想汲取自然间的闲寂而已。

芭蕉的著作极夥，有《虚栗》《冬日》《初怀纸》《春日》《续虚栗》、《鹿岛纪行》、《旷野集》、《奥州羊肠》(参看俳文篇)、《猿簔》、《炭俵》、《续猿簔》等,以《猿簔》为其艺术之最高点;其著名之句,则为上述的"古池呵,跳入青蛙的水之音"。

现在择其著名的几句,译述如下。

让忧愁的我寂寞吧,闲古鸟!

此句为作者向闲古鸟的请求,亦即请他的啼声,让落寞而忧郁着的作者,更加寂寞起来,于是那忧愁的作者之心,由于寂寞更成紧张活跃,有种积极的闲寂味分泌出来。

一羽病雁,离了群,在夜的厉寒里睡在旅途。

此句是芭蕉病于坚田时的作品,以雁象征自己含有脉脉的余情,孤单无依,现出无限的寂寞。

Bi 地叫着,尾声悲戚的夜鹿。

此句为蕉翁在和州猿泽池旁所吟。是年据翁自云,体已衰弱,颇有死的预感;月夜闻此悲戚的鹿鸣声,更起对人生之悲哀的心情,故此句充满了凄凉与悲哀,是写生句的上乘。

金屏风上的松绘，陈旧色褪，杜门不出而避冬。

这句是描写深冬杜门不出的老人生涯；表现一间小小微暗的室里，生着火炉，陈着一扇金色的屏风——屏风上面画着苍翠的松树——但因日子久长，已经陈旧，显出苍老，但却更显得气品高尚，与室内得以非常调和。总之，此句的刺激极其微淡，有清闲、静穆、懒散的气氛，显得沉着和丰雍。

芭蕉弟子极夥，最著名的凡十人，称为"蕉门十哲"，即榎本其角、服部岚雪、向井去来、内藤丈草、森川许六、各务支考、杉山杉风、立花北枝、越智越人、志田野坡（根据芜村之说，其他有相异之说者），其他著名的弟子，尚有素堂、曾良、惟然、李由、凡兆诸人，但最杰出者，厥推其角和岚雪，诚如蕉翁盛夸："草庵有桃樱，门人有其角、岚雪。"可知二人的卓越了。

其角本姓竹下，名字极多，有晋子、宝晋斋等，以阔达与才华，推为蕉门第一人。幼时受父之驯染，好俳谐，二十岁前后入蕉门，二十三岁时，编《虚栗集》，在树立蕉风上有极大的功绩。其间所过生活，概为俳人之风流生活，至五十七岁逝世。至于他的为人，实在是最典型的江户儿，人情固厚，同时却也宽阔不羁，对物欲之心极其恬淡，饮酒游妓，但不失一片稜稜之气骨，就是与权贵之人相游，亦无帮闲之庸气；才气固高，但有轻妙阔达之风，同时缺乏沉着，对人生无严肃的态度。至于他的俳风，不脱"才华焕发"四个字，其优者则雄浑华丽，有清新俊逸之处，虽有芭蕉之精神（细味），但也有独到之处。可惜他奔于技巧,忘掉真实,有难解晦涩之弊。作品有《其角七部集》及《五元集》,现译其句一首如下。

莺鸟翻着身的初啼之声呵!

莺鸟为日本三名鸟之一,其音透明澄清,普通多在夏季,鸣于深山,但其初啼则在春天,飞至近村的杂木林里,或墙根的老梅旁。啼时多在树枝间翻飞,为其习性,故是句实是把握了莺的特性,在"翻着身"之处,有其可贵的生命。

岚雪,姓服部,通称彦兵卫,其他名号极多。生于淡路国三原传,幼至江户,自后致仕,二十岁前后入蕉门,以后就开始了俳人的生活,直到五十四岁逝世。岚雪一生,颇受当时风气的渲染,过着游荡的生活。他的资质极其温厚,事师尤纯情;作风虽无芭蕉之深奥,其角之才华,但温藉平明,有静稳雅驯的风格,尤以温情地观窥自然与人生之句为多;他的著书甚少,仅《其袋》《式时集》《杜撰集》诸册而已。现译其作品如下。

梅花一轮一轮的开,透过来一片一片的暖意。
钓鲨鱼,周围是水村山廓酒旗风。

这种诗句,显然地不蓄深意,但却有温藉之点,后面一句是引中国杜牧的《江南春》"千里莺啼绿映红,水村山廓酒旗风。南朝四百八十寺,多少楼台烟雨中"之句而成的。

芭蕉殁后,俳坛大乱,其弟子各各自撑门户,独树旗帜,如岚雪在江户形成"雪中庵一派",称为"雪门";其角又另树一派,称为"江户派"支考,在他方又构成"美浓派"(狮子门);其他如十哲以外的稻津祇空创"法师风";宕田凉菟创"伊势派"。真是五花八门,并无可取,其中稍稍有名的俳人,也仅太祇和也有,但与芭蕉翁时的俳句相较,就显得非常粗略。

天明年间,可以说是俳句的中兴时代,当时著名的作者,有樗良、蓼太、白雄、晓台诸人,中兴的元勋芜村,在当时却不享大名,反以画著名,直至明治年间,经正冈子规的提倡,才算认识了芜村的真价,重评其为中兴俳坛的主将,甚之与芭蕉相并列,认为是俳谐史上最卓越的一个。

芜村本姓谷口,又姓与谢,名长庚,初属于"江户派"之作者,因当时正有真渊提倡"复归《万叶》"之呼声,而徂徕又推崇中国之古典,故影响芜村对于中日两国的古典,皆抱兴趣,尤以汉诗对芜村的影响最大,他以为"诗与俳谐之路相近"也。

芜村与芭蕉虽然同有诗人的禀质,但却有相异之点,其最显著者,则为芭蕉学禅,深悟宗教味。芜村则无是心,但有彻底的画家之心情。芜村尽力地吸收各种趣味,想旁观地加以观察。芭蕉有悲痛孤凉之感,但芜村则是乐天畅闲。总之芜村的思想感情,要较芭蕉时代的诗人,来得复杂细致,存有中国趣味、古典趣味和画的味道。

芜村的俳句,在大体上,趣味意识极广,诗的写象复杂精致,而调子又有紧缩健劲之味,构成其个人的特征。至于他的美的意识绝不如芭蕉之偏于"闲寂",而是广阔的,纵的有历史美、古典美、异国情调美,横的有雄大、优美、潇洒、浓艳、豪壮之美。至于形式方面,好使用汉语,不喜用日本之助词,且常有省略的地方,故显紧凑。著作有《新花摘》《芜村翁句集》等。现译其句若干如下。

指南车驶向胡地,满布着云霞。

这是首含有中国趣味的句子,用成王给越裳氏以指南车得以归国的故事而写成者,其意为指南车在一望无涯的平原上,驶向北地,这时地平线上,都满笼着蒙蒙的云霞。因为指南车与胡地,都是暗示远方的名词,所以非常地与远笼着的春霞相调和。

盛开的黄色的菜花,东面月亮,西面太阳。

这首俳句,实在是富丽堂皇,是他的画趣味之结晶。试看在一望无涯的菜圃上,开着黄金之海的菜花,但畅闲的薄暮之色,已渐渐逼近,花色花香、晚霞、暮色、天空之青互相融合,现出难言的画境。这时,东方的地平线上,有淡淡的银色之月升了上来;西天之涯,有血红的日缓缓沉下,其景色之庞大,可谓至矣哉!

唐黍的叶子容易惊动,吹着萧簌的秋风。

秋风遍地吹着，易惊易动的黍叶，发出簌簌的声音，使作者起来了哀怜唐黍的心情，所谓因秋风而惊的"惊秋"，实为古典趣味的结晶，在《文选》中，曾有"门巷凉秋至，高梧一叶惊"。《古今集》中，也有这类的句子，所以我们说此首俳句，是古典趣味的结晶，绝非杜说。现再译其作品二三首如下。

莺声辽远，日已近黄昏。
狐狸变成平安朝的贵公子，畅闲的春底黄昏。
春雨油然，润濡着矶滨的小儿。
萧条满目，太阳沉于山石间的枯野呵！

过了安永天明的俳谐中兴期后，俳谐又告衰微，文化文政年间，只有俗调的充斥，稍稍放出豪光的，仅小林一茶和大江九、唯然诸人而已，但其中以一茶最为有名。

一茶的一生，极其不幸，幼时亡母，八岁迎继母，倍受虐待的苦楚，直至父亡，又因财产之分析，更受继母的种种闲气，使他痛苦万分。一茶娶妻极晚，于五十二岁时始娶常田氏之女菊女为妻，生三子一女皆相继早夭，而菊女亦在一茶六十一岁时死亡，于是续娶饭山藩士之女雪女，因性情不洽，不久离婚，至六十三岁复娶雅奥女，二年后一茶逝世，有遗腹子一人。

一茶的全生涯，可以说是在不幸里渡过的，所以养成了非常倔强的性格，并不因生涯之痛苦，对人世间有了超脱的心情，永远执拗地追求着人世,悲哀时就悲戚地歌,愤怒时就愤怒地发泄,毫不隐忍屈服,所以他的俳句,完全是他的生活之实录,生活即俳句,俳句即生活,就是他的俳句之特征。

一茶既然遭到了这样可悲的生涯,但他天真的童心,并不因此而磨灭,反经此些磨炼而愈更光芒,天真地倔强地深凝着自然与人世,并因此而激起他的深爱与憎恶的情绪。这种深爱有时能变成可笑味,而这种憎恶,又能变成讽刺。他的著作,有《一茶发句集》《一茶句帖》等(参看俳文篇)。现译其佳作如下。

瘦蛙呵!不要输掉一茶在这里!

这是他在武藏国的竹塚看见了蛙的战争,声援瘦蛙的诗句,因他自己曾经饱受过肥胖有力者的欺压,所以对于弱者抱着十二分的同情,甚至能将这种感情,移植到动植物的身上,故是句充满了天真与热情。

做饼的草,长青了哩,长青了哩!

这句诗可以说是典型的一茶调;当他在门沿看见茁茁滋长的蓬草(可做饼吃),于是像小孩一样,发出惊奇的声调,喷出"这里也长青了,唷,那里也长青了哩!"的声音来,隐约间似能看见一茶的笑颜。其他诸作如:

屋一轩,梅一株,三日的峨眉月。

朝霞满天红,你欢喜吗?蜗牛呵!

美丽呵!纸窗破隙处露出的天河。

大江户的俳句,以笑为主,没有一茶的真挚味;至于其他的俳人,都俗化之极,直至天保年间,成了"俗俳时代",已无可道的俳谐了。

(参考书见第九章末)

第九章　狂歌与川柳

在江户时代的诗歌中,有二种畸形的诗歌,都极其发达,一种是短歌畸形化之狂歌,一种是俳句的畸形化之川柳。

所谓狂歌,即是狂体的和歌之意,其形与短歌相同,由五七五七七的三十一音而成,但其性质则无短歌之古雅率真,取材范围极广,用语则雅俗并用,多以卑近之事、日常生活作为咏歌的题材,而以咏出滑稽与谐谑之诗想为主调。不过这种滑稽多为靠机智顿才所发的一时之诙谐。化高雅为卑俗,化严肃为游戏,为其唯一的得意,故此种诗歌实是游戏文学,正如弗罗列博士所称的"言语的魔术"。

按狂歌的发源,远在《万叶》时代,如《万叶》中的《戏咲歌》即是狂歌的一种,其他如《古今集》之俳谐歌,也是狂歌之一种,不过成为一种文学之形式而出现之事,则为江户时代的天明期;作者有手柄冈崎、蜀山人、米罗管江、唐衣橘州、酒上不埒、风来山人、竹杖为轻等人,其他在文化文政期较著名的,有宿屋饭盛、奇奇罗金鸡、浅草庵等人,其中以蜀山人为狂歌界的首席,他假名四方赤良,专弄谐谑之天才,不但长于狂歌,而且长于狂文狂诗,为一极有机智的天才。他生于宽延二年,十七岁时继父职为御徒组,自六十二岁辞职后,即专心于狂歌之制作,殁于文政八年,享年七十七岁。他的歌,虽极滑稽,但有讽刺的意义,例如:

世间中没有比蚊再讨厌的东西,嗡嗡地乱叫,夜间都不得安眠。

此句中的"比蚊"的原文是"Kahoto",又可译为"像现在"(如此之意),故此歌又可译成:

在世中,没有比现在再讨厌的了,喃喃不休,害老百姓连夜都不能安眠。

看此狂歌,就知道此种歌作是寓讽刺于笑谑的作意了。

当时主要的作品,其题名多古怪陆离,是滑稽地变更古歌集的书名而成,如《古今夷曲集》(计十卷),宽文六年梓行,编者为生田庵行风,其中亦分春夏秋冬、贺(附神祇)、离别(附羁旅)、恋歌、杂上(附物名)、回文歌、杂下(附哀伤)、释教诸部。其他尚有行风所撰之《后撰夷曲集》十卷,石田东得所著之《吾吟我集》,四方赤良所撰之《万载狂歌集》、《狂言莺蛙集》(《故混马鹿集》)二十卷、《德和歌后万载集》十五卷等,至于四方赤良的自作,有《千紫万红》《万紫千红》《蜀山百首》等。文化年间,尚有北川真颜的《芦荻集》等。现译狂歌一二首如下。

捉住一只捉住二只地
烧了吃,
啼着鹑鸟的深草之故里。
(啼之训音为Naku但Naku又意无,故是歌又能译成捉住一只捉住二只地烧了吃,吃尽了鹑的深草之故里,是种言语上的诙谐。)

一刻当作千金算
则有六万两的春晓①。
(这是把春晓一刻值千金的谐谑化。)

至于其他的狂歌,大抵也不出这种范围。

与狂歌相似,而以十七音来表现其滑稽与洒脱之诗想的,即是川柳。这种诗歌的起源,诚如下述。

当宝历年间,江户浅草有个柄井川柳,已四十岁,为当时最著名的前句附(与和歌相反,以七七的十四音为前句,作为歌目,五七五的十七字为后句,置于十四字后,作为附句而咏歌)师匠,因他创造了川柳,故名川柳。川柳虽与俳句相似,为十七音所形成,但它施用俗语,

---

①春晓疑为春宵,下同。

把握卑近的材料，以表人情之意向为主。偶然有用自然为题材的，但亦把它加以拟人化、人间化，至于歌咏人间的时候，对于英雄超人，也都看成为凡人，毫不特殊。总之川柳是欲在一切题材之中，表现出滑稽，然后再指摘出人生的缺憾与弱点，而加以讥刺。

作为川柳的机关志，是《柳樽》，它发刊于明和二年，搜集一切的川柳，以后续编极多，至柄井死亡的宽政二年，已出二十四集，至二世川柳死时，已出六十篇，以后三世、四世等相继，出至百六十七编而废刊。

欲将川柳译成中文，实极困难，因为第一有人情风俗的关系，第二有言语上的隔阂，但为一窥此种作品之内容起见，勉强地译述二三首如下。

按摩人打喷嚏聊以偷懒。

瞎子替人按摩，当陡地打喷嚏时，当然停住动作着的双手，故云聊以偷懒；因为欲偷懒而假装打喷嚏的未必没有，实在道破了人情的细微。

钓了蚊帐的夜，觉得珍奇，孩子们嬉戏着。

日本人都睡地上，蚊帐多于睡时挂在屋子的四隅，拖至地面，其内容极大，故孩子们在蚊帐里，得以嬉戏、玩耍，描出了孩子的世界。

戏中的马，头和屁股不是一孔通气。

剧中所扮的马,大抵为二人,一人为首,一人为屁股,故虽为一马,实则二人,当然具有二个呼吸器,绝不能一鼻孔出气也。

总之,所谓川柳,不还是这些诗句,对于日常生活或卑近的现象,都可作为题材,以之歌咏出江户儿的滑稽、谐谑、讽刺、穿凿的气质。

参考书(第五章至第九章)

改造社:《日本文学讲座》

改造社:《俳句作法讲座》

改造社:《俳句讲座》

岩波书店:《芭蕉俳句研究》

高须芳次郎:《上代日本文学十二讲》《中世日本文学十二讲》

高须芳次郎:《近世日本文学十二讲》

吉译义吉:《室町文学史》

高野辰之:《江户文学史》

藤村作:《日本文学大辞典》

藤村作:《日本文学史概说》

本居宣长:《远镜》

阿斯吞:《日本文学史》

次田润:《万叶集新释》

全子元臣:《古今和歌集评译》

洼田空穗:《古今和歌集评译》

洼田空穗:《新古今和歌集评译》

第十章　新诗运动

一、草创时代

因为明治维新的关系，日本文学发生了极大的变动。这变动并不仅限于内容思想方面，连形式也有了极大的改革。这改革，尤其在诗的领域里，表现得更为明白。

我们知道明治维新的根本意义，是在打破旧的封建的宰割，接受新的西欧的文明，而使新阶级得以抬头，因此在当时新阶级的文学运动中，就受着浓厚的西欧文学的影响；这影响在诗的领域里具体地表现出来的，即是1882年8月（明治十五年）的《新体诗抄》的出版。

在《新体诗抄》出版以前的日本诗坛里，仅有传统的"和歌""俳句"并"连歌"之类的诗歌，但靠着《新体诗抄》的出现，算是又开辟了新的园地。

《新体诗抄》出版的动机，不用说，是当时社会所赋予的因果，但在理论方面解释和鼓吹的,有巽轩居士、井上哲次郎等,他们说:"泰西之诗,随世而变,故今之诗,用今之语,周到精致,使人玩读不倦,于是乎又曰,古之和歌,不足取也,何不作新体诗乎?"

由于这种理论的鼓吹,遂有了《新体诗抄》的收获,巽轩在序上道:"明治之歌,应成为明治之歌,不得为古歌也。日本之诗应成为日本之诗,不得成为汉诗,因此乃有《新体诗》之作。"

但总观他们对诗的意义,不外是解释成为西洋的 Poetry,而在表现上,如句与节之连锁、段式,等等,亦多采用西洋的格式,只有语调,仍保守着旧来之七五调或五七调(即一行计十二假名,五假名或七假名成一小分句)。此种新的创始,在热意上实含有新兴日本社会之意气,在意义上看来,实为一正常的发展,但其手法则非常芜杂、散漫、稚气、野性,所以事实上缺少作为诗之艺术的香薰和魅力。

这本《新体诗抄》为外山正一、矢田部良井、井上巽轩所合著,内计译诗十三,如格雷(Thomsa Gray)之《墓畔哀歌》、铁尼逊(Alfredlord Tennyson)之《轻骑队的进击》、金斯理(Charles Kingsley)之《渔夫》等,创作计六篇,为正一的《拔刀队之歌》《劝学歌》《谒镰仓大佛有感》,良井的《题社会学原理》《春夏秋冬诗》,巽轩之《玉绪之歌》。

宇宙之事莫论彼此,
天地一切皆有规律,
天上日月微闪万星,
回动旋转持有引力。

——题《社会学原理》

统观上诗，可窥到这诗词句的芜杂，其遭到当时国学者、歌人、俳人等之嘲笑，绝非无因。但此诗中充满了赞美明治时代的新文化的意思，并歌颂着西欧科学的发达，这一点是极可注意的。

继《新体诗抄》后刊行的诗集，有小室屈山所编的《新体诗歌》，自十五年至[明治]十九年共出四集，内含《新体诗抄》所录的十九首，故人的长体歌，以及新创作《自由歌》《外交歌》《小楠公》《正成》《刺客》等诗。

在天愿作自由鬼，
在地愿为自由人，
自由自由呵自由，
汝与我之因缘乃
天地自然之约束。

——自由歌

此诗乃歌唱自由平等的，足以代表当时的社会思想，并为当时新兴的自由党心理的表现。

明治十八年十月，有汤浅半月之《十二石塚》之出版，是为个人诗集之滥觞，内为描写《旧约》中之犹太民话，动律缓慢，少引力，然行文典丽，品位清雅，故诗中流露着清响异香。

[明治]十九年四月，山田美妙所编之《新体词选》出版，与诗坛以极大的冲动，其中收集美妙、红叶、九华三人之诗约十篇。以美妙

之诗最佳,且美妙对日本当时的诗坛,在启蒙工作上收了极大的功绩,例如他1.努力于抒情诗之创始;2.努力试作七五调以外之六八·七七等新调;3.施用口语、近代语、俗语,以广诗歌的言语;4.制作句与句相隔离之形式;5.《青年唱歌集》之编纂,《日本韵文论》之发表等,都是极大的伟绩。

> 歌吧鸟儿! 可爱的鸟儿,
> 请唱 愉快的 歌儿 给我们听,
> 花 薰香 惠风暖和,
> 嫩绿的 草叶 摇盈盈。
> 歌吧鸟儿! 可爱的鸟儿,
> 请唱 愉快的 歌儿 给我们听。
>
> ——歌吧鸟儿

从上面这首诗里,我们可以发现美妙的特点:即是抛弃了艰难的汉字,施用平易的现代语,并形成初期言文一致的新形态;至于句与句之间的隔离,亦为他模仿西诗而初次介绍到日本的格式。

这个时候,日本的草创诗坛,已渐渐达到蓬勃的现象,民友社的《国民之友》,时有山田美妙、中西梅花、森鸥外等人的诗作、诗评,《文学界》同人中,又产生了许多新进的诗人,如北村透谷、岛崎藤村、户川秋骨、马场孤蝶、上田敏等;《帝国文学》的落合直文、大町桂月;《抒情诗》同人之国木田独步、田山花袋;后起之秀的河井醉茗;以及一时称霸的与谢野铁幹(宽)等,都陆续在当时的诗坛,露出锋芒。

当时受了美妙的影响,但比美妙更热情更正直的诗人,是中西梅花道人,他的性格奇突,善愤善骂,高声动四壁,但一瞬后已变为飘飘然飘零于荒村破驿的诗人,刊有《新体梅花诗集》和长篇《九九岁老妪》外二十一种,其诗放恣无慝,近于悲哀之纯粹性中,时有稚气,并有变质的特性。

细计算,我的岁数,

已经有四五千年了吧。

续续进步的 我的智慧,

渐渐增补的 我的智慧,

因为它续续进步,

因为它渐渐增补,

所以给无名的东西以名字,

理学 哲学 猫 勺子,

呵哈哈 哈哈。

——荒唐无稽

这首诗里,显明地表现出他的狂死的因质,即是对于新的科学的惊异,表示着惊奇而怀疑,由怀疑而起不可解的憎恶之念,这念头就使他歌起"荒唐无稽"的谵语,而奔向狂死的前程。

在纯粹抒情诗里发展的诗人,是宫崎湖处子,他在翻译司各脱的

《湖上美人》的时候,受了司各脱浓厚的影响,于是草就了田园小说《归省》,这《归省》里,就有若干抒情诗的穿插。

> 别离了,不知何时重复相见,
> 眷恋的人
> 永留在故乡的追怀里。

他的诗单纯、典丽、温和,并有种丰雍的情绪。

和中西梅花相映照,在二十七岁的生涯里,杀害了自己的诗人北村透谷,实是当时最热情最进步的青年的典型。他严肃而真挚,他的一生即是一出悲凄的悲剧和一首浪漫的抒情诗。他的自杀,正是由于他的人生观世界观的作祟;他以为"外部的文明是内部文明的反映",因此而深求其内部文明和内在的生命,这探求,使他悟到了应"打破贵族思想""创基督教义的平民思想",然而这种观念的唯物论,在畸形的日本半封建半资本主义的社会中,遭到了覆灭的惨剧,使他在实用的唯物论者山路爱山的嘲笑论争下,自杀于芝公园的树下。他的诗里,以讽刺诗《孤梦贵人》《蓬莱曲》《蚯蚓》《楚囚之歌》最佳。

> 曾经 误破了法网,
> 作为政治的罪人而受了法网。
> 我是与我誓盟生死的

> 多数壮士中的首豪，
> 其中有我最爱的如花蕾的姑娘，
> 并有为了国家而奋起的
> 这对新郎新娘。
> ——楚囚之歌

这首诗里孕育有拜伦般的热情，为正义、为国家而奋起的英雄色相，同时还有缠绵的爱的交流；这种特征，正是他在许多论文里所强调的"热情"与"爱"的实践表出；这"热情"与"爱"不但作了他的诗的基石，并对抒情诗的名宿的北辰星岛崎藤村，投了无上的光芒的影响。

诗人与谢野铁斡，在当时的诗坛，可说是另成一派的诗人，他在《东西南北》诗集里自序道："敝人之诗，无论短歌或新体诗，概不崇拜他人，亦未曾尝他人之糟粕，一言以明之，敝人之诗即敝人之诗也。"这话并未过大其辞，因为他的诗真有独到之处：就是他打破了当时诗歌的缅缅之情，发出慷慨激昂之情，崭新奇拔之气，逸岩革命之象，但在坏的方面看来，则为过于露骨、生硬、芜杂、乱调、不规律、轻浮、匹夫之勇和无谋。

实在，他的诗歌内容的基调，是当时发展着的日本社会，他当中日战争时，住在朝鲜各地，所以当时国内渐渐兴盛起来的工业社会的胜利感情，完全泛滥在他的血液里，因此歌出这种热狂的粗壮的歌。他除《东南西北》外，尚有《天地玄黄》等集。

虽不拂扫书上尘,
仔细察视刀上锈,
吾身虽沉贫穷境,
不弃丈夫勇壮情。

——侨居偶题

呵呵我国日本,
呵呵我的祖国日本,
君临在东太平洋的绿波上,
高耸着穿着白衣女的富士。

——离日本歌

从以上的诗里,可以清楚地看清与谢野的诗的特征。

国木田独步的诗,不但在当时有着其特殊的色彩,而尤其在开辟明治末年的自由诗的成效上,有着特殊的意义。我们知道,国木田的根本思想,乃是在于真正的自由平等的探求,他曾说:"自由在欧洲,乃诗人的热血,移至日本仅成为在战场上的壮士演舌。"这就表示着他对自由的企盼,和对日本新社会的绝望。于是他梦想起移居北海道,经营农业,以期独立独行。这种梦想,绝不是单单浪漫蒂克的梦幻,乃是自然主义者在实生活中遇到了难以解决的矛盾后,所赴的途径。

自由存在山林,

我唱此诗句而血液腾沸,

呵呵自由存在山林,

我如何肯舍掉这山林。

——自由存在山林

这种对于自然和自由的憧憬,正表现出国木田在现实社会中所遇到的矛盾和苦闷。(这种现象,在他的小说里,更显明地表现出来)同时他的诗的形式,打破了保守的七五调,试用其他自由的体裁,实对后来的自由诗,与以极大的影响。

总之草创期的新诗坛,到了这时,已渐臻完善,一待藤村等抒情诗人的出现,日本的诗坛,遂进了第二期所谓浪漫的抒情诗时代了。

二、浪漫的抒情诗时代

中日战争以后,日本的资本主义日趋发达,个人主义的内容随之深化,但因为日本的资本主义,乃是与固有的封建社会相结合的产物,所以站在自由信念上的原始基督教的精神,却被这封建的传统的国粹感情,妨碍了它的自由发展。

虽然如此,但所谓西欧19世纪的浪漫主义的热情与势力,却渐渐部分地萌出芽来,因为它正反映着当时发展着的个人主义者的享乐与情热——纵然它含有被封建社会所制限了的若干缺点。在这个热情奔放、如荼如火的浪漫时代的前期,成为众星所拱的,是岛崎藤村、土井晚翠、薄田泣堇、蒲原有明四人。

岛崎藤村实可称为日本新诗草创期的统一者,也是新抒情诗时代的最初的人物。他的《七草集》(《若菜集》)的出版,可以说是构成了日本新浪漫诗的基础,他在序文里说道:

> 终于新诗歌的时代降临了……有的如古之预言者狂叫,有的如泰西诗人般呼号,皆如醉于明光新声与空想。
> 我忘了自己的笨拙,也谐和于这些新诗人而放歌。

在这序文里,可以看到沉醉于新的现实下的青年,其所跃跃欲试的一颗悸动的心;他不虚饰,有着清新的声调,整理悠婉的近代气氛——在恋爱上、知性上、生活上。并使用日常的用语,在自己的气息的香韵下活跃。他不喜弄奇癖,素朴地流露着心内的诚信。

> 春降临,
> 春降临,
> 忧愁的芹根断尽,
> 凝成冰的眼泪已何往,
> 积雪融消后,
> 愿作为今日的七草而重萌。
> ——春之歌

这是青春的象征,并含蓄着国民感情的"春",人生的"春",艺术的"春"。

> 心里的烂漫春光的烛火，
> 照见年轻的生命。
> ——醉歌

这种奋跃、春思、惊叹的诗人的歌声，在这集的各页上，虽稍显幼稚，但都醇真地响彻着。

> 男人的纯黑的眼睛，
> 映耀在阿夏的胸时，
> 男人的绯红的口唇，
> 燃烧在阿夏的嘴时。
> ——四只袖子

这首歌是咏阿夏与清十郎的爱的恋歌，实有初期的官能的跃动的纯情，这种热情的恋爱诗，实是藤村初期诗的特征。但一到他刊行了《落梅集》（[明治]三十四年），他的青春之火，已成为游子的悲叹的灰，而在诗上，凝固住了人生艺术的香气。如最有名的《小诸城畔》《千曲川旅情之歌》，都有着这种显明的倾向。

> 昨日如此，

今日复如此,
何生命之龌龊,
徒思明日而烦恼。

呜呼古城何所语,
岸下之波何所答,
宜静思逝去之世,
百年又复似昨日。
　　——千曲川旅情之歌

这首诗中,充满了流离的羁客的愁情,借异乡的景色,而咏叹人生的无常,这种哀歌已完全离开了人生的青春的甜梦,而被现实的苦恼所缠住了。于是他就渐渐追从现实,遂有《劳动杂咏》等诗的写作,同时感到诗的七五调的桎梏,不能抒发自己的思想感情,于是终于抛弃了诗歌的生涯,热衷于小说创作生活了。

土井晚翠于明治三十二年四月,刊行了第一诗集《天地有情》,遂至获得了浪漫时代的第二王座。他的诗与藤村的优艳抒情诗相反,有着汉诗所流传的雄浑。他的诗的优点,不外是雄浑、壮大、深刻、凄凉;其劣点不外是粗笨、索落、生硬,并有近于概念之嫌。但土井晚翠的若干名诗,都弥漫着哲学的思索和冥思,并对治乱兴亡,洒着英雄的凭吊之泪,因之许多诗论家都名之为理想诗人。

> 计算生活的历史,其龄已二千年。
>
> 亘在辽远的万里空中,名为长城,堞上落日低迷,云烟疏淡,关山渐苍茫。
>
> 惆怅停征骖,游子单身独俯瞰。
>
> ——万里长城

这首《万里长城》,充满勇壮气概和怀古的风情,宛如中国旧乐府中的塞上曲。对史迹的凭吊追念,不禁使读者洒同情之泪。

> 过尽"混沌"的时代
> 遁出时之"永劫"的囊的
> 我们世界的黎明,
> 在破晓的明星之光下,
> 拨动弦琴。
> 诗人哟!愿你朗吟。

在这首《万有与诗人》里,晚翠是借着解释密尔顿渥兹华斯、莎士比亚、但丁、歌德等的思想,而欲表现出诗人的思想的美与力。他将莎士比亚比拟为:"是清净的阿汲岸滨吗?"将但丁暗示为:"是盛开塔斯根花的原野吗?"

这种表现、企图,正是他的诗的特征,即是一方面含有丰富的学者的知识,一方面是他的诗成为怠惰的表现,伤了诗的纯美和完璧。

然而他的粗壮的男声合唱般的特色,亦是难以抹杀的优点。除《天地有情》以外,尚刊有《晓钟》和《东海游子吟》。

继藤村与晚翠之后而闪耀的,是泣堇和有明。此四人中,除晚翠以外,余三人都可以说是日本诗歌的传统的继承者。泣堇的诗,酷爱藤村的嗟叹,倾心于英诗人济兹(Keats)的哀情,而喜用雅语与古典语。他的性情,则为重理智,持矜清高,并有冷嘲热讽之癖。他的处女诗集为《暮笛集》。

> 容许吧!尼姑也有恋爱,
> 揭看幕帷窥看,
> 并着颈,亲睦挚爱地
> 是众人在度着春的欢娱。
>
> 君不见青草离离,
> 烟霞笼罩着悠远的原野,
> 野马群集,
> 终日沉醉于无餍的愉快。
>
> 奴不堪空守朽尼身,
> 愿挚迷于有情的郎君,
> 虽在快乐花的荫下,
> 只是落泪沾衿的苦境。
>
> ——阿红尼姑

这些诗句,仿佛是泣堇独自的风格,这里所漂漾着的热情,乃是兼备热情之矛盾的现象。他的用语,由于思想的关系,对于古代王朝文化的憧憬,故使用着古语。其时的丰富的想象力和透彻的理智,有类似于济兹的外貌,但大体仍保持着他独自的风格。他在《草笛集》里,新创了八六体;《逝去之春》里,创造了七四新调,充满哀愁与幽雅。尤其第三诗集《二十五弦》,更显示了晚年几点主要的特征,即:1. 为酿成了沉静典雅的宗教情操,丧失了过去的生动;2. 为渗入古语新语,有自在纵横的技巧,并壮大的叙事风;3. 为采取了歌谣体裁。他的诗的生涯,一到了《白羊宫》出版,就告了大成,不过已转化为象征诗了。

蒲原有明是结束了初期抒情诗,开辟了象征诗诗苑的诗人;他的处女作是揭载于《落穗草纸》上的《山东岬角灯台》,处女诗集是《草嫩叶》,诗的主调,受藤村七五调的影响很重,但白昼亦做梦的浪漫诗人的热想,秘藏在他的心里,他深嗜自己的高腾的热情。他的诗,因此狂热而幽远,但有着晦涩的缺憾,这或许是他发展到象征诗苑去的缘故吧!

请不要用手摸触
——虽长思着愉悦的你,
还是很嫩弱的野花,
怎堪炎热的情日的烧灼。
——少女的心

请不要疑心,
我只是恋慕情热的阴影,
我却如飞停到小枦树上
悠鸣的小鸟。

这些歌里,有一种星夜里微微传来的幽韵,宛如交织着色、音、光的世界。

继《草嫩叶》之后,他又作了《独弦哀歌》《春鸟集》。这些诗里,在恋爱的抒情上,则与藤村的日本的殉情之恋相异,而是一种复杂的、幽远的、西洋的恋情,这些交织在情思之中巧妙地构成了近代的幽致。同时他还有许多暗示近代都市生活的作品,如《朝晨》等。但这作品,已经发挥其象征诗的特质了。

青菜车几辆,
商卖人等,乞丐,
赤手空拳——鱼箱的搬运。
脚行的步伐沉重。
提起竿的船夫。
是早晨　映着营利
频繁的人生的浊川。
是早晨　河岸上的库房
也光辉起来——今天,

  我的"思想"也是如此地辟展吗。

——朝晨

  这首诗里,虽有着都市的晨景,但结局不过是作为诗人的思想的辟展的一个衬映;并没有对这繁忙的都市小景,加以深切的认识。

  抒情诗时代,除上述四个灿烂的明星以外,还有若干分歧的星座,这星座即是以河井醉茗为中心的文库派,以与谢野铁幹为主导的明星派(星堇派)。属于文库派的作者,多为青春诗人,如横濑夜雨、伊良子清白、小岛乌水、千叶江东、塚原伏龙(岛木赤彦)、鲛岛大浪、山崎紫红、洼田空穗;稍后者为泽村胡夷、北原白秋、长田秀雄等(此中的诗人,也有加入明星派的),后来的名诗人三木露风、川路柳虹也时投稿。

  这一派诗人的特征,是调律整齐,有技巧,内容近于俳趣和田园味,少近代的热情和感觉,而多质朴的情趣。

  《文库》的编者河井醉茗,于明治三十四年,出版了处女诗集《无弦弓》,诗风蕴藉而平明,虔诚而自然,清闲而凉爽;他在后来的《醉茗诗集》的序文里,说明他对诗的态度:"自然界是我所凝视的神,我欲无条件地享受自然所有的奇迹、惊异、神秘","我单纯地试验着把自己的体验成为自然化"。

  在描绘墨绳的木匠的
  掌上造成的
  当晨曦的迷雾晴霁时

向天敬捧着宝珠的
耸在岸上的五层塔。

——塔影

这种存在于自然界中的日本的闲静和均匀,可以说是构成醉茗诗的基本;其后的《剑影》《王虫》《雾》之类,亦不出这种领域,直到大正时代,他的诗就与自由诗相合流起来。

横濑夜雨由于专门以筑波山风景自然为诗的观照物,所以都称之为筑波诗人,他的诗哀婉悲痛,气韵恻恻,有迫人之气,然其诗风则不见畅达流利,而是古调、野声、土俗;为其不幸的一生对自然慕恋的田园哀歌。

筑波暮了,旷野也暮了,
连歌声也暮了的刈藻船,
摇动着挠得弯弯的竹篙,
前面的归路,也是暮色苍苍。

——在沼上

同时他又创作了许多俚谣风的诗歌,实为后来民谣的嚆矢。

筑波山
虽有男女两座山,
笼罩了迷雾,

也很觉寂寞。

——阿才

他的诗集,除处女集《夕月集》外,尚有《花的守护者》和《二十八宿》等。

伊良子清白亦为文库派的重镇,著有唯一的《孔雀船》;他时以自然为对象,以浪漫主义的情操而咏之,他爱志摩海,因此诗里充满了海的神秘。

明星派是以与谢野铁幹为主导的团体。这个团体在明治三十三年以后,简直是日本新诗坛与歌坛(和歌)的最高峰,当时的俊髦才媛,都翕然地集合在这个团体里,一面改革传统的和歌,一面垦殖新诗的原野;当时,他们的最显著的功绩,是连作长篇叙事诗的提倡,如铁幹的《源九郎义经》,白星的《幻境》,以及山崎紫红、茅野萧萧、相马御风、与谢野晶子等合作的《日本武尊》。

前期的明星派的代表诗人,除铁幹外,还有他的夫人与谢野晶子。她不但长于诗,并长于评论与和歌,她的诗的特征,是充满女性的纯情和厌憎战争,像她的《死毋降临到他的身上》,曾惹起当时极大的反响,被斥为乱臣贼子的呓语。

明星派的最大的功绩,是"歌""诗"并重,已详上述,因此属于明星派的诗人,几乎都是歌人,如代表后期明星派诗人的石川啄木,在真实的立场上说来,也是一个卓越的歌人。

石川啄木实是一个卓越的天才,二十岁就有诗集《憧憬》公世,以后短短的七年中,又发表了不少的诗与歌。但这些诗与歌,除了《憧憬》是模仿泣堇和有明的作品之外(这集里有着浓厚的浪漫色彩),其他的诗歌,则完全是他的血与泪的生活的实录,并且是他从浪漫的至虚无的,由虚无的到社会主义领域的记录。

没有再比石川啄木能引起许多批评家的误解了,有的把他看成完全的浪漫主义者,有的完全把他看成技巧家,其实这些都是错误的臆测,他实是一个完全的初期社会主义的诗人;他曾大胆地说过:"我确信现在的社会须得××,此非空论,乃我由过去数年间实生活所获的经验……我过去曾踌躇于自称为社会主义者,但现在则毫不踌躇了……"

> 我们且读,且互相议论,
> 和我们眼睛的闪耀,
> 决不亚于五十年前的俄国青年人。
> 我们争论应做什么,
> 然而却没有紧捏拳头,
> 敲桌高唤 Vnarodl 的人。
> ——无结果的议论之后

这首诗描写出当时进步的年轻人的实际生活,是在当时的诗坛里,难以见到的作品。

农民们大都戒了酒,
如果生活再困难,
那么再戒什么呢?

患了使友人妻子
都悲痛的重病,
但还不绝口地倡言革命。

作工,作工,
但我的生活还毫不宽裕,
凝视着忙碌的双手。

像上面这些和歌,将劳动者和农民的实生活,都纤维地表现出来了。尤其上例的第三首,最惹动读者的感情,一个整日劳动而还不能饱食的工人,在这稀罕的谜下,而怀疑地看着胝胍的双手,这种稚气和朴实的姿态,是如何地惹起读者的难受呵!

总之,在《星与堇》的恋爱诗派的明星派的后期,能产生这个天才的薄命诗人,很是难得。

这时,还有一团脱离明星派(明治三十六年)而独立的"白百合"群,主要的人物,是前田林外、相马御风、岩野泡鸣诸人。他们最大的功绩,是在民谣的搜集;后来相马与岩野,对诗坛都有不少的贡献,这些当在以下诸章分述之。

前田林外当参加明星派时,带有浓厚的浪漫主义色彩,但在创立"白百合"后,虽仍有丰丽的架空、美的谑语、梦的热斗、郁郁的过剩的烦恼,但却在渐渐地洗练和摆脱,而趋向于民谣了。因此他的诗风,也就渐渐倾向于自然主义。他的作品有《忧花少女》《花妻》,并民谣二集。

浪漫主义时代,除上述的分歧以外,还有许多散处的诗人,如高安月郊、儿玉花外、尾上柴舟、小山内薰、野口米次郎等。但这些人中,并不是一致的浪漫诗人,有若干都带着初期自然主义的色彩。

其中儿玉花外曾著有《社会主义诗集》(此诗集遭禁止发行的处分),内容并不深刻纯粹,但弥漫着浪漫主义的气氛,如:

> 高唱民权自由之
> 泪与血的大丈夫,
> …………
> 绞首台的朝露。

这种稚气的高歌,正表现作者生活和现实的游离,而只是一种魅惑于新奇的生活的感喟而已。

野口米次郎为一朵开于欧洲的诗苑中的樱花,他作有 Seen and unseen、The Pilgrimage 等集,他的诗有着日本半封建的特质,或许是受其研究德川时代绘画的影响所致吧!

三、象征诗时代

十九世纪的浪漫主义文学,乃是反抗古典主义文学的表现。但继这浪漫主义文学而兴起的,是左拉等的自然主义文学。这种自然主义文学,表现着当时的自然科学的勃兴。

不过这种自然主义,并不单是包含着自然科学的精神,并且还含着近代布尔乔亚社会的个人主义的精神。这二种精神,在内部互相矛盾互相斗争,因此就产生了一种新的哲学观,这就是杰姆斯的实际主义和柏格孙之直感论。这种哲学观虽以科学的经验为基础,但它特别地强调着主观,因此终于成了靠神秘的直感来认识一切的唯心论了。这种倾向,在艺术的领域里,即是构成了二十世纪的新浪漫主义。它乃是不从日常的物质经验里,来探求艺术境,而是在建于"灵的觉醒"上的神秘梦幻境中,探求艺术境。

"他们(新浪漫主义)虽主张主观的权威,但这并不是如从前的拜伦主义般的狂热而奔放不羁,而是以可惊的沉静态度,达观冰冷的严肃的人生……并且作家的主观,比从前来得更官能的神经的。"(厨川白村)

日本的自然主义文学,在明治三十五六年,由于自然科学的影响,并由国木田独步、田山花袋诸人的提倡,已显得非常发达。这个运动的反响,即是谷崎润一郎等的新浪漫主义的抬头,在诗歌方面即是新浪漫主义之一的象征主义崛兴。但这种象征主义的兴起,在日本有着其特殊的意义和原因。第一,它包涵着广泛的外国的象征诗的影响;第二,他违反了西欧文学史潮的进路,而是先越过自然主义在诗坛所惹起的自由诗运动而先行。这个原因,可以归诸于当时的日本抒情浪漫诗的势力太大,压制了自然主义诗的立刻抬头,同时却供给象征主义以发展的地域。

外国的象征主义,是靠着上田敏的《法兰西诗坛新声》和森鸥外的《审美新说》介绍过来的,上田敏先介绍了维尔列奴的"诗须把握阴影"和波特莱尔的"诗人日夜转辗反侧地所热望的,乃是幽婉缥缈不可捉的阴影"等象征诗新说;同时森鸥外也介绍了德国诗人对象征诗所下的定义,如:"由于空想之向上,遂自然地而施用象征。……某种有含蓄之物,以不定的形式表现之,因此得以成为印象,明白之体现。"

这些介绍,都可以说是日本的象征主义的源泉,但实际播种的,是上田敏的翻译法国象征派的诗集《海潮音》。在这本译诗集的序文里,他建立了正确的象征诗的定论,他的译诗成了当时日本诗人的蓝本。他在序文里说道:"象征之用,乃在借此之助,而得以与读者以类似诗人观想的同一心状,而未必在于传导其概念,然则静味象征诗者,随自己的感兴,得以赏玩诗人尚未说及的妙处,故一首诗的解释,可随人而异,要在能唤起类似的心状也。"

日本的诗苑里,首先开了象征诗的花的,是蒲原有明的《春鸟集》和《有明诗集》。他在《春鸟集》的序文说道:"视听等诸官能,非时常新鲜不可,非时常保持活气不可!不然则胸臆沉滞,只是一种补缀、踏袭、激励、呼号,而不得成为文学","视听等互相交错,混杂近代人的情念,此处有银光之音,有嘹亮之色"。

像以上的主旨,专侧重于器官的敏锐,并神秘幽致的探求,实是明显的象征诗的鼓吹。

在有明诸作中,被认为最卓越的象征诗,是带有马拉尔美（Mallarmé）的手法的《茉莉花》（十四行）。

（直译原意）

呜咽而叹息的我的胸扉,是阴沉而慵懒,
在胸上巧妙地挂着的纱帐上,某天光辉地映着卿的秀脸,
这秀脸,如盛开于妖媚之野原间的
阿芙蓉的萎衰而娇美的香艳。

被卿的荡魂之喁喁私语所惑,
我也许又将拥卿而暗哭,
有极密之愁,梦之罗网——我的腕臂
微痛地紧搂在卿的腕里。

某宵卿不来,唯闻卿的
绸衣之察察的音律漫然飘来,
此时我心已粉碎摧残。

在充满茉莉花香之夜室中
与香味混凝之卿的微笑,高贵而匆忙,
如欲医愈我心之创痕而泌心地沉香浓浓。

(意译原意)

> 我的胸扉挂着一层阴沉纱帐,
> 某天这帐上辉映着卿的秀脸,
> 这秀脸,如像盛开于原野间的
> 阿芙蓉的枯萎而娇美的香艳。

> 被卿的荡魂之喁喁私语所惑,
> 我也许又将拥抱着卿而暗哭,
> 交织着极密之愁的梦之网罗——
> 我的腕微痛地和卿的腕紧搂。

> 某夜里,卿不来,只有听见卿的
> 绸衣之察察的音律漫然飘来,
> 这时候,我的内心已粉碎如齑。

> 在充满了茉莉花香之夜室中,
> 与香味混凝之卿的轻謦浅笑,
> 沁我心脾,像要医愈我的创痕。

在茉莉与恋情交叉的背景下,使我们读者感到了人间所经验着的一切哀感的类似——其程度虽由人而有深浅。但在这首恋爱诗里，那复杂的色相所放射出来的光，击着了读者的心底！这地方，即是这首象征诗的妙味；但有些人却因此指斥有明诗的朦胧，和过于知识化，其实这些被指斥之点，正是有明的长处。

明治三十九年出版的《白羊宫》（薄田泣堇作），也是一株象征诗苑里芬芳的鲜花，尤其集中的《吾所去之海》《笛音》《冬月》《零余子》《望乡之歌》，得到了上田敏的赞赏。这些诗作，多以奈良、京都为题材，在雕琢了的词句中，显示着其灵魂的憧憬。

旋风，下面叶子的煽动，
零余子滴得滴得地散堕，
啊啊，不祥——是扁平的
念珠的乱堕。
——零余子

这首诗的丰富的构想和幽致，并作者的感性的倾注于象征的气息，使这诗保持了蕴蓄的余情。上田敏说有古希腊女诗人萨福（Sappho）的余韵。

耸在生命之路两侧的
"悲哀"的女树"欢喜"的男树，
在今宵眼泪盈盈的月眼的润湿里
漫然地回响带着辛酸，

愿顶上的枝梢 一面怀痛着笛的叹声
一面私语着憧憬天赐幸福之夜的寂寂沉默，
萧萧地散吧
二株树的落叶,萧萧地……

上面的引诗,是《笛音》的第一段,在形式上有着相当的整齐,而全体亦充满幽婉的构思；其实,这诗的最大的特征,是以雅言古语来蕴蓄现代人的感情,以构成泣堇一流的"古典趣味"。实际说来,泣堇在象征诗上的建设,不及有明；而且泣堇的诗风性格,似乎不近于象征诗,所以不久以后,他又注力于写实的作品了。

岩野泡鸣在诗坛所属的境界,我们实难决定,因为他的思想和诗,是站在象征主义与自然主义的转换线上,因此他是一个野生的兽人。他歌颂天上的恋,但他又注目于人欲,并一切罪恶、杀人、通奸、难产、堕胎、地狱等的悲惨现实。可是他对于这些现实,虽抱着最大的关心,但却没有理解这些东西的产生背景,因此他只有苦闷和狂乱的自我,构成了他的神秘的半兽主义。

二十日间 日夜 看护 父亲,
十日 十五日间 收拾 父的 死后
我 落胆 而且精疲力尽,
过于 把颈 深插进
坟墓 死 死之国境,

于是 阴府的臭 疲劳 混成一群

　　在鼻尖上 闪动着的 是 微黑的 神经。

——祭典日

　　这首诗很显明地表现着他的神秘主义与自然主义的心理剖解的相尅，显得非常粗杂。他把文句之个个相离，唤起一种弛缓的神经的混迷。但这种散文式的诗，对后来的诗歌颇有影响。

　　在岩野泡鸣的艺术上，蓄有最多的矛盾。他的诗既有了象征的、神秘的素质，但又企图与自然主义联系起来，而倡导其所谓自然主义的表象论。亦即："一、脱离宗教的形式，二、怀疑与烦闷，三、神经与自然的燃烧，四、刹那的性欲的发现，五、热情，六、新语法与新用语，七、思想与技巧的纯化，八、新旋律。"

　　这些都是企图将自然主义与象征主义融成一物的主张，但实际上却是难以实现的理论，因此想实现此种主张的他的作品——如后期的象征诗集《悲恋悲歌》《黑暗的杯盘》，都变成为一种止于尝试的作品。

　　象征诗的最灿烂而靡乱的时代，是北原白秋、木下杢太郎、三木露风等的颓废诗时代，这时代是正当自由诗时代的末期，但我们为着较易窥清全部象征诗的发展的经过起见，特先述这一时代——颓废时代诗——超自由诗时代的诗。

　　我们知道，象征诗的最终的结果，即是颓废诗（Decadent）的降临，日本的象征诗，一到了末期（明治四十年左右），也就露出了极端的废颓情绪。这种情绪的露出,有二种主因:一是西欧文学对日本的影响,如性格破产者沙宁的介绍,片上伸的德国颓废主义的介绍,以及法国颓废主义的介绍等;二是当时的日本资本主义,愈更发展,而内在的社会主义刚在孕育,因此布尔乔亚个人的享乐,并世纪末的感悟,正达于最高点,所以如当时反自然主义的文人团体"面包会",都尽情享乐、饮酒、好色、斗殴……达到最荒唐颓废的境地。

北原白秋曾在某讲席上说到当时的诗的题材,不外是"气息",这"气息"是存在于烂苹果里、垃圾堆里等恶霉的东西里的,因此他们都不惜把头钻进垃圾堆里,去嗅"题材"。

实在,所谓颓废主义文学,不外如片上伸所下的解释,他说:"所谓颓废主义文学,不外有三种特征:一是神经的浪漫蒂克,其所探求的,不是感情而是情调;二是有人工的倾向;三是有对神秘的渴望。"这种解释虽不十分充分,但大体上还能把握住了颓废主义的要点。

现在进一步考察当时的颓废派诗人吧!

在颓废派诗人中,当以北原白秋为首,他本是"文库"末期的新进(与明星派也有来往),当时在《文库》上发表的《林下默想》《海春梦路》等,获得了文人泉镜花等的称赞。但他的素质,并不长于"文库"调的田园抒情诗,因此到了他发表了《邪宗门》(异教左道之义,明治四十二年)后,就成为强烈的颓废派的主角了。

白秋曾说:"我主张象征诗应以情绪的谐乐与感觉的印象为主。"这个告白就显明地叙说着他是以自己的感觉、刺激新锐的神经为作诗的根据,反对无情感的震慄,一味追求思想的概念的诗歌。

我想 末世的邪宗 基督的浅肤的魔法,
黑船的船长 红毛的不可思议国,
赤色的天鹅绒 芳香强烈的荷兰石竹,
南蛮的栈留缟 并阿利吉酒 tinto 酒。

——邪宗门秘曲

邪宗僧彷徨着 凝着眸子,
衬浮在黄昏的药草园之外光上
如赤色毒素的热流般地恐怖着 颤战着,
其影阴显然地朦胧着。

前面后面……当月光在水面之
苇草的嫩叶上颤动时,
或当霭笼着的远方之玻窗
室内的灰青的 solo 之披霞娜呜咽时,
凝住眸子 呆立 那悠长之僧服
发出烂壤之暗红色并欲暮而愁恼。

难道是在期候囊所鸩饮的
Hachische 之毒,发作全身,
或为偷钻进剧乐之后的魔睡里
手中所持是黑的枭鸟,

烂烂然眼色光灼，

其旁有蟋蟀鸣着。

——红僧正

统观上面的诗,可以窥到他的显著的特征,即是异国情调的泛滥和情绪的夸张与空想的扩大。他的诗材,多是描写遗留在长崎的初期基督教传道时代的面影,他曾说:"当时与木下杢太郎,憧憬狂奔于残留在长崎的异端邪宗文化。"这种憧憬可以说是追求感觉上的新颖刺激,因此反映到他的诗上来的,并不是基督教的教义或思想,而是对感官有刺激味的南蛮气氛的异国诸珍物:如黑船、珍酡酒、天鹅绒、Anjer、Hachische 等。

总之,白秋的"邪宗门",乃是官能的无限追求,并浓密地表现了丰富的官能的交错状态的诗集。其他如《回忆记》([明治]四十四年),则为幼时的追怀;《白金的陀螺》(大正三年),由于过分夸张,显示了极大的缺点。不过在白秋的象征诗里,有一件应注意的事实,他的诗有俳人芭蕉的法悦与寂寥的简素。例如上面所引的《赤僧正》[①]的末句"蟋蟀鸣着",就显出来了俳句中的寂寥的要素,因为蟋蟀多被俳句描写荒寺破庵的场合上所采用,在充满异国情调的诗里,他也描写了蟋蟀,就显出极不调和的破绽,但这也是构成白秋诗的特征的一面。

在颓废诗派中,与白秋有着相当类似色彩的,是木下杢太郎、长

---

① 上引为"红僧正"。

田秀雄，他们是一面反抗着自然主义，一面又脱离了纯粹抒情的明星派，创立了《屋上庭园》杂志的三同人。内中要算木下杢太郎是最博学的诗人了——其实他比日本其他的诗人都博学——他深涉南蛮趣味、中国趣味、考古诸学、美术批评、一般文学，并且是个最早相信"碧眼红毛的邪宗僧的长崎青年"。因此他的诗里，也充满了强烈的异国情调，不过他的诗，可分成二类：一类是不幸未得发表的《绿金暮春调》，即是规模宏大，知识重厚的杢太郎情调；一种是直到大正八年才发表的《食后之歌》，是竹枝词一类的作品。

"他……有其官感的幻法，但奇异地，他还保持自不惑乱的聪明与理义；他是鸩毒的耽美者和发现者，但他自己绝不做被此种鸩毒毒杀的痴愚与溺沉之事。啊！他生在这个七彩缤纷不可思议的风光中，常默默然手握粗大之手杖而徘徊的长身黑服的异相者，即是木下杢太郎的面孔。"这是北原白秋对木下的素描，这种理智而聪明的性格，都时时表现在他的诗里。

> 外面泛起的，悲哀的音调
> 单纯而缓慢的女人们的肉声
> 还在我的耳里，窥着
> 窗外冬月朦胧渺茫，
> 是我寂静地慢步在悠长的小道上，娱听
> 缓慢而悲哀的内心的发酵，
> 再见吧！卑贱的我的 Orientale Primavera 啊！

像这样的诗风,蹂躏了格调,拘泥于说理,而露出了缕细的知的哀感。实可窥到他的重厚的胸中所蓄的世纪的欣喜与哀愁。

在上面曾经提起,他和异教——基督教有着浓厚的关系,所以他的思想还沾染了不少的 anarcho-syndicalisme,因为明治末期的主导精神的基督教社会主义思想,到了大正年代,渐被 anarcho-syndicalisme 所替代了的关系。像他的《杜鹃》诗,就带有这种思想的醍醐味。

> 青色的夜,隔窗,静寂地
> 那插在桌布角上的牡丹花无声落地,
> 杯中的绿酒微微光芒之时,
> 窗隅的黑衣人群
> 已停住了深疑的偷视,
> 声音渐渐高大,
> Syndicalisme……
> 革命……实行前夜的考察……

长田秀雄的诗,缺少个性,受着永井荷风放荡的情绪沉湎的影响极大,同时在诗的热情和想象力上,亦不及白秋和杢太郎的热烈与坚强,但他对于客观的事实,抱着极大的兴味,因此使他后来抛弃了诗的创作,而投身于剧作的生涯里。

> 早晨了,莺莺,起来,已经早晨了,
> 你真是美丽的懒怠人,

看！旭日在窗外炫耀

照着缎子的被窝，

早晨了，莺莺，起来，已经早晨了。

伊豫丸现在已经舶岸了，

喂！听见汽笛声了吧，

那船一定满载来，

你爱吃的龙眼肉。

你是常做着幻梦，

凭靠在你对面的窗栊，

那故乡街上所漂响着的夜笛声，

杨柳影，小脚的姊妹，

还是如此地可眷恋吗？那广东，

莺莺啊！你不是伶仃的孤儿吗？

————莺莺

这是一首描写漂泊异国的广东歌女莺莺的小诗，里面虽充满了肉体与痴情的欢娱，但那在异国的歌女的伶仃哀愁，也浸在这首小诗里。

在象征诗的末期，和白秋遥遥对应的诗人，是三木露风，他的第一诗集《废园》（[明治]四十二年），是明朗的、清新的抒情诗，与白秋的《邪宗门》相对照，各显示着鲜明的个性。他的《寂寞的黎明》（[明治]四十三年),乃是他踏出象征诗的第一步。这部集子,想歌出灵的哀欢,跨出幽韵的步伐;等到他发表了《白手的猎人》和《雪上的钟》,则他的象征诗已渐成熟,感情里闪发着白绸一般的光和艳,不过自《幻的田园》(大正四年)发刊后,他的诗里,就有了苦涩的痕迹,内容也趋向单调,感情变成干涸和硬冻了。到了《良心》发表,则使人深感露风已至垂老的境地,其实他还是个二十六岁的年轻诗人。

> 这面庞是忧愁的人面狮身,
> 有"过去"留下的悲哀的烙印,
> 灵被雪埋着而燃烧,
> 听到从那里传来的粗野的啜泣之声。
> ——寂寞的黎明序诗

这种悲哀的追求之声,是发于沉湎在世纪末的幻灭里之年轻人的心里的;他感到悲哀,他追求这虚缈的心的安宿,因此信仰 Trappist 教,在宗教的净洁里,希求悲哀的消逝和锐利的感官,本能之洗练。

其实他的象征诗的特征,正全盘地自白在他所编的《象征诗集》的序文上。

> 完全的象征,那是充满灵感的表示,寓意与经过"心的风箱"的煽动铸练的材料相同。

由这告白,可以知道他的象征诗的特点,是厌弃和抛弃了官能的享乐,而是堕入于玄学的灵的世界的教义里。

> 我们是现世的人
> 活在这有限的生里,
> 尘身虽似浮尘,
> 今日 在此自然之中
> 瞻视了温颜、慈爱、忍辱的姿形,
> 心就顿然稳平,
> 忧愁被风吹净,
> 感到不意的泪飞迸。
> ——给修道士

所谓这"自然",我们与其认为是自然界,毋宁说是他所执信的神的世界,像他在《美神》诗里,也在歌咏着神的世界的玄奥和神秘。

> 呵呵!辉耀光明的苍穹,
> 宛如神前的画灯,
> 敬献神的是什么呢?
> 是美而且威,
> 是我们圣母之你的
> 被净洁之焰所烧炼过的
> 受了创痕的伟大的美神。

四、自由诗时代

明治三十四五年左右,日本文坛上的自然主义运动,已达到相当成熟的境地。这种自然主义发生的原因,我们已经在上面论及,它是反对浪漫主义的。这个产儿,在法国得到了健全的成长,像左拉、福劳贝尔的自然主义作品,都是当时布尔乔亚的科学精神的表现。在消极上,它暴露一切丑恶的人生相貌,在积极上,它祈望达到个性的解放与建立新的布尔乔亚的"道德律"。但日本的自然主义,则没有达到这种程度,因为日本的资本主义的本质是畸形的,是与封建相提携的,所以它所产生的自然主义文学,也是一个不健全的畸形儿。甚至这种自然主义文学运动,被当时看成为与幸德秋水的初期社会主义运动,是如出一辙的东西。

那么日本的自然主义到底达到了怎样的水准呢?一言以蔽之,它是只在消极的作用上活动,即是表现了"现实暴露的悲哀",而漠视了在客观的人间精神的欲求、愿望、斗争上的自我。只是消极地主观地强调,终至于堕入志贺直哉般的"私小说"的领域。

这种自然主义文学,反映到诗的领域里来的,是在象征诗前期的末叶(明治四十年左右),作为它的表现的,即是所谓"自由诗"的崛兴。

本来一般称为自由诗的,是种单单形式上的问题,即是抛弃过去的定律(如七五调之类),废除文语雅语的运动。但日本的自由诗运动,却受着自然主义隆重的影响,甚至其形式的改革,也是被自然主义所操纵着的。如远地辉武所说:"自然主义使自然主义作家诗人,实行了文章学(形式)上的改革,打破了诗行与节、诗的用语、诗调等的节制,并导入于'现实暴露的悲哀'中。"

自由诗运动的嚆矢,是森川葵村的论文《言文一致诗》和片上伸在《早稻田文学》上发表的《诗歌根本疑》。这两篇论文的要旨,都是反对当时的新诗的形式,企图新的形式的建立。但具体的实践的建设,是川路柳虹在描写丑恶的自然主义的企图下,发表的《新诗垃圾堆》(明治四十年)。这诗即是表现了以现实的悲哀为悲哀,在诗的形式上加以革命的作品。亦即使诗打破了过去的束缚,达到了自由歌颂的目的。不久以后,又有相马御风,他在提倡诗的自然主义化之余,在《早稻田文学》上,发表了《诗界的根本革新》([明治]四十一年),内有三个具体的提案。

1. 用语,诗之用语,应用口语,应绝对破毁以雅语歌咏自己抱怀的习惯;

2. 行(Line)与节(Slanza)的限制的破坏;

3. 诗调,应为绝对的与自由的情绪主义之相同的旋律。

同时他又作了《瘦狗》一诗,作为这种理论的实践的证明。自此以后,自由诗终于风靡了日本的诗坛。现在再来说一说自由诗时代活动较力的诗人吧!

>　　邻家谷仓的后头
>　　被蒸酵着的臭垃圾堆的臭气,
>　　笼罩在垃圾堆上
>　　各种尘芥的臭味,
>　　漂流在梅雨晴后的黄昏中,

天空郁然地糜烂着。

垃圾堆中动着的稻虫,
浮蛾的卵 和食着土的蚯蚓,
抬着头 破酒瓶的碎片,
烂纸屑 都腐败蒸酵着,
小小的蚊子边叫边飞着,
在这里有不绝忧苦的世界,
叫唤的东西,死了的东西 秒刻地
表现着不知分晓的生命的苦闷,
似乎充满了斗争着的悲哀,
时时混杂着恶臭的蝇子,
发着种种污浊的哭声。

——垃圾堆

川路柳虹这首开辟了自由诗世界的《垃圾堆》,到底含有怎样的企图和效果呢?像他自己所说:"《垃圾堆》是自然主义的诗,那时代的美的标准,是与现在相异的,须将污浊的东西,如实地歌咏出来才行,这就是与浪漫主义不同的地方,因为,暴露现实是当时的 mode。"

这个自白,很显明地叙述着这首诗的意义,就是想将现实上存在着的丑恶,不客气地揭发出来,但在这种揭发与暴露里,只表现了"悲哀"与"苦闷"——显示了当时的自然主义的特色;但在形式方面,柳虹认为他并不是在打破旧的调律,而是在建设新的形式,与相马御风的"一打破旧的格律,就有新的格律的产生"的意见,有相异的地方——亦即前者是思索的,后者是实践的,相信自然发生的法则。所以相马氏的诗更致力于破坏作用,而更显得粗杂和大胆。

像灼烧一般 太阳杲杲地照着,
飞扬着黄色的尘埃,空气像喧死人般干燥,
蛤蜊店前 有只秃毛的瘦狗,
颤颤地伸着红色的舌头 频舐着东西,
呀呀 真讨厌。
睁开眼瞧我的脸,
哟! 开步走了,
哟! 跟在后头 跟在后头,
向右转了弯 它亦向右转,
向左转了弯 它亦向左转,
走快 它亦走快,
呵真是讨厌的家伙 可憎的畜生。
——瘦狗

这二节诗,感情平凡芜杂,而无兴味,但却朴质地表现了心的跃动和狗的动作。而第二节上,这种"哟""哟"的口语的引用,真达到了十足表现内心的惊恐与厌憎之念的效果。

自此以后,自由诗不局限于"自然主义"的方法,而只是作为一种自由形式而展开,这结果,遂至收获了二颗金黄的果实,一颗是后期象征诗（已详上述的北秋等之颓废派）也采用了自由诗的形式；一颗是明治四十二年五月，有了自由诗集团、自由诗社的创立。参加这诗社的，有加藤介春、人见东明、福田夕咲、三富朽叶、今井白扬、山村暮鸟、福士幸次郎等人；现在对这些诗人的代表者，略加考察。

加藤介春在明治四十年十一月的《文库》志上，发表了自然主义诗《鼾》，这诗虽然还遵守着旧律，但已将藤村式的七五调，改成为五七调，并且还大胆地用了口语。自他加入自由诗社后，在该社的机关志《自然与印象》中，发表了他的《断层上的黄昏》，得到了完全的成功。

　　一丘广阔的断层面，
　　在上面太阳大胆地显明地照耀着，
　　好像是投抛过来般的颜色 闪耀着，
　　各处耸着庞大的树木，
　　这树没有光泽也没有弹力，
　　如像蛇虫蜕脱的壳。

　　远处的正面有座白壁的房子
　　——充满悲哀，
　　这悲哀被夕日曝得血红，
　　他端有断崖，
　　像铁丝般发亮辉眩，
　　那里一切——光、音、悲哀都被挤流泛滥。

从样式看来，这作品无疑的是自然主义的作品，对于对象的感触法，用叙述的形式表示着，说明断层而是广阔的，有无光无弹力的树木，这树木喻之为蛇虫的脱壳，虽显贫弱，但内容的表情与律动，则非常高涨。茫漠的血红的幻影，以极强的旋律，刺动着我们的感情，一切物象虽已朦胧不定，但那如铁丝般的光芒的断崖，衬映着夕日的背景，发出一股尖锐的利光来。

微明的天空下　倾听着
不知从何处漏来的披霞娜。

被火的渴慕所缠恼，
我孤单地被病魔所困惑，
追求懒慢的夜的幻影而走着。

——忧郁病Ⅰ夜

这首三富朽叶的诗，说出了诗人心中所秘的无限苦恼，因为他所信的自然主义，遇到了现实的阻碍的重力，因而感到非常大的忧郁和烦恼的缘故，他没有像白秋等的断然堕入颓废的勇气，因此一面痛感着自然主义者的悲剧，一面对象征主义流盼盈盈的秋波，他说："能够真正地与自然对面的，第一在于有感性的浓厚，只有这强烈感性的诗人，在相对的现实中，能识得绝对的现象，此乃人的创造力的极致。"这话里所指的浓密的感性，大概是对象征主义的一种追求吧！所以我们可以说他的诗里，存在着若干象征主义的素质。

今井白扬的诗,充满着光艳的感觉和清新的抒情,所以他实是一个抒情派的诗人,但他的感觉和感情,还有若干不均衡的地方。

> 苍白的月亮照耀
> 在无际涯的北极底深奥处,
> 有一座冰墓
> 不绝地能听见从它的底里
> 发出的爱斗争憎恶之冰冷的悲恸。
>
> ——给 F

其他的自由诗社中的山村暮鸟,畏缩在自然之声下,而热信着爱的福音,他爱好土地的气息,对于劳动着的农人、牛、马等,感到虔敬的精神,而充溢着洋洋的忧郁。福士幸次郎的诗,属于后起的民众派,低级的自然派与感官的颓废派所合成的人道派。

在日本的自然主义运动上,灌进清新的人道色彩的白桦派(明治四十二年创立),在当时的诗坛上,虽没有极显著的活动,但其影响所及,也有一顾的必要。例如武者小路实笃的诗集的出版,有岛武郎的华特曼诗的介绍,对于大正期的民众诗,有了极大的帮助。

所谓白桦派的中心思想,可以说是受着托尔斯泰的人道主义的影响极大,他们所处的阶级的地位,也都相似——如里见弴、有岛武郎、武者小路实笃都是日本的贵族阶级,像武者小路的新村的建设,有岛的把北海道所有田地施散给农民,都和托尔斯泰的思想一致。

在这一派里,可以称为真正诗人的,只有千家元麿一人。他的诗的特征,在内容上是浓厚的人道主义,泛神思想;在诗的形式方面,有芜杂散漫之感。但他的诗风是素朴明朗,近于晴朗的风景绘的手法。他曾说:"自己的诗,或许没有教养,如果诗的价值,单靠着文学的教养的丰富而下赞赏时,则自己的诗的价值,是等于零。但自己的诗里,有种能补偿这些缺点的热火,就是不缺少精神。"这精神是什么呢?即是他对于道德与个人的注目,发挥其人道主义的色彩。他歌道:

> 实在不可思议!
> 实在不可思议!
> 陋巷,
> 破衣的女孩,
> 单纯的破屋,
> 不可思议地与这青空相调和着。
> 壮丽的建筑,美丽的衣裳,
> 如花般奢侈的女孩们,
> 却与这太阳下的旷野乐园不相调和。
> 看来是真丑真贫弱,
> 这是什么道理?
> 这是上帝所注定的,
> 与穷人们以天国,
> 拒绝给富人以欢喜,
> 上帝真是大慈大悲公平的神仙,

想出了这样的奇迹。
　　　　　　——不可思议

　　这首诗,用素朴的笔法,将穷人与富人们的生活断面,描了出来,将倾注于穷人的作者的同情,假托在上帝的慈悲身上,这种浓厚的白桦派诗人的人道主义,实使贫富的斗争消灭下去,表现出贫者世界的祥和与清净。

　　在自由诗时代里,还有可注意的诗人,就是秋田雨雀与高村光太郎,前者的诗平明朴实,常带有社会主义的倾向,但他的功绩,并不在于诗坛,而在于新兴文化的运动方面。至于高村光太郎,他自明治末叶到大正初叶,在诗坛占着重要的地位,他的初期诗,虽与颓废派相接近,但他对时代的新生活有敏感。他对自己与现实的本质,有深的内省力,因此得以开辟了他自己的境界。他的诗集《道程》,在他自己发展的阶段上,占着重大的位置,并且在口语诗上,成就了最后的基础。他的诗的特征,是"理性""智慧"的透彻,并有一种浓厚的"无政府主义"的气息。

　　火星呈露着,
　　…………

　　我不知道
　　人间应做什么?
　　我不分晓

人间应得什么？
我思考
人间得与天然打成一片，
我感到
人间因为等于无，所以浑大。
呀哟！我战抖，
"等于无"这事是多可靠，
连无也毁灭了，
这"必然"的弥漫呵。

从这首诗里，我们可以如实地看到他的幻灭，并诗中所笼罩着的浓厚的无政府色彩。他确信着无的世界，甚至想超越"无"到不可知的"必然"的渺茫的玄学境界。这首诗据说影响到大正末期的无政府系的诗歌。

总之，自由诗运动，到了后来，完全抛弃了初期的自然主义倾向，仅成为形式的改革运动，尤其到了白秋、杢太郎颓废时代，则这个运动就与象征诗合流，而淘汰了自然主义的倾向。

五、民众诗时代

在诗的领域里，一般地被视为民众诗的，即是歌谣和民谣，但我们在这里所提起的民众诗，却不是这种民谣，而是含着其他意义的诗歌。当18世纪的后半叶，勃兴于欧洲及美国的布尔乔亚阶级，掌握了自己的政治的、经济的主权，他们站立在布尔乔亚的民主主义的基础精神上,想实现全人类的自由平等,民众诗就是明确地想表现这种急进的布尔乔亚的心理、欲望的诗歌。但他们所要求的平等自由解放,绝不是后来普罗文学所追求的自由平等解放,民众诗的歌者所站的阶级地位,也和普罗诗人所站的阶级地位有别;所以在积极的[①]意义上说来,它是盲目的、暧昧的、欺伪的;在消极的[②]意义上说来,它是有理想的,使后起的普罗诗歌的视野扩大。因为他们不歌颂风花雪月,而是刻画着农民和劳动者的生活;像被称为世界的民众诗派典型的华特曼,布兰思特的诗都是如此。

本来华特曼的诗和他的民主主义,在明治二十五年已由夏目漱石,同三十一年由高山樗牛,同四十一年由内村鉴三等介绍过了,但在当时毫无反响,这是由于当时的日本资本主义尚未达到灿烂的境界。但自欧战开始(大正三年)以至战后,日本的资本主义达到了最旺盛的阶段。因此,民主主义的风潮也就逐渐增大,这结果就影响到了诗歌的民主主义化。同时由于自由诗在诗的形式上,有了不少的成绩,因此它成为民众诗的形式上的遗产。

总观日本的民众诗,可以得到下列三种特质。

1. 对现代有热情,同时对未来有稍带暧昧的肯定的精神。

2. 有着实的现实味,在诗中描写从前的诗所不注意的人类与事物,使取材范围扩大。

3. 言语自由平明。

这派中的著名诗人,是福田正夫、富田洋花、百田宗治、白鸟省

---

① 此处应是消极的。
② 此处应是积极的。

吾、佐藤惣之助等人。最著名的诗集,是福田的《农民的言语》(大正五年)、富田的《地之子》(大正八年)、白鸟的《大地之爱》(大正八年)、百田的《一人与全体》(同五年)。

> 在后林里
> 吊着一个黑衣的人,
> 脸也墨黑,头也墨黑,
> 衣裳也是污脏了的黑工作衣,
> 摇摆地,吊缢在林内。
>
> 看起来似乎悠然自安,
> 脸上青苍而晦暗,
> 周围绕回着死的寂寞,
> 村人们聚了拢来,惊惧地且瞧且评论着,
> "据说没有饭吃……"
> "不,是个疯子……"
> ——四十岁男子的死

这首咏贫农缢死的诗,充满了实直的事实,没有抒情的田园诗的韵味。但这个平凡的死的悲剧,在福田的诗里,只是显着淡泊的可怜和村人们愚朴的猜想,没有雄壮的或本质的现实的深邃解剖,这种现象,正是表现着民众诗的本质。他的第二诗集《世界之魂》(大正十一年)则歌颂着一切对劳动生活的挚爱,犹之中国五四时代所喧嚷的

"劳工神圣"似的,发着夸赞激励的雄歌。

> 掘地的你们呀:
> 你们的锄是用铁铸成的,
> 你们的锄粉碎一切,
> 打破一切偶像,一切幻影,一切无根底的信仰,
> 突破一切你们的前程的障碍,
> 你们不被人差使 不被人侵犯,
> 你们是全人,
> 你们的劳动是天赋的,
> 你们的力使你们生存,
> 为你们的自由 你们的权利 你们的平等之爱而奋争。
> 你们相互的美好的友情将掩尽世界吧,
> 你们中的困穷的,有你们的伙伴来拯救吧,
> 你们中的被迫害的 有你们的伙伴来恢复吧,
> 你们才是真的中心 你们才是真实的人类,
> 你们才是一切的中枢,你们才是你们自己的支配主。
> ——给掘地的人们

诗人百田宗治,在这篇诗里,对于掘地的土工,如此地鼓励、歌颂着,但他所触及的土工的生活的本质和应做的事业不是对压迫者的反抗、斗争,而是让他们去破坏道德的偶像和幻想的打破,因此在这里出现的土工,只是达到民主主义者理想的全人的地位,而没有达到

阶级解放后的全人的境遇。

> 这儿的一切都是清净的,
> 此处是生活的祭坛,
> 劳动的至圣之境,
> 虽是持有贫穷的肉体和心灵,
> 而常超越不满的人的 mecca!
>
> ——火神与彷徨者

在上面的诗里,可以看到富田碎花是如何地美化了劳动者的工场,是如何地夸张了劣质的劳动的神圣,其实这种盲目的夸张赞美,徒然地虚饰了资本主义制度下的劳动者,而将资本家的罪恶,统统抹杀。我们看他另一首诗:

> 在这里,"资本"不张着白牙给人看,
> 是"劳动"的最后死守的要塞的工场,
> 一切清净的祈祷的驰驱场。

由这诗句,我们更可以明白了民众诗人对资本家所取的态度了,他们没有内在的积极性,并未深触到资本主义下劳动的本质。

至于白鸟省吾的诗,也是和上述诸人的诗,有同一的倾向。较有名的诗,是他的《失掉耕地之日》,乃是描写日俄战争阵亡士兵的家族的没落的,这里暴露了贫农家仅有的耕地,被高利贷田主剥削的悲剧。但全篇的涵义,还极朦胧,如称日俄战争阵亡的士兵的血,是"人们所流的正义之血",都表现着这些诗人的劣点和特征。

在这个时期里,和民众派相接近的,还有尾崎喜八、高桥元吉等;他们的特征,是对劳动抱着悲观和嗟叹。其他如北村初雄、大藤次郎、井上康文、佐藤清、深尾须磨子、生田花世、中西悟堂、前田春声等,都是属于民众派的诗人。

除此之外,还有注重感情的感情派诗人,带着虚无主义的思想而歌颂民众感情的诗人群,以及末代的浪漫诗人。

所谓感情派即是室生犀星和萩原朔太郎,他们竭力反对诗的象征和诗的古典化,因此后期象征派的诗人三木露风,就成了他们攻击的目标。

室生犀星认为宇宙的一切都是纯正的,因此使自己发生不绝的苦闷,但自己虽感苦闷,而却在时刻地想容受这些外在的纯正的东西,而与内心所潜在的渎神的情欲相争,并与内在的不正、神秘主义、病的恶魔主义相争,以及与游戏、夸张、耽美、劣小的利己主义相争。这争斗的胜利,并争斗时的苦闷都不绝地表现在诗的内层里。他说:"诗的根本,是涨满了苦闷的,自己的苦闷是永久的,像泉一般地无限的。"唯有解决这苦闷,才能达到了纯正的容受,所以他的诗,宛如苦闷的求道者的告白与祈祷文。

至于萩原呢,他曾说道:"我的感情,并不是属于激情的范畴里的,这是一种静寂的灵魂的乡愁,宛如春夜所听到的笛子之音……如此地,我写着诗,像围在灯火旁的飞蛾,被某种艳丽的不思议的情绪的幻象所欺,像触及那看不到的实在,空飞动着脆薄的翅翼。我是个可怜的空想儿,是悲哀的飞蛾的运命……感觉的忧郁性……我的生活,连官能也在悲哀颓废的薄暮中吧!实在忧郁的东西,是我抒情诗的主题,所以我最近的生活,是多倾向于思索的忧郁性,而甚于感觉的。"(《青猫·序》)

在这自白里,我们可以窥见朔太郎的两个特征,一点是说他的内心是在反抗的,宛如飞蛾;另一点是自白他是一个失望的忧郁的诗人。

在冬季阴天凝冻了的天气之下,
在如此忧郁的自然之中,
静默地在道旁吃着干草丛,
悲惨的 伶仃的 宿命的 因果的
苍白的马影,
我走近马影,
马影宛如向我眺凝。

呀呀!快点移开这里,
快从我的生涯的银幕上离开,
消灭了这种幻影,
我相信我的"意志",马啊!
从因果的 宿命的 定法的 凄惨的
绝望的冻了的风景之干板中,
逃出这苍白的影子。

——苍白的马

这是如何辛酸、难容忍的、不安的、寂寞的感情啊！这种难堪的情感，综合成诗人的无量的忧郁，但是这种感情是从哪方面袭击过来的呢？不用说这是从因果的、宿命的、定法的、现实的堡垒里突击过来的，因此萩原对着宿命的……现实社会发着微弱的反抗，像飞蛾似的追求另一面不知深浅的灯光。但这个结果也只是徒然增加灼伤和失望的痛苦，因此他就永沉沦在忧郁的境界里，偶然有着挛痉般发作，这"发作"就是他自称为写诗的根本"灵泉"。

至于感情派诗风的特征，如萩原所说一般，是："最尊敬诗语的平明素朴，尽力地用通俗的日用语，率直地将感情表现出来。"

与民众派相异，同时也是歌唱民众感情的，有两个诗人，即是正富汪洋和生田春月，前者是带有社会主义思想的，后者是内含着虚无主义的色彩的。因此原因，生田春月终于堕海自尽，以追求空虚的生之末路。他的诗，在若干方面，颇受德国诗人海涅的影响。

萝珊是蔷薇呀！虽是蔷薇，
但不是沙龙里的恋之花，
是刺伤强权的刺之花，
在自爱之爱中如血盛开
散萎于暴风雨中的铁之花。

在波兰时，在瑞士时，
为了制服德国社会民主主义

而结的假婚,

这仅是名义,他的良人,

只是自由,只是平等。

——萝珊·鲁森堡

这是他歌颂波兰的女革命家萝珊被杀的挽歌,在这里只能看到"自由""平等"的美称和"憧憬",但却没有歌到萝珊的真实的生涯,这种空幻的情热的憧憬,正表现了春月的特征。他的自杀,乃是表现着幻想的破灭和虚无的追求的结局。

除上述的诗人以外,还有若干官能的耽美的抒情诗人,例如佐藤春夫、柳泽健、西条八十、日夏耿之介、崛口大学,等等。他们的特质,就是与民众诗的对垒。例如佐藤春夫的《秋刀鱼歌》。

悲哀而闲情的

秋风哟,

如果有情请你传话

——有个男人,

独自地在今宵晚餐,

吃了秋刀鱼,

并且沉于耽想。

这首美丽的小抒情诗,歌出青年男人的无爱的寂寞,里面低微的感伤情绪,则如泉水滚滚地涌了出来。

> 白云飞逝,
> 忽阴忽耀地飞逝,
> 在远方不知的国境,
> 好像起了什么事情。
> ——怀乡

柳泽健的这首小诗,有着若干象征诗的素质,在云的悠然飞逝之中,笼着使诗人起怀乡病的愁绪旅情。并因云的飞翔自如,更使诗人深感人生的烦琐和束缚。

其他像西条八十也是个纯情的抒情诗人,崛口大学的诗则有着法国诗的风致,而日夏耿之介的业绩,与其说是诗的卓越,毋宁说是诗的研究的深博。

总之大正诗坛,一到了民众派的末期(十年)已渐渐分裂、崩壤,而同时所谓在资本主义末期所产生的诸艺术运动,也相继崛兴,如大正十年(1921)平户廉吉等发表了"日本未来派运动第一回宣言"。揭起了日本诗坛的未来派诗的义旗。[大正]十四年左右又有萩原恭次郎、冈本润、小野十三郎等的"赤与黑"的达达主义运动,继之又有无政府主义、虚无主义等不一而足的小分歧。支撑当时诗坛的青年诗人,是松本淳三、村山知义、林芙美子、远地辉武、陀田勘具、重广虎雄诸人。

(参考书见第十一章末)

第十一章　现代诗歌

一、布尔乔亚诗

自欧战以后，日本的资本主义，得了丰富的滋长机会，尤其在关东大地震（大正十二年）以后，更呈现出灿烂的相貌。因此在艺术的园圃里，受着这种影响，就充满了颓废、享乐、官能、堕落和黄金的引诱与眩惑。

在昭和初叶的文坛上，表现着以上的特征的，即是横光利一等的新感觉主义。在诗坛上表现这种特征的，最显著的，当推春山行夫等的超现实主义。这二者在形态上的旋律论和内容的超现实的感官诸点上，极相一致，都是当时社会的反映。本来这种超现实的精神，乃是一种置理想于无意识的活动上的，而并不是超意识活动的产物。因此它不是知的活动，而是有神经活动、生理活动的倾向的。

又因为它对于无意识活动，有着无限憧憬、眷恋，结果就必然地孕育着颓废性，而堕于本能的放纵和疯狂的境界。这些现象，我们通观昭和时代的纯艺术派的诗作，即可知道。

与纯艺术诗派相反，在昭和时代里，以其迅速的步伐和澎湃的韵律而涌起的，即是普罗诗歌。这派的诗，扬弃了大正时代民众诗的民主主义的色彩，不拘于韵律的束缚，以自由奔放的热情，深持着马克斯（思）主义的世界观，来歌咏历史上的光明面，鼓励新的斗士的诞生。同时并以郁沉的调子、平易的口吻，吐出所感受到的现实的否定面的恶浊。这派诗的根本特征，即是紧握住现实的全貌，在形式上抛弃一切韵律格式的束缚与律调，而求其自然的朗读般的音乐性的内蓄。同时抛弃了美丽的琢雕的汉字，取用简洁的日常用语，也是这派诗的特征。

总之，昭和时代的诗坛，实可以说是纯艺术诗的不振和普罗诗歌的无限的成长。

在纯艺术诗派里，作为具体的集团而出现的，是超现实主义派，由抒情诗而堕落了的通俗歌谣派，以及较新的散文诗派。现皆略述于下。

（一）超现实主义派

超现实主义诗，究竟是一种怎样的东西呢？为要彻底理解它起见，可以引用批评家的话来说明："在一切艺术的背后，都有一定的意识形态，这是我们不能否定的。但有许多场合，作者是不曾意识到这种意识形态的。作者虽不曾意识到，但这种意识形态却在作品里，用某种形状，在某种程度上，都能表现出来；此乃艺术的一个秘密。但

作家是应极端地不要意识它……"(谷川彻三)

　　看了谷川氏的说明,我们就可以深知超现实主义诗不过是"去势"的达达主义的一个变相而已。属于这一派的,是旧《诗与诗论》《文学》的诗人们,如春山行夫、三好达治、安西冬卫、竹中郁、上田敏雄、泷口武士、坂本越郎、丸山薰、渡边修三、北囲克卫、神原泰、西胁顺三郎等。

　　　　粗描是粗描,
　　　　漆黑色是漆黑色,
　　　　动力测量计是动力测量计,
　　　　赤痢是赤痢,
　　　　波斯国是波斯国,
　　　　屋顶花园是屋顶花园,
　　　　蜡笔画是蜡笔画,
　　　　关于这个是这个,
　　　　这个又这个,
　　　　太太是太太,
　　　　花是花,
　　　　ect。

　　　　狗在门外吠,
　　　　树林围着海湾,

大理花盛开，

花丛中的海水浴伞，

暗礁现着黄色，

砂丘呈现薄紫，

正午，

旅馆真空，

耳朵伏在砂上，

听见语声。

——Text

上面的春山行夫的诗，只有后面一段，略可了解，乃是描写炎暑海水浴场的一个缩图，这里含蓄着一种对享乐生活的微渺的憧憬，并有一种作为基调的感愤(Pathos)。但上半段则实难以理解，我们与其说他在表现超意识的感知，毋宁说是无意识的堆积和发作，尤其像他的"植物的断面"将"白的少女"四字，堆成纵六句横十四句，达成其所谓规定的形式的世界，而使人只感到他的一种病的精神的痉挛。

从远山 平野 脚下小镇 川 桥

有圆线的雪涯上，

形成七彩的十字架，

劈开了现在的眺望，

飞渡过沼泽，雉。

约会都毁坏了呀!

海上蒙云,呀,云上映着地球呀,

天空上有阶段呀。

以上是三好达治的诗,他自己认为是一首近于法国维尔涅(Verlaine)的抒情诗。诗中前段的远山、平野、川……后段的地球、阶段等的道具般的组织,并不像旧象征主义加以轮廓的剥蚀,或除去其重量,不考虑物的本质,而只是任意地、显明地,把字句堆积起来,因此仍带着无意识的倾向。而尤其在形式韵律上,如后段都以"呀"为语脚,不考虑其重复与单调,都是他的特征。

我熟读

树木中的言语,

积在道上的水堆底的义

和一切秘密着的世外的事故,

我熟读。

我浴着强烈的太阳,

我的躯干刺着千百道的光线,

在我血管里循环着的血脉画着美丽的条纹,

在唯一的命令下表示着这些言语。

EZ·CML 和

BSO。

人们呵！来脱掉我的衣裳，
请用燃着的雪茄，
来刺只有明眼人能见的我的背上，
那么我的颤动的刺青[注]，
能巧妙地衔着它。

——刺青

[注]"刺青"即文身。

竹中郁的这首诗,正如原诗的副题《某诗人的自觉》一般,是他的知性纷乱的告白。树中的幻文,玄虚的水堆,世外桃源的世故,乃是对于他的唯一的真实。这些通过血脉的循环之路的假"真实",表现出来即是 EZ 等无意义的文字,亦即是诗人的难测知的内心的自白。而同时肉体上所雕的原始的刺青,代替了他的嘴的特殊功用,表示着某诗人全身体的均衡和超自然化。

看过以上三人的诗句,我想对于超现实主义的纯艺术诗派,约略地可以明白了吧！

(二)通俗歌谣派

属于歌谣艺术的,是新民谣、都会小曲、流行歌等,其中的新民谣应以明治二十四年中西梅花的《海滨之茅屋》为嚆矢,但明治、大正年间,这种作品还未达到发达的水准,直至昭和时代,才开了烂漫的花朵。

这种变相的新诗的发达原因,是因为布尔乔亚诗歌到了现在,已经丧失了在客观现实中发掘其自身的题材,不得已堕于颓废境中,或堕于怀想过去历史的感喟中,想复归于历史的传统的感情。同时他们为着求得低俗的大众的支持起见,就利用着极浅易的俗俚可歌的形式。

除以上的原因之外,还有一个最决定的条件,即是艺术的商品化。西条八十说过:"我写一篇纯艺术诗,其稿费仅只九十元,但一首流行歌或民谣,就有几百几千,所以我才改了行。"这自白,不是赤裸裸地述说着黄金的眩惑吗?

属于这个民谣集群的,是北原白秋、西条八十、野口雨情以及藤泽卫彦、藤田健次、霜田史光、大关五郎、松村又一、佐藤八郎、时雨音孙、岛田芳文、久保田宵二、都筑益吉、西冈水朗、佐藤惣之助、中山辉、长田恒雄等无数人。这些人虽不能一律视为反动诗人——例如久保田宵二、松村又一等歌着小市民的悲哀,都筑益吉等作着售不出的创作民谣,但他们共同所有的颓废性,缺乏内容,则是难以否定的事实。

不过"新民谣"和"流行歌"却表现着颇不一致的倾向,前者是有浓厚的地方色彩,歌咏男女间原始的爱情故事与隽洁素朴的情绪,但后者则是荒唐颓废,充满世纪末的氛围气。

> 如果到了名古屋,就来一趟吧,

不会久留您,立步让您回家。

"尾张犬山是樱花的名胜地,
阳春天 呵 花开满天涯。"

只有樱花不算花,
十七八岁大姑娘才是花,
"为眺尾张犬山的十七八,
呵 请您来一趟吧。"
————犬山音头

这一首是野口雨情的民谣,这种民谣完全是素朴而低俗的简述,没有描写,也没有形容,同时也没有深切的内容,只是淡泊的、原始的谣曲。意在表白出某地方的、特殊的乡土味而已。

只见了一眼就钟情,
也不晓得为何因,
到了黄昏泪如倾,
不知不觉哭殷殷,
嗳 嗳 请爱我吧!
嗳 嗳 请爱我吧!
————请爱我吧

这首西条八十作的流行歌,其中所含的意义,既不是纯情,更不是圣神的爱,只是恋爱游戏的叹息,并世纪末的苍白的喘息而已。

流行歌、新民谣的颓废倾向,正表现着布尔乔亚诗的没落的全貌。此外有一种歌颂军事战争的流行歌,如《庙行镇三勇士》《战友》等的反动,更令人切齿,其中所弥漫的军国主义色彩,充分地表现了布尔乔亚诗人的法西斯化。

(三) 新散文诗派

新散文诗派,乃是以北川冬彦为首,以及受其影响的神保光太郎、永漱清子、半谷三郎、大村辰二等人为中心的一个组织。

这派诗的特征,是在打破诗的旧的自由诗式(分行诗)的格式,而创造新的诗的定型。所以可以说是侧重于诗的形式问题的集团。

在他们看来,诗中最应重视的,是新形式的创立。这形式,或采取散文形态,或规定一定的格式——如西洋的十四行、日本的连歌等,对自由分行诗加以极端的藐视。至于言语的音响问题,则对于过去日本诗仅有的音数律、内容律感到不满,要求诗的全部,有旋律的音响,并注意日常用语的洗练与选择。

是密浓的朝雾,

太郎的布棉袄被雾濡得淋漓润湿,感到自己小小的身体,渐渐肌冷起来,昨夜拼命地做成的纸旗子,也飒飒地冻缩得无影无踪似的了。

越过这山,湖水光熙,

湖的彼岸,有着妈妈的坟墓,
至少也愿在这里向坟墓摇摇纸旗。

——成了岩石的太郎

在神保光太郎的这首散文诗的一节里,我们第一个觉得惊奇的,不是这素朴天真的内容,而是这诗里奇特的形式与用语的音响的偏重。由散文诗和分行诗而构成的这首诗,不是对于新形式的一种唆示吗?像"淋漓""飒飒"等有旋律的副词的应用,能发出一种宛如晚钟的余韵,使读者的心灵,感到一种最婉美的金属的声音。

积成如山的垃圾堆里,横着一根还有点剩肉的牛肋骨。
汪的一声,瘦狗从想抓起这根骨头的我的旁边,伸过来鼻子。
没法子,让它舐了一下。
可是,当我舐啃的时候,光剩了嚼烂纸屑般的味儿。
他妈的!
但是这根肋骨弯曲得真凑巧,用它来做挖爬垃圾的棒儿啵!

——垃圾堆

北川冬彦的这首诗,可以说是非常地代表了他的整个的特质。在内容上,我们知道他是描写一个乞丐的生活片断。在形式用语上,证实了他的新散文诗的精神和日常用语的音乐的提炼。例如:"汪""光剩了""他妈的""棒儿啵"等。

实在,在昭和诗坛上,北川是一个特殊的存在,他是与布尔乔亚诗有直接关联的近于普罗诗坛的诗人。他以自己的肉体,真实地通过了布尔乔亚诗坛的隧道,所以当他通过隧道以后,在题材上与主题上,虽展开了新的原野,但附与身上的煤屑污尘——形式主义的艺术观——则更被隧道的灰烟所沾而不能脱掉,因以构成一种不调和的现实主义的形式论者的基础。所以他的诗论,多侧重于形式论的改革问题。

虽说在假眼里装进金刚石,但有什么用呢?在生了苔的肋骨上,挂着勋章,有什么用呢?

非粉碎宛如香肠的巨大之头不可,非粉碎宛如香肠的巨大之头不可。

能把这破片放在掌上,像吹散蒲公英一般的日子,是在何日呢?

——战争

这首诗,也是他的新散文诗的标本,其中对于事物的表现的抽象化,诗句排列的新颖,颇可窥见他的全貌。

二、新兴诗坛第一期

在诗的园圃里,孕育了将放的新兴诗歌的花蕾,是在昭和元年

（1926）。

本来新兴诗歌的发芽，很早就蕴蓄在新兴阶级成长的可能性上。日本的资本主义发达到了成为帝国主义的时候，其内在的矛盾便形成非常的尖锐化，而那处在被压迫地位上的新兴阶级，也就跨上巨大的途程。

新兴诗歌就是随着这阶级的成长而发展的，他首先扬弃了过去的民众诗的消极性和软性症，站在自己的世界观，而歌起雄壮的歌来。但在第一期里，这些诗歌，并不是完全的现实主义的作品，是被浓厚芬馥的浪漫主义气氛所笼罩着的，甚至还不能完全脱离了旧时代的民众诗的桎梏——用精致的语调，交织纤弱的温情。——这个原因可以归诸于当时的新兴诗人，多是进步的知识阶级，在他们身上，还沾染着过去的旧迹的关系。

在这一期里，显得活跃的，是中野重治、洼川鹤次郎、三好十郎、上野壮夫、小林园夫、长谷川进、仁木二郎、西泽隆二以及从达达主义阵营里转向过来的壶井繁治等人。

中野重治可以说是这时期的中心人物。他的初期作品，还是极端的布尔乔亚诗歌——柔和的抒情小诗。如他发表在《驴》杂志的诸作便是。

  今宵降着霖雨，
  邻家又开了留声机，
  那歌女迸着空幻的声调，

唱着叫浦岛太郎的歌谣。

浦岛太郎骑乌龟……

受了公主的眷恋，

后来成了白发的老爷，

你也唱唱看，

你再告诉我这是唱着谁的事件。

——浦岛太郎

在霖雨如油的日子,伴着小孩,凭在窗沿,倾听邻家传来的空幻的歌声,让自家的小孩子复习起来,那是如何纤细优美的感情呵！中野用他的简洁的技法,更衬映出童真的天国的幽静。但是看着前进的现实,绝不使他停滞在这种抒情诗的境界里,而使他歌咏起现实的真姿来了。

我们得做工作，

因此得商议，

但是我们一商议，

警察就来揍我们的眼和鼻，

因此我们观清了有空地和后路，

借了间二楼。

一会儿就黎明，

我们又得搬家吧,

提着提包,

我们绵密地商议吧,

着着地实行工作吧,

明天的夜里再租其他棉被睡觉吧。

——黎明前的再会

这首诗里,已表现出了新兴诗的阶级的历史的面貌,而发扬其纯粹的感情;不过其中还含着若干过去作品的残余的浪漫主义成分,但由于中野重治诗歌的发表,在过去民众诗对于社会的矛盾的焦急与盲目的反抗,已被消灭,随着发出了相信历史的、必然的、明朗的音响。同时他的正确的世界观,融化于具体的实感中,成为优美的抒情诗而出现。这里面并蓄有强烈的意志和周密的神经。

这个抒情诗人所用的题材,多是他的生活途上的实感,因此缺少积极性。

甚太郎叔叔,

这只袋里,装着

仁丹,乌格散,手帕,

是昨天同里院的阿染妹

到街上一同买来的,

肚痛时吞乌格散,

呵,甚太郎叔,请用,
插上刺刀的枪,
…………
　　——给××的信

这诗充分地表现了三好三郎①的特征,就是平淡悠然,没有激烈的感情和震动的脉搏。同时使用着明朗的日常用语——但这用语虽见流畅而缺少抑扬——他的缺点是故事缺少速度,形象成为绝望的东西,因他的现实认识,缺乏内省力的缘故。

请看这条涌去的群众,
旗叠旗 手连手,
跫音呼音跫音,
人们群集 重叠 波动
滚涌 叫喊 奔骤
人们扩展 接连 续联
光芒 辉耀 招摇,
呵呵,在这惊涛般的洪流里,
溶尽了一切的悲凄,
一切个性的忧郁,伤失了自己
请看这欣喜的群众的洪流呵,

---

① 应为三好十郎。

请看这光辉的新世界的探险者呵。

——我们在变革的洪流里

粗暴的热情,沉重着实的步伐,充满于上野壮夫的这首诗里,他的二字一顿的语句,宛如进军的骏马的蹄声,迸裂着他的心里将沸腾着的热情、正直、实直,毫无虚饰。因此他的诗缺少理智和纤细,只有粗壮的气息。他的代表作,还有《风颂》《秋之歌》《反战诗》等。

小林园夫偏重于"道理"的诗,在当时的诗坛上,露出相当的光芒,他的"普罗列塔利亚"诗,在第一期的新兴诗坛里,曾惹起众人的议论。

难道只你一人有双亲,

难道只你一人有媳妇,

难道只你一人孝敬双亲,

难道只你一人疼爱妻儿,

你呵!我们的奋起到底是为谁,

你呵!我们的胜利是什么力量。

怯胆鬼明白了吗?

明白了就请签名,

服务为第一警备班,同志呵!

在这里所表现的特征,是罢工中的勇壮的、意欲的、确实的表现,并形式上的单纯的手法,这种直截地歌唱切迫的感情,巧妙地雕刻出斗争的现实的形状——原诗有一种进袭读者的心胸的旋律。但这里面,如以"你啊! 我们的奋起到底是为谁"等的理由,而唤起诗的情操,不免减少了这诗的卓越。

诗人洼川鹤次郎,不但在诗的创作上占着重大的地位,并且在诗的评论上,也显出惊人的活跃。他的诗,是其感情的致密和整齐的表现,因此他的诗里,没有表面的革命等的文字。而那雄浑的情热和情感的丰富的色彩,却秘藏在诗的内部。因此他的静寂的诗,一渗进读者的胸里,就逐渐地使读者燃起热情来。

难感的寒冷,
使你的周围更加静寂,
你以冻伤了的手
操动着细而矮短的笔,
写了热心的音声送给远方的我们。

在苍白的日荫下,过着日子,
还有不衰退的强力啊,
连梦里也无孤独的影子的你的信念,
充满了希望的飞迸出来的言语,
使你坚硬了的手难于书写,

但没有寂寞焦躁和夸张，

你无论在哪里都是和我们在一起啊。

——给札幌的同志

这首《给札幌的同志》，就有着上述的浓厚的特征，它没有表面的力竭声嘶的愤怒，而只是对着这个囚在狱里的同志，表示着钦佩和信服。

壶井繁治是一个感触极锐利的诗人，他的作品虽未能整理错杂的感情，但在他的晦涩之中，有种锐利的卓越。

三、新兴诗坛第二期

在昭和元年刚抽出了嫩苞的新兴诗坛，到了 1928 年（昭和三年），突然遇到了暴风雨的侵袭，这暴风雨就是三·一五事变，这事变摧毁了许多左翼文化团体，连带地与新兴诗歌以极大的打击。

然而新兴诗坛，又似浴着太阳的旷原上的野草，当暴风雨消逝以后，野草又露出油然的嫩绿色，而且反洗尽了沾染着的污泥。这就是在 1929 年以后的诗歌上，克服了过去的平淡的生活叙述并漠漠的表现的象征。

在这风雨过后晴朗的天气里，客观的相貌已完全变换，劳动阶级已在工场农村里植下了组织的基础而开始活动，同时还有无产者艺术联盟的组成。因此在新兴诗歌上，也就显出了新的要求与新的旺盛的任务，而使诗歌更切实地发展起来。

这一期里的活动诗人,是森山启、长谷川进、白须孝辅、下川仪太郎、田木繁、波立一、秀岛武、松田解子、田边耕一郎、槙木楠郎,以及受他们的影响而崛起的真正劳动者农民的长泽佑、B 丸之 K、泷泽一二、高木进二等。

森山启是继中野重治而崛兴的卓越诗人,他的初期诗(习作诗之类)里,也充满了怀自然田园的抒情的情调。

> 沉眠的苍海,
> 似梦非梦地倾听着,
> 土地庙林中的盂兰会的鼓声,
> 舞倦了的男女,
> 走下坡道,
> 在海滨又跳最后一次的舞踊。
>
> ——村中的沙滨

这首诗里所描写的渔村,既没有血腥的贫苦,更没有惨淡的生活,只是一幅映进诗人眼里的平稳的渔村晚景。

但自 1928 年以后,他的诗转变了方向,正如他说:"值得歌的是展动着的生命。"而在着着发展的现实下,知道了单单"宣言与呼号,愤怒和激励,示威和欢呼"是不够的,于是进而提倡诗须以生产场面的现实为对象,并以深深发掘这对象为诗人的任务。这个提倡,换言之即是要诗人在劳动者的实生活里追求诗的题材。

被雇的无赖汉 用棍子把你们赶出工场,
你们的背骨被殴打,
走到霖雨中,
数百人只斜撑雨伞几把,
衣裳 手持的物品 都淋得湿濡濡,
唱着反抗的凯歌而前进。

冈谷镇的人用白眼看你们,
在资本家的大腿缝里瞧你们,
你们被赶出了住屋,
你们像被雨淋打的蛾群而被舍弃。

一个抓住一个后背而哭号,
天晚,大雨也不意下,
被强拉着走……但还唱着凯歌朗朗。
————"雨"——给冈谷制丝的姊妹们

在这首诗里,深笼着烟雨一般的愁情,但这愁情夺不走凯歌的明朗之音。这种英勇的冈谷制丝公司的场面,是如何地在森山的诗里,明显地反映出来了啊!这里没有煽动和概念式的呼号,而是生活的泪的记录和血的缀文。

他的其他诗作,如《隅田河》《南葛劳动者》《港湾小镇》等,也都是描写生产场面的佳诗,尤其是《某水夫之父》《某铁工之事》的长篇(约数百行)叙事诗,开辟了新诗坛的长叙事诗的园地。

总之,森山诗的特征,是有知识阶级的理性的诗风,并内定的理想型。这二点可以说是他的艺术的秘密,在他方面看来,可以说是他的艺术的破绽。

与森山的诗风相反,有真实的劳动体验和农村生活的诗人,他们多是真实的劳动者和农民,所以在他们的诗里,没有定型的理智的跃动,只是充满了实生活的记录。这些诗人,即是田木繁、长谷川进、长泽佑等。

> 你们的手上皮肤和我们的颊面,到底谁厚呢?
> 你们的铅笔和我们的指头骨,到底谁粗呢?
> 你们的手指和我们的咽喉,到底谁先被溃掉呢?
> 你们镶有铁钉的鞋和我们的屁股,到底谁硬呢?
> 我们让你们把这些要紧事好好地领会吧。
> ——×××歌

这是一首有工场劳动者的热烈的意志,并坚硬的决心和愤怒的诗歌,用来表示对强暴的压力相抗争的决心;这种劳动者的情感,如果没有田木繁的真正劳动的体验,他是不能够体会到以肉体来和其他一切相斗的那种愤慨的。

气压七十七糎,
风速二十米,需然豪雨,
船如被逆风所袭,
被怒涛所啮碎,咽咽哀啼。
裹着雨衣的水夫,
紧步行过甲板的姿影,
一羽迷路的海鸟,
穿过片片的黑烟,
紧追着船。
——飞鱼搬运船

劳动者诗人长谷川进,是曾在"飞鱼搬运船"和"纺织工场"里做过苦工的,上面的诗,就是他的实生活的缩图。他写出勇壮的劳动者(水手)的姿影,海鸟追赶船踪的勇猛,这种叙事风的风俗画,紧迫着读者的心灵,而那粒粒如珠的诗句,更增长了这诗的气魄。其他的佳作,尚有《劳动的女人们啊!》《打倒他!》,等等。

春——三月,
打碎薄冰,
我们开始种田,
真是冰冷的水呵!
足色发紫,宛如僵死。

今天是初耘，

想到今夜可以喝钟酒，

俗就有了勇气。

——贫农所歌之诗

这首是长泽佑的农民诗，他是个乐天家，他在贫农的歌里，注进不屈不挠的信念，使他更快活而力强，像这首小诗，就有一种难言的农民的素朴与质朴的胸襟。

波立一在新兴诗坛的第一期里，已露出相当的光芒，但到了第二期，则他的诗渐渐成熟，而在题材的择取上，有着他独特的技法。

幽微的引擎的声音，

——煤山的深夜森阴，

午前三时，

晚班退出的笛号长鸣，

天还未黎明，

想瞌睡的共同浴场，

断断续续的骚音，

喂！看见了吗！

——采矿部的揭示板，

池汤里的工人，一时都归寂静。

这是波立一的《黎明的集会》的一节,这诗的简洁的叙述法,却包涵着紧张的感情,而免去了过去所常犯的细叙主义。除此之外,波立一还写了许多以政治活动为题材的作品,如《五月一日》《结党之焰》等,可惜这个诗人,在不久之后,因为白色的压制,停止了他的诗的活动。

西泽隆二的诗,因为有许多黏滞的言语和旋律——这是由于他的诗的表现,过于偏重技巧,因此就显得无力。而当他在第二次活动的时候(即新兴诗坛的第三期时),他的诗还漠视着主题的积极性,而只坦白地歌着。

> 你成日价喝酒,
> 鼻头尖显得通红,
> 我躲在旋盘的背后,
> 只偷抽了一根纸烟,
> 你这王八蛋工头,
> 就说:"这样可得革职。"
>
> 你才得革职哩,
> 轧、轧、轧,
> 白衣特[注]刻着铁发散着烟,
> 轧、轧、轧,
> 这工场里有二百个工人,
> 直到去年还有五百个,

恐怕到了明年今天 谁也不在了,

只这工头一人 在工场里巡逻吧,

轧、轧、轧,

旋盘刻着铁转着,

这好像每天的生活,

雕刻着我们伙伴的××而转着一般。

轧、轧、其、其,

发着这样的声音。

——年轻的旋盘工

[注]白衣特为旋盘用具之一种。

楠木槙郎所专门从事的工作,是普罗列塔利亚儿童文学,所以他的诗也脱离不了这种儿童文学的特征。他的诗近于童谣体裁,表现着勤劳大众的孩子们的天真的思想和世界。但他所处理的儿童,大都是农村的贫农子弟,所以他就假托着这些天真的儿童,歌着一切觉得可疑的现象,如《丰年成灾》等的切身问题。

这一期新兴诗歌的优点有三:1.活生生地歌唱劳动者的实生活;2.由第一优点而开拓了形式上之新的叙事性;3.靠这些诗发展了新诗的势力,深入于劳动者的心里。

至于其缺点,则为:1.诗人们对当时新展开的情势,不曾积极地负起自己的任务;2.在创作方法上,对口咏的诗歌的方法问题,没有正确的认识。

四、新兴诗坛第三期

从昭和五年到昭和八年的上半年(1930—1933),可以说是日本新兴诗坛的黄金时代,但一到[昭和]八年下半年,新兴诗坛就突现惨淡荒芜的景状。

当昭和五年由《新兴诗人》的佐野岳夫、佐野和子等,《前卫诗人》的伊藤信吉、平泽贞二郎等,《前卫评论》的远地辉武、伊贺上茂等,《工场》的桥本正一、大江满雄、绳田林茂等,《镰刀》之乌干吉、鸟羽启等,《众像》的松浦茂作、林卫等,《宣言》的新井彻、后藤郁子以及其他杂志同人,组织了普罗列塔利亚诗人会,于翌年发刊了《普罗诗》杂志,主张为普罗诗的确立、布尔诗的克服而奋斗。因此可以说是对当时的新兴诗坛,加上了一座坚固的堡垒。

但当时的诗坛,还有两种严重的缺憾,一是"在革命的题材中,解除了艺术的努力",一是"非政治主义的文化主义的倾向",因此当时的诗坛为征服这些缺点起见,展开了极广泛的理论斗争和研究。

昭和七年六月,日本作家同盟,为着组织的坚强起见,解散了普罗诗人会。一方面为了加强诗的运动的坚强起见,由作家同盟第五次大会,对诗下了下列三种指导理论,即:1.主题的积极化,党派性的获得;2.诗的具体化,在地方的特殊性上,歌咏日常生活;3.唯物辩证法创作方法的确立。

然而正当这种诗歌发展的时候,从外面袭来的政治的压力日日加厉,诗人多被逮捕;到了昭和八年的上半年,加以新兴诗坛上的公式主义作品的横行,使诗坛陷入于极端不振的地步,这时虽有森山启拼命提倡"社会主义的现实主义",但反响毫无,真是到了暮景了。

然而在这由黄金时期到衰落时期之间,仍有许多可观的诗人和新的活动的展开,这新的活动的展开,即是诗人会中朗诵队的活动。他们曾假座筑地小剧场举行朗诵会。在会中,充满了旋律的新井彻作的《给阿尔美尼亚兄弟》,获得了极大的成功。

> 我打开地图,
> 并且用深切的同情的眼光凝视,
> 那在黑海与里海之间所挟着的一叶,是你们的国家吗?
> 遥远的阿尔美尼亚兄弟呵!
> 我们知道 我们……
> 你们是组成我们革命的苏联的一分子的共和国,
> 然而 曾经使我们特别苦痛的大地震,
> 现在在你们身上降临。
>
> 兄弟,
> 我们的记忆又重新清楚地忆起,
> 一九二三年九月初一日,
> 以这记忆想到你们的不幸,
> 以这记忆吊着横陈于南俄的牺牲了的三百九十三人,
> 以这记忆悲痛七万一千个受了伤的兄弟们的姿影,

以这记忆伸手给被暴风雨所淋 被饥饿所迫的你们，
失了丈夫而呆然的劳动者妻子 失掉了双亲的农民之子，
然而曾经在我们身上 还有资本阶级贪欲的蹂躏，
相反地 你们却没有加重天灾的人为的灾难，
这里只有苏联的深切的同志爱。

这一首是描写1931年4月29日，在苏联南部阿尔美尼亚地方起了大震灾后的情形，并为安慰他们而写出的诗歌，将"天灾""人祸"的根本意义，显明地阐述出来。

除新井彻以外，这时代的活跃诗人，还有伊藤信吉、桥本正一、一田秋、今野大力、佐野岳夫、村田达夫以及异民族诗人金龙济等。

伊藤信吉是一个卓越的批评家和诗人，他自发表了著名的《燕》之后，陆续写了许多卓越的诗歌。

在广大的农场，
牵引机静置不动，动摇的是树林的梢枝，
冰冷的寒风，
风吹着冬之歌，
而那十月的暴风雨的骚音 抹消了十三年前的血腥
风传播着建设的铁的音节，
革命纪念日跃动的气息。
　　　　　　　　——革命纪念日

此诗歌颂苏联革命十三周年纪念,其中所含的青春般的搏动的谐调,增强了他的抒情诗的效果,并且充满了热烈浓郁的羡望的情感。他的诗带有浪漫主义的色彩,这或许由于他是知识阶级的关系,所以到后来他离开了普罗诗坛而去的事实,正表现出他的思想。

桥本正一的诗好喋喋多言,常含野趣和幽默,弥漫着健康的颜色,但下面的《给他们××》,却有特殊的新鲜味和勇壮爽快的情趣。

> 兄弟,
> 你的一只脚被炸碎了,
> 兄弟,
> 你的下颚只剩了一半,
> 那也得突击呵 冻伤那算什么,
> 吹起大块雪的尖厉的旋风,
> 紧裹上飒飒地冻了的大衣,
> 我们须渡过这剑尖刺袭的冰冷的河川。

这里活生生的描写,将在雪原上战斗着的勇士的姿态,宛如斑斑的血迹,浮在眼前一般。其他的诗,如《劳动节歌》《伸手给中国同志》等,都很有名。

一田秋的诗,充满了女性的微细的灵感和纯情,她毅然地与当时诗坛的公式主义相抗,以抒情风的形式,歌着劳动者日常生活的平凡的感触与悲剧。

饭碗和筷子发响,
小孩子咿哑地说话,
房东夫妇的笑声,
混成一团传上来,
下面又开始了晚餐。
忙着缝纫的我的肚子已饿,
×××的晚饭已经完了吧,
回想起已经有二年了,
我在天井下的狭屋里,
为了糊口做不惯的缝纫而弯了腰,
并且独自个喝黄酱汤真难下咽。

——黄酱汤

这诗是叙说一个妇人,她的丈夫被逮捕,听见了楼下的房主一家团栾的晚餐的声音,而黯然地想起离开二年的丈夫,感到了刺心的孤苦,联想到素来所爱喝的黄酱汤都没有味道,所以这诗十足地表现了女性的素质和真实的生活的痛苦。

金龙济因为是个朝鲜的作家,所以他的诗,如《可爱的大陆呵》《国境》《玄海滩》《海女》等都歌唱一般朝鲜民众的现实生活,对于勤劳大众的斗争状态的描写则较疏远,但他的诗壮美而凄丽,蔽着浪漫主义的绿幔;他的代表作有《春的阿里兰》,这里渗透了亡国人民的生活与感情,并带着地方的哀感。

阿里兰,阿拉里哟!
虽说是阿里兰(我们)的春天,
在阿里兰的峰上的春风里,
花欲漫放鸟欲啼,
但在他们活着间,
我们的生活里没春天。

村田达夫与佐野岳夫的诗,都缺少言语表现的熟练和旋律的伸屈性,所以他们的诗的特征,是有粗鲁的呼吸的手法。尤其佐野岳夫的诗,全体是用不能移动的骨骼所筑成的,而全部排成对敌的阵伍似的。村田达夫的《囚犯车》,是他的优秀作品。

窗户漆黑地紧闭,马遮住了眼,像火车似的
在黄昏的街上经过的囚犯车。

在南方某街角上
我们所曾经亲送过的囚犯车 其中孕着怒愤,
漏过紧闭的窗户,
与粼粼的车声相合奏的国际歌声,
好像刺入悲哀的我们的心胸,
在转弯了的囚犯车后,
结成一团冲破三月的雨雪我们涌向前去。

自那天起 到现在已经三年了,
发着××音 被警察守护着
弯过街角而去的囚犯车,
并且新的伙伴们的瘦脸 在你的铁格子前经过,
在失眠之夜的水泥的槛中 焦躁是如何地苦恼着你呢。

你已经忍耐了三年,
再过二年 直到可记忆的三月来临而还不会屈服的你,
在你的强烈的胸上,深雕着的囚犯车的往来,
纵然是如何的频繁,
伙伴呵!
××现在像樱花似的……坚实……

这首诗里,我们虽然看出作者对坐了囚犯车走了的被捕同志,涌着同情和勉励的言语,但由于这些冗长的诗句,使激励的话,变成了苦口婆心般的妇人式的劝慰,这地方不免失掉了突击读者心胸的迫力。

五、新兴诗坛第四期

盛开的新兴诗歌的花朵,自[昭和]八年下半年起,已成为片片的落英了,诗坛顿现出阑珊的景色。尤其因了作家同盟的自动解散,更勾起许多过来人的无限的眼泪。

昭和九年二月,有作家同盟系诗人新井彻、小熊秀雄、远地辉武、

后藤郁子等刊行了《诗精神》杂志,算是在荒芜的故园中,开了一朵寂寞的鲜花,但寂寥之气依然。

昭和十年诗坛,受了文坛潮流的冲击,现实主义的探究盛行,同时复有龟井胜一郎等日本浪漫主义的提倡,因此诗坛在理论的探讨上稍显热闹。但时过境迁,《诗精神》于是年末又宣告停刊,于[昭和]十一年一月起,改为《诗人》杂志出版,始稍稍活动。

此期中较为活跃的诗人,为小熊秀雄、后藤郁子、新井彻等人。

> 布尔乔亚诗人呵?
> 你们老是夸吹自己家世,
> 夸称子子孙孙是诗的技术的继承者,
> 可是普罗诗人则不同,
> 我们不是诗人的后继者,
> 一切是新的出发者,
> 我们是单单作为民众的儿子的诗人啊。
> ……………
> 我们普罗诗人把
> 你们这些诗人
> 直送到断崖去吧,
> 我们永远不离开你们的背后,
> 我们对你们有亲挚的友情,

这友情是当为追人的狼的友情。

——作为追人之狼

这首诗第一件令我们注目的,是它的形式,正如小林自称,他对于从来的日本诗形式与概念做着破坏的工作,他承认自己的本能是欲扶持真正的民众的言语的诗的成立,他曾体会了民众的伟大的愚笨的心理,而且知道现在的民众是在最大的狂躁的沉郁和现实的哄笑之下而生活着。他想替这些民众作代辩者,因此有人批评小熊是"伟大的自然人的笨伯",这是极妥当的批评,尤其像他的讽刺诗,更具备了这个性质。其他如长篇叙事诗《飞橇》,也充满了这种特色。

如能优巧地将新的美丽
表现在画布上,
我愿被抱在你的腕里。

你能把我制成为
鸣响的机械,
并且也把你
那么成长的两个人
共向这世界迈进。

——新生

这里充满了女性的热情,对恋人同志作着大胆而坦白的激励,使两个人"新生"起来,向着更上进、更热烈的生活迈进。

总之,我们看新兴诗坛的诗歌,虽在其内容上能找到活生生的现实,并有着对新的真实的憧憬与翘盼的热情,但在修辞上,却没有明治大正时代诗歌的优柔、婉丽,而显出稚拙、粗大。至于韵律则除几首有锵锵洪钟般的韵律以外,其他多不可能,至于如春宵听泉水涌出的明治时代诗的旋律,则更难觅得。

最近的日本诗坛,与日本整个文坛相似,都显得非常落寞凋零,《诗人》杂志已逝,剩下来的诗志,除一二文学青年的同人杂志之外,已不可得。西条八十主编的《蜡人形》等,也多是不被诗坛所重视的杂志。

诗人如室生犀星已声言与诗告别,专从事于小说创作,春山行夫也转向于理论的研究,只有萩原朔太郎仍旧满怀着对诗的热情,而稍显活跃,但亦限于理论的研究。诗作久不问世了。

1936年(昭和十一年)的诗坛,既有菊池宽的《诗歌灭亡论》,又有大宅壮一的《诗人认识不足论》,两相辉映,将诗歌的发展,抹杀得干干净净。但这二人的论说的特征,可以说是"常识论"的变形,因为只着眼于目前的事实——诗坛不兴之表面,而不曾探究诗的发展的过程与时代的意义。

然而对于这种常识论的反驳,只有萩原朔太郎较为努力,但他所提出的理论,毕竟也不出其"凡雄壮悲痛的为叙事诗,哀伤缠绵的为抒情诗"之类的观念,未能触到目前诗歌不兴的主因。

有几个新兴诗坛方面的理论家,他们想从诗的旧形式的打破、旋律的解放等的实施上,追求诗的"新生"。但在一般的衰落的艺术部门里,诗歌是否能骤然勃兴,也是难以乐观的事实。

参考书(第十章至第十一章)

日夏耿之介:《明治大正诗史》(上下二卷)

北原白秋:《明治大正史诗概观》

远地辉武:《近代日本诗之史的展望》

中野重治:《普罗列答利亚诗的诸问题》

日夏耿之介:《日本象征诗的研究》

福士幸次郎:《自由诗之发达与其研究》

佐藤一英:《现在诗坛之分布与倾向》

森山启:《日本普罗诗史》

河井醉茗:《新体诗概说》

远地辉武:《明治大正诗史概观》

白鸟省吾:《现代诗的鉴赏》

萩原朔太郎:《诗之原理》

第三编 · 小说

第十二章 物语

在日本文学中,物语二字的原始涵义,就是语说事物的意思,因为上古还没有文字,所以不能记载相传的故事,只得施用口传的形式,互相传说,以保存上代的故事,因此称这些口传的故事,为语说着的事物——即物语。

到了平安朝后,因为有了假名文字的存在,遂能利用它来记述或写作;所以在一般的文学史中,对于"物语"的概念,都是认为有了假名以后的作品。亦即自平安朝到镰仓时代之间出现的传奇小说,以和歌为骨格而组成的歌物语,以写实为内容的恋爱小说,以记述历史为目的之历史物语,以及记述描写战争的战记物语。并不包括上代的口传文字,并且其中的历史物语和战记物语,在一般普通的习惯上,也不曾把它看成为纯粹的物语,同时,这些作品,相互之间都有条相同的戒律,即是:"以话的故事、人物、背景,为其构成的要素。"

上面我们已约略地规定了物语的意义,现在来考察下物语的发展经过吧。

正如上面所说一般,物语最早的意义,就是语说事物,所以他的形态,必然是"话",这种"话"大都存在于《古事记》《日本书纪》《风土记》和《万叶集》里,形成三种类型,即神话、传说和说话。

所谓"神话",即是原始民族纯真的欲求之表现,这欲求是什么呢? 就是想以自己的想象心象对宇宙万象加以现实的解释的欲求。所谓"说话"呢? 那就是将神话变成了次元的东西,加上了技巧与润饰,持有人及场所之自在性的东西。所谓"传说",则是与历史的现实性相远离,靠想象给美化了理想化了的东西。

作为"神话""传说""说话"的本源之"话",是发生在什么地方的呢? 要追究这问题起见,我们有一看文学发生的必要。

我们知道,一切文学都发生于歌谣之中,日本文学也不能例外,因为文学是最初人间劳动情绪的表现。当这种情绪的昂扬被发挥出来时,就成了声,声有了旋律,就成了诗歌,继之人间对于宇宙之神秘,一切不可思议的事物所起的惊异、畏怖、赞美、崇仰,都采用抒情诗的形态而出现,不过当这主观的情绪之表现,稍稍进步,有了客观地观察事象的余裕之时,就有了叙事诗。这叙事诗实是话的母胎,所以上代的日本之物语,最早是持有叙事诗性质的歌物语。它内含了上述的神话、传说和说话,而它的主题则是英雄传说、恋爱说话和异乡谭。

一、平安朝物语[①]

上面所述的从叙事诗分歧而来的歌物语,到了平安朝后,已确实

---

①此标题为整理者加。

地具现了散文的态度,单纯地成为后来的说话文学(今昔物语),多彩复杂的,由于侧重主观,就成为日记随笔;立脚于客观的,则成为一般物语、历史物语和小部分的随笔。至于其内容的发展演进,一如下:

1. 英雄传说——→历史物语(《荣华物语》之类);
2. 恋爱说话——→本格的歌物语(《伊势物语》《大和物语》);
3. 异乡谭——→幻想的物语(《竹取物语》《宇津保物语》)。

在上述中,(1)已逸出纯粹小说的圈外;(2)之中含有二种倾向,一种是搜集断片说话的说话文学(A),一种是本格的歌物语之情绪文学(B);(3)是摄取了(2)的分子,加上幻想的题材,有了浪漫的情趣。不过在平安朝初期的物语里,只有(2)中的 B 和第(3)种的物语存在着,例如《伊势》和《大和》即是(2)中的 B 之作品,《竹取物语》等即是(3)的代表作品。

实际上,在日本的物语史里,作为最本格的物语而首先出现的,即是《竹取物语》,因为它是部最早具有中心组织的小说,以后的作品,像《宇津保物语》《落洼物语》都受有它浓厚的影响,是它的引长,只是在题材上稍稍地着重于世相的写实,和它有点相异而已。

自此以后,即是《源氏物语》的出现,这部作品实是平安朝小说的金字塔,它合流了上述的歌物语和传奇的幻想物语,形成独特的物语之极化。此后诸作,如《狭衣物语》《滨松中纳言物语》《夜半寐觉物语》《愿替换物语》,都是《源氏物语》的模仿,留有浓厚的《源氏物语》之影响,这种倾向直延长到镰仓时代。

统观平安朝的小说,可以看到一个显著的事实,就是它们的取材，不离平安宫里的生活样态和爱欲诸相，因此把当时的物语又称为宫廷小说，实是极其合理的事情。

二、平安朝物语的诸作品

上面我们已略述了平安朝物语的进展过程，现在按照作品成立年代的先后，简单地来管窥下这些作品的内容吧。

（一）《竹取物语》

《竹取物语》的作者和成立年代，都不明了，或说系源顺所作，似为臆测，至于其成立年代，据《源氏物语》所说"物语之首祖为竹取"，则可以推想它是极早的作品，不过所云首祖，未必是确实的论断，因为我们觉得从原始的话的形态，发展到完整的《竹取物语》，其中一定有过许多过渡期的作品，不然不能有这种飞跃的进展，再加之据若干随笔的札记，云当时曾有许多散佚的物语，则这些散佚的物语，未始没有比《竹取物语》要早的作品。

《竹取物语》的思想和取材，是有印度和中国成分的，如从竹取人据契冲说，是出于《大宝广博楼阁经序品》和《后汉书·西南夷列传》的，其他如许多物品的名称，像龙腮玉、火鼠裘等，都是从佛典汉籍所得来的名称，不过竹取翁的名称，则是采之于《万叶集》的。

故事的梗概，述一老翁，在深山斫竹，得一女孩，起名叫赫耶姬，自养育成人后，才貌焕发，引动世人的爱慕。后有五个贵族，前向赫耶姬求婚，姬因不堪他们的缠绕，设下五个难题，令他们各人解决一个，如果成功了，就配与他为妻，但结果都遭失败。此时当代天皇也传闻到姬的美丽,设法想收姬为妃,但遭到姬的婉言谢绝。因姬为月中仙子,偶有罪被贬下凡,世人没有迎娶她的福分之故。后来到了某年的八月十五日的月夜,姬留下了一封亲书和长生不死之药给老翁,袅袅地升天而去了。老翁大失所望,也不敢饮姬留下的不死之药,虔诚地献给天皇。天皇就命臣下把它放在日本最高的不二山上,用火烧掉。

从上述的内容看来,可知这个作品,既非世态小说,亦非性格描写的物语,宛如其素材所示一般,乃是异邦情调极强的幻想作品,换言之,乃是立在现实否定的立场上,憧憬天上的理想小说。因此存在着天与人间相对照之美,至于构图方面颇有顺序,似无破绽,描描则淡淡然的有简洁雄健的长处。

(二)《伊势物语》

《伊势物语》的作者,大抵推定为在原业平,因其中之和歌概为业平所作,但也有否定是说的学者。是作共计百二十六节,各节之间毫无联络,独成为单纯的短话,概由"昔有某人"为冒头,靠此男人而展开本身的恋爱谈,充满着热情的交流,不过其中也有纪行传说等的短话。这些短话都是用之来说明其中所含的和歌,所以这种物语称为歌物语,现在译述一小段在下面,以窥它的究竟吧!

> 从前有一对行商人的子弟,常在井傍游玩。及长,男女都各钟情怀春,男的想娶女的,女的也愿嫁给男的,因此对父母所主的婚姻,一概谢绝。有一次男人赠给女的一首歌:

"青梅竹马时,互在井傍比高矮,及今卿成长,卿身当高大。(我们就同为夫妇吧!)"

于是女的返答道:

"曾经比过的散发,已是袅袅垂肩头,非郎来结理,有谁为侬理。(我们互为夫妇吧!)"

二人的热恋,终于如此地达成了宿愿。

总之此作之说话,毫不夸张,也无修饰,文章与和歌相待相倚,酿出引人的情趣,虽见单纯,但印象分明。

(三)《大和物语》

《大和物语》为引继《伊势物语》系统的作品,分为二卷,作者据云为在原滋春或花山院所撰,但未敢确定,成立年代似在天历时,然后在宽和永延间,又经他人补缀,此作的上半多为宽平至天历间的实在人物之逸话和《后撰集》时代歌人的恋爱葛藤之记录。后半的说话,虽不变其基调,但取材方面多为口碑传说。

《大和物语》名称的由来,各说纷纭。大体有四说,一说为大和为日本之称呼,此作系日本之故事,故名《大和物语》;二说为此作取材于大和国(地名),故名《大和物语》;三说大和为大和歌之略,亦即《大和歌物语》之略;四说是作为敦庆亲王侍女大和所作,故名《大和》。其中以一三两说较佳,但亦未敢遽然肯定。

此作作风和一切,大抵模仿《伊势物语》,故无甚特色,现译述一则如下。

从前有个服侍平城帝食膳的采女,容貌清丽,因此有许多男官人和守卫向她求爱,但都受拒绝。这个消息传到了天皇的耳里,觉得采女清高可爱,就召侍来伴同睡宿,但以后却疏远不召了。因此采女郁郁不乐,昼夜烦恼,深感眷恋和寂寞,不过平日侍奉天皇饮食,得以常见。然这一点点的安慰,实难制衷心的烦恼,因此感世事炎凉,就乘黑夜,投身于猿泽池而自杀了。这个消息直到有人奏给天皇,天皇方才知道,于是大为哀恸,行幸池边,让众臣咏歌赋诗聊表凭吊的哀情,此时柿本人丸就歌咏道:

"采女的睡散之披发,宛如猿泽池中之玉藻兮,令人哀伤。"帝令臣下在池旁筑造采女之墓,然后回宫。

此作较之《伊势物语》稍显散乱,而文章亦缺少热情与魅力。

(四)《宇津保物语》

此作作者与成立年代多不可考,甚之有疑为镰仓时代所作者,似乎是种臆测,内容虽充满《竹取物语》式的幻想,但有写实的倾向。卷数凌乱,尚未整理,不过约略地可分为上、下二组。上组述清原后荫被派为遣唐使,因遇暴风漂流到波斯国,遇一鬼神,授以名琴和秘曲。然后重返故国,生一女有乃父风,亦为琴的名手,与人相恋生一子,旋即相别,因生活困苦,偕子仲忠隐居在北山杉树空洞里(宇津保 Utsubo)时时泄愁操琴;后被丈夫听到了这个琴音,前来相访,相偕归京。此后仲忠亦因长于操琴,大被众人赏识,在宫廷里获得了无限的荣誉和富贵。此卷以技艺传说为中心，充满超自然的构想，并有浓厚的幻怪色彩。

下卷以仲忠所爱的才媛贵宫为中心，描写许多贵族、学者、缁流、富豪、青年、老年人对贵宫的爱恋，引起热闹的波澜，但结果贵宫成了东宫的正后，使众人大失所望。此卷作品，对于宫廷中的生活和世相，都现实地表现出来了，不过在情节和叙述上，显得非常冗缓和繁缛。

（五）《落洼物语》

此作作者，相传为源顺，但不足信，成立年代亦人言言殊，未有确说。内述中纳言忠赖之女儿，自丧母亲后，无时不受继母的虐待，使之住在破落洼下的房子里，因此得了个落洼君的绰号。当时有个叫作阿漕的侍女，她看不惯这种惨状，于是挺身为媒人，将小姐介绍给当时的权贵左近少将，使落洼君脱离了苦境，而且少将非常亲切，极其宠爱小姐，并为小姐过去所受的虐待报复起见，就对岳母加以种种侮辱，使岳母忍声吞气表示屈服。这篇作品，一看似乎充满了因果报应的思想，但与近世近古的报应思想相殊异，因为前者是出于报复手段，是少将对于落洼君爱的表现，并不是由于落洼君的善行所致，但后者的场合则是充满了佛教思想，是一种善因的反映。如果一定要把少将的行为美称起来，那只可以说是仁侠精神的表现而已。

此作的长所为构想有条理并有卓越的性格描写，而其内容所处理的"虐待继子"，构成了以后"虐待继子"物语体系的范畴。

（六）《源氏物语》

《源氏物语》不仅是日本古典的杰作，并且是全世界古典的杰构，它的作者是服侍一条中宫彰子的紫式部女士。父亲藤原为时为一长于诗文的儒学者,并且也长于和歌。她的哥哥惟矩也是个有名的歌人,所以紫式部从小熏陶在如斯的家庭中,得以培植了难得的天才。她的本名已经失去,紫式部这个名字,并非她的本名,式部是她的父亲和哥哥的官名,她加以袭用,至于"紫"这个字,却异说纷纭,但大体有四说:1.说她用心于紫之卷的写作,故以紫自名;2.说她对紫上的事情,描写得最为得意,所以以紫自名;3.说她本叫藤式部,因藤字不幽玄,藤(紫罗兰)花发紫,故名紫式部;4.说她住在紫野云林院附近,故名紫式部。其中以第二说较有根据。她的生殁,都不确实,不过据各种典籍和她的日记来推测,似乎生在圆融天皇天元元年,殁于长和五年,至于其他的说法也很多,但不及此说可靠。

她的开始写作《源氏物语》,据一般考证,似在丧失丈夫(二十四岁)之后的一二年,但据高须芳次郎推测,言在三十四五岁时,因为他认为像这样的一部大杰构,绝不能完成于这样年轻的时候,并且在《源氏物语》成立之间,必定有许多习作和试作,然后才能构成了现在的《源氏物语》,但高须此说只是种臆测,没有确实的证据,只可以当作一个参考而已。

《源氏物语》的作意和企图是什么呢?那是历来学者所不决而且纠纷的问题,像《中世宝物集》等,说紫式部是专心提倡宣淫的作者,死后堕入地狱,这部作品即是她宣淫的创作,近世德川时代的儒者也说这部作品是不德好色的作品,反之像熊泽蕃山、安藤年山等,说他是故意标榜淫亵,实则含有戒淫的意图。至于近人的解释,也多不一，像藤冈博士,说它是篇妇人评论,都不出于独断的说法,实则《源氏物语》创作的本意,并无一定的理想。作者在物语的前半,以光源氏为中心,配以藤壶、空蝉、夕颜、六条御息所、紫上、末摘花、源典侍、胧月夜内侍、葵上、花散里、明石上、斋宫女御、朝颜、弘徽殿大后、玉鬘等的女性,后半以柏木、匂宫、薰君(薰大将)为中心,配以女三宫、落叶宫、宇治大君、中君、浮舟等的女性,描出许多爱与憎的葛藤。并在流动的"时"之漩涡里,叙述不断地变动的不可思议之人间的运命和社会。这部恋爱小说从横的看来,那活泼的个性像浮雕似的并列着,这些群像,一个一个地向我们微笑、叫唤;从纵的看来,有病、老、死、权势、失意、荣华、阴谋、斗争等的许多人世间之姿态。从一个世相到一个世相,宛如大绘画似的,展开在我们的面前。这些实是活的人间之历史,实是活的社会之历史,但它不是实录,是充满了幻想,是在幻想中描写现实的作品,现在为了理解它的内容起见,特将其轮廓述之于下。

(第一部从《桐壶》到《河竹》之四十四帖,约六十年间。)

　　光源氏是个极其美貌的亲王,他有丰富的才艺,受着父帝的宠爱,娶了个左大臣之女葵上为妻,但因葵上过于冷淡,没有女性的艳娇,所以光源氏一点也感不到妻的爱情,倒是对薄幸地亡了的生母相逼似的继母(藤壶女御)感到无限的爱情,这种爱情,起初是种对于慈母感怀的母子爱,继之就变成了现实所不容的恋爱了。但源氏终于在冲动中,打破了一切的障碍,和藤壶女御发生了肉的关系,而且不幸得很,因此使藤壶怀了孕,幸亏父帝没有觉察,对于所生的孩子,酷似源氏也没有起什么疑心,使他们母子二人,得以遁过了这个难堪的结局。

自此以后,源氏对于藤壶的爱慕,并不因此而中断,但实际的局面又不容许他和藤壶再有往来,所以使他非常苦闷,就时常和其他女性发生些关系,聊以自慰,例如他有时爱慕伊豫守后妻空蝉,有时访问六条御息所,有时与乙女夕颜发生关系,但大都不能满足他的青春的欲求。

有一天,他在北山某庵室里,发现了一个十二岁左右的女儿,生得非常艳美,因为和藤壶女御非常肖似,使源氏大为心动,遂挈领回宫抚养,到后来知道这女孩名叫紫上,是藤壶女御的侄女。在这时候,他又陆续地与末摘花、源典侍等女性发生过关系,但实际的心还深爱着藤壶,不过因种种困难,总不能如愿以偿,只好将一心的爱情寄托在女孩紫上的身上了。同时,对于妻子则极其冷淡,不常去宿,使葵上很不高兴。之后在一个赴会的途中,葵上为着争路与源氏的爱人六条御息所相争起来,结果葵上得了胜利,但御息所的怨气不散,作祟害人,使葵上急逝,引得源氏的哀恸,而御息所这时,也离京赴伊势隐居,使源氏感到寂寞;但紫上却在这个时候渐渐露出了女性的美貌,使源氏心动起来,那时正是源氏二十三岁的时候。

此年父帝崩驾,世相大变,藤壶女御摈斥了源氏的哀愿,断然出家,源氏的亲戚血缘们都渐被朝廷赶跑,再加之当代天皇的母后,弘徽殿女御,因素恨源氏也就趁势向源氏压迫,使源氏狼狈不堪,并且弘徽殿女御耳闻到妹妹胧月夜君与源氏有了苟且,更觉气忿难消,愈恨源氏。当时源氏眼看到这种不利的局面,就从须磨逃往明石,在明石的豪家明石入道处,受到隆重的优遇,并且与其女儿明石上,发生了肉体的关系。如此地经过了三年的流谪生活,因天皇和弘徽殿女御在京病重,又因桐壶帝在新帝的梦里托过兆,遂命令源氏返京,终结了流谪的苦生涯。

归京以后,源氏的生活又归顺调,他得了紫上的允可,迎接明石上来京同住,并且他对其他过去的恋人,送给她们以安住之地,让她们住在近所,以娱自己的青春。自此以后到他死亡的二十年间,他还过着无厌的好色生活。不过当他四十岁的时候,由帝命将朱雀院的女三宫许配与他,但这个女三宫曾有恋人柏木大纳言,而且在他们婚后发生关系生了一孩,使源氏勃然大怒,但当他仔细一深索自己的生涯时,就被不可思议的宿命所征服,感到愕然了。因此源氏对于这个小孩,当作亲生一般,加以抚育,长大后,即是第二部中主人公薰大将;此时柏木大纳言因悔恨而亡,女三宫出家为尼,紫上亦相继逝世,那是正时源氏五十一岁,紫上四十三岁的时候。

此后的源氏,不过空有形骸,郁郁然的,毫没有生活的乐趣,有时虽与明石上等闲谈厮混,但一点也感不到人生的乐趣,时常眺着夕暮的天空,歌起追念紫上的和歌。

"连幻梦里都遇不到的魂啊:飞过天空而逝,究竟飘向何处去了呢?"

这种哀伤的诗歌,虽然是怀念紫上的表现,实则还深含着憧憬藤壶和亲生母更衣的心情。

(第二部从《桥姬》到《梦浮桥》十帖,约十三四年,又称《宇治十帖》。)

源氏的弟弟八宫,隐居宇治,深叹人世的不遇,本欲出家为僧,但因痛爱二个爱女,所以暂时隐忍地住在山居,念佛闲居,过着寂寞的日子。

失了恋的薰大将,为消磨闲愁,时到八宫处闲谈,因二人意气投洽,非常亲爱。有一天薰大将又到八宫家来,适八宫赴寺参佛,遂得遇到了八宫的二个公主,大的气品高雅,二的美貌绝姿,都深深地打动了薰大将的风流之心,不过当时的薰大将却瞩意于大公主,因为她有不凡的气品。

此后八宫逝世,托薰大将照拂他的女儿,遂使薰大将和大公主有了亲近的机会,互相爱慕,几乎到了成熟的时候;但陡然间大公主转念人世的无常,终于拒绝了薰大将的爱情,使薰大将落胆非凡。

这时有个才气焕发的匀官,他是薰大将的情敌,他也深深地追求着这两个公主的爱情。于是薰大将为了保持自己对大公主的爱情起见,就把二公主委托匀官,让他照拂二公主的一切,以免他染指自己所爱的大公主。谁知世事不常,如花如玉的大公主,终于年轻轻地逝去了,这个事实,使薰大将得到莫大的感伤。

然而在这个哀伤的时候,薰大将忽然遇到了一个流浪的女性,那就是饱尝人世苦味的浮舟。她因薰大将气宇非凡,而薰大将因她貌似大公主,遂互相爱慕,终至同栖于山庄。

好事多磨,此时薰大将的情敌匀官,知道薰大将得了他素所爱慕的浮舟,于是就用卑劣的手段,勾引浮舟,和她发生了关系,遂使浮舟感到中心的惭愧,深耻自己对于薰大将的罪孽,于是趁着黑夜,投身自杀了。但宿业未了,浮舟终于被人救起,于是隐身为尼渡起寂寞的日子来。

此时,薰大将和匀官,以为浮舟已死,都替她念佛诵经,并且感到难制的悲哀。但经过不久,薰大将忽然知道了浮舟不曾死亡,于是寄信求她复归,终遭拒绝,而薰大将看到她所答的"身未死心已死"的回音,郁闷异常,并且有时还疑她另有所欢,其实她是和流水杂草相共,过着清净的生活哩。

从上述的故事看来,我们可以知道《源氏物语》实是一部人生的大绘卷,恋与欲的大漩涡。现在我们为着更具体地明了它起见,特述其优点和缺点如下。

优点:

1. 精确地再现出以平安贵族为中心的时代及生活;

2. 在女性描写上发挥了无上的手腕;

3. 官能非常锐敏;

4. 文章优雅流丽;

5. 《宇治十帖》的构图极佳,巧妙地收拾了局面;

6. 比较地明白世相;

7. 人生观照之态度极郑重,有卓越之"能"。

缺点:

1. 前部结构上有不完健之处,并有过于反复之嫌;

2. 过于感伤没有可笑味;

3. 文章上有欠锻炼的部分;

4. 没有深切的哲学趣味,并且缺少宗教的深意。

现在译述《源氏物语》第三帖《空蝉》,在下面聊窥《源氏物语》的一个断面。

(《空蝉》译文)

上帖《帚木》之后半述源氏为避天一神所居之方向,避居中川家,受主人纪伊守的欢待,并留宿是家,此时源氏知纪伊守后母（伊豫介之后妻）空蝉貌美，遂黉夜潜入空蝉卧处，拥空蝉至自己的寝处，倍述相思之情，终于发生了关系；此后源氏收空蝉之弟小君为侍僮，以便易于接近空蝉。

某日，源氏带领小君又至中川家，空蝉知其来意，深恐被他人发觉，颇多不便，于是隐藏里房，使源氏无法深入。源氏无法，只得差遣小君，馈赠和歌，但空蝉表示拒绝，源氏郁郁不乐，只得伴小君同眠，由此接连下文。

源氏不能入眠，就说道："我被人如此地厌憎之事，是还不曾有过，只有今宵，才深悟世间是苦楚的，我羞耻，我不想再活了。"小君听了这话，流下泪来，睡着不动。源氏觉得他实在可爱，用手抚摩他，是个身段细小、头发并不太长，很像他姊姊空蝉，因此颇觉感慨无量。源氏自己思忖无理地向她求情，潜进她所隐藏的屋里去，颇不体面，因此心里颇不愉快，一夜未曾合眼，也不如往常同小君亲热，就在未明之中，辞去了中川邸。小君觉得非常无兴而寂寞。

女的方面，觉得拒绝了源氏的要求，非常悔痛。不过此后，源氏方面也没有信来，她想，他已经灰了心，但就此这般地断了念，那源氏准能感到痛苦的。然而再执拗地继续这种受累人的行为，似乎也是可厌的事情，不如到了这个程度，互断了关系，来得清爽。空蝉虽然那么想，但总是留有想念的心情。

实际上，源氏虽然不满意她的行为，但总不愿如此放手,心里还如旧地记挂着。看来显着非常无聊,始终地对小君说:"因为觉得过于痛恨悲哀,虽强制地努力着忘掉往事,但苦于心不从意,请你遇到相当机会时,再设法让我见她一次。"小君对于这种托嘱,有点为难,但主人对于自己,连这种恋爱的事情都肯下托,也颇感欣喜。

在小君的孩子心里,正思忖着在什么机会里,能使他们见一面的时候,忽然纪伊守赴任离家,于是当纪伊守家里,只有女人们舒闲地住着的某晚,小君乘着连道路也看不见的黑暗,让源氏坐上自己的车,带他去见姊姊。源氏觉得小君还很年轻,担心他有所失算,但因为已没有多担心的余裕,赶快地打扮得不像自己的姿态,趁中川邸还未关门,火速赶去。到了那里,他们在人目不见之处,拉进车子,小君领下源氏,因为小君是个小孩,所以没有当值人来照顾,也没有追从的人,倒反舒适顺当。小君让源氏立在东边妻户[注1]地方,自己从南边角隅的一间,叭达叭达地敲打格子,走进屋里去了。这时屋里的妇人们说道:"把格子这么开着,从外面可以看透里面,真不妙。"小君反问道:"这样热的天,为什么把格子关起来?"妇人们道:"因为从晌午起,住在西房的小姐(名轩端荻,纪伊守之妹——译者注)到这里来了,正在下棋哩!"源氏在外面听见了这些话,心想看看她们二个对坐的姿态,于是偷偷地从妻户傍溜了出来,走进了帘子里,因为小君走进处的格子,还没有闭上,所以那间房子是可以通过视线的；再从这个间隙处，向西房看时，因为那格子傍所放的屏风，叠在一傍，并且像阻碍视线的几帐[注2]，因为天热，也都拉上了帷子，所以能清楚地窥视到深奥。

　　灯火点在二人的旁边，在母屋[注3]中柱[注4]处，有个身朝侧面而坐的妇人，源氏暗想，那人准是自己心目中的空蝉，于是注目细看，见她穿着浓红的绫衣，上面不知穿了些什么，头也细小，是个巧小玲珑的佳人，但显出并无可赏的艳姿。脸蛋故意地使对坐的人也看见，向着侧面，纤手非常瘠瘦，似乎过于隐居不出。还有一个女人，坐向东面，从源氏地方看来，非常清楚，她在白罗的单衣上，懒散地披件二蓝[注5]色的小袿般的衣裳，在红袴打结的腰纽处以上，露着酥胸，显着放肆的态度，非常白美，而且环肥，身子亭长，发形和额样都很清秀，眼角和嘴唇，都有娇气，是张艳美的脸庞，头发蓬松，但不太长，而且垂下的样式和肩背的轮廓，都美丽非凡，毫无缺点，看来是个十足的美女。源氏有味地观赏着，觉得怪不得他的爸爸说她天下无双，但源氏还希望那个女孩，能再镇静些，才称十全。那女孩，不见得没有才能，当下完了棋，互在补缺的时候，看起来似很机敏，但显得稍稍粗鲁，那坐在里面的空蝉，静静地沉着地说道："等一等，这里是'持'（防备、见唐时棋谱），这一块儿是威胁。""嗯，这盘输了，各隅的场所有几个？"于是折指地数起来："十，二十，三十，四十。"那数数的样子，好像连伊豫的汤桁[注6]都能不费心思地数清一般,显出不雅的态度。但空蝉则幽雅得不能言喻,她好静穆,甚之连身子都不让他人看见似的隐藏着,但因源氏拼命地向她垂看,自然地从侧面聊以窥到。她眼睛稍稍浮肿,鼻子的轮廓并不清楚,近乎半老,毫无艳彩,说起来,简直近于丑,但因为源氏过于宠爱,加之她和那美貌的女孩相对照,却反风韵翼翼,显出引人的样子。另一方,那美貌的女孩,则是畅快、爱娇、艳美,显出得意放任,她喜笑淘气,所以更见娇妖,当然像这种人,自有她可爱之处。源氏虽觉得她有点轻薄,但他的浮薄之心,使他感到她也有种可依恋的风韵。平常源氏所见的一切女人,都不是在放恣随便的时候,多是些遮遮掩掩连正面都不敢看的女性,像今天那样地偷看到放任的女人们之恣态,还是破题儿第一遭。女人们毫不察知,把自己的姿态让别人完全给偷看了走,似乎颇见吃亏歉厌。源氏本想多瞧一会,但觉得小君就要出来,于是又退出了帘子。

源氏凭靠在渡殿的户口上,小君觉得让他等在那里,似乎是十分罪过,继之对源氏说道:"今天来了个不常来的客人,简直无法接近姊姊。""那么今晚又白白地让我回去吗?实在是使我扫兴而痛苦!"小君说道:"不!不!不这样,等那客人走后,再想法子。"源氏觉得小君虽是小孩,但颇能体会事情,领略人的颜色,显着沉着,因此就顺从小君的意思而行。好像已经下完了棋,有着嚓嚓的摇动衣服的声音,似乎都已离了座位。这时听见里面的妇人说道:"小君到哪里去了,把这格子关起来吧!"边说边关,发出格达格达的声音。因此源氏对小君说道:"都已睡静了,快些进去,给我好好地布置下吧!"但这小孩深知姊姊的心,是丝毫不可折动的贞心,毫无商谈的余地,所以预备待人少时,把源氏引进姊姊的卧室里去。

源氏对小君说道:"纪伊守的妹妹也在这里吗?让我偷瞧一下吧!"小君道:"这如何使得呢?格子里头树着几帐。"源氏心想,不错,的确树有几帐,但实际上我早已偷窥过了,因此觉得有趣,但他不愿把这事情告诉小君,虽然觉得有点对不住他。然后他向小君诉说实在忍不住夜深的心情。这时,因为格子已经关闭,所以小君只得另敲妻户,走了进去,但里面的人们都已睡静了,小君自言自语道:"我就睡在这扇障子[注7]口吧!凉风请吹来!"他铺好了薄缘的席子,睡了下来。妇人们大都睡在东厢房里,两个替小君开门的丫头,也进去睡了。小君暂时假寐了一会,然后在灯火明亮地方,展开屏风,让源氏躲藏在背影下。这时源氏心中非常担心,暗想不知成效如何,似乎有点危惧,靠不住,但结果还是听从了小君的吩咐,拉开了母屋几帐的帷子,想静静地走进去,但因为是在万籁静寂的晚上,源氏的衣裳非常柔软,发出嚓嚓的声音。却说女的方面,觉得源氏到底能把自己忘掉,颇觉欣喜,然而那夜如梦般的韵事,还仍记于自己的心里,所以不能安息地入眠,再加之白天过于沉思,夜间就易于失眠,一面叹息眼睛[注8]毫无休息的福气。而那个下棋的对手,却快活地说道:"今晚让我睡在这里吧。"就甜蜜地入睡了。

年轻的轩端荻什么也不知道地安睡着,但空蝉却觉得有人进来,而且嗅到衣裳上所薰的香气,于是抬起头来,在卷上了单帷子的几帐的空隙处,虽然黑暗,但还能明显地看见一个男子摇动着身子,走了进来。这时,空蝉非常惊慑,不知如何是好,立刻静静地爬了起来,只穿了件绸单衣,逃了出去。源氏一点也不觉察,走进屋里,看见只有一个女人,睡在那里,顿觉放心,但在下段房间之地板上,睡着二个妇人。源氏拨开盖着的衣裳,按了近去,觉得睡着的女人,要比上次偷情时的对方,稍显肥大,但也并不晓得是个其他的女人。后来看见她是个好睡不醒的人,才稍稍地体会到是错找了门儿,因此感到意外,而且有点气忿。同时一想到冒冒昧昧地错找了人,被那睡着的女人体会到时,准被她以为愚痴并感惊奇。再想起自己特意地来找空蝉,但她却如此地逃避,毫无结果,真觉心意阑珊。不过一想那睡着的女人,如果是刚才灯影下所见的女人,倒还勉强顺意。唉!源氏的心,是如此的浮动呀!

女的慢慢地醒了过来,因为实在是意外的可恐之事,露出惘然的样子,但并无其他深心警戒的用意。因为还是个情窦未开的女孩,素来又是落落大方,所以并不显出羞弱困窘的样子。源氏不想让她知道是自己,但这并不是为了她到后来要乱猜自己的行为,而是为了那个可爱可恨的空蝉,专门忌惮世间的闲话,如果把这些事实告诉了她,似乎对于空蝉,非常过意不去,因此巧妙地借了个口实,说是为避天一神到了这里。这种口实如果有心眼的人一听,就能明白底细,但她还是个很年轻的人,虽然很出风头,而且磊落,但对这些事情,还没有判别的本领。源氏并不厌憎她,可也并不中意,还是切切地心恨着那个无情的人。源氏心中暗想,她是藏到什么地方去了呢?她以为我是个固陋的鲁男子吗?像这样顽固的女人,天下少有。源氏一想这些,心中顿感烦躁,而这些事,更涌溢到心头来了。但是现在躺着的姑娘,因为显着天真、年轻、可爱的容貌,虽不合己意,但也少不了假意地显出情意绵绵,和她誓言一番:"从前有人说,像今夜偷情的爱恋,要比光明正大的恋爱更显风情,今后请你如我想你一般,常常想想我!我因有所顾忌,不能畅心所欲,而且我担心像这种偷情之事,恐怕你的家族也不会允许,所以只有请你不要相忘,以待他日吧!"源氏说了套千篇一律的情话以后,女的坦白地说道:"被人知晓,怪难为情的,我可不能给你写信。"源氏说道:"让众人知道了,当然难为情,但托嘱小君,带捎信息并无不可,请装出无事的样子来吧! 再会!"源氏说完就偷了件空蝉所脱下的薄衣,爬出卧床。

源氏叫醒了睡在近旁的小君,同时小君因为记挂着他们的事情,所以一叫就醒了,于是静静地打开了门。这时,就听见有一老妇人的问声:"谁呀?"小君厌烦地答道:"我呀。"老妇人简直多管闲事,一面说道:"半夜三更出去吗?"一面走了过来,小君觉得实在讨厌,一面答道:"不就在这里。"一面把源氏推了出去,因为近晓的月光照得分外光明,那老妇人看见了人影,就又说道:"还有一个是谁呀?""好像是民部阿元吧?长得真高哩!"在她们之间,那个高大的民部,专门成为她们打笑的目标,老妇人以为小君和民部在一齐,所以又说道:"请你赶快地长得和民部一般高吧!"一面也走到门口来。源氏觉得为难困窘,但又不好阻止她出来,只得凭靠在渡殿[注9]上,隐藏起来。那老妇人还以为他是民部,于是说道:"你今夜到里房来服侍了吗?我昨天因为肚痛,实在受不了,就辞退下来,在下房休息,但主人说里房人少,有点寂寞,又把我叫了进去,真是受不住。"看见没有回答,她又啰唆道:"痛呀,痛呀,以后再谈吧!"说完走了回去,源氏这才安了心,可以出发,像这种偷情的勾当,既轻率,又危险,从此是有所忌惮了。

小君陪乘在源氏的车后,回到了二条院的官邸,源氏告诉他昨夜的情形,并还责备他道:"还幼稚不会办事。"同时心里深恨空蝉的无情,小君看了这种情形,殊觉歉仄,也不敢开口言语。源氏说道："看起来她好像非常恨我,我简直不想活了,不和我见面,倒也没有关系,为什么连可眷恋的信都不给我,我实在痛恨自己的身子,还不值那个伊豫介老汉哩。"源氏虽然如此地发泄着,一面却拿出刚才偷来的小袿,把它紧贴在自己的衣里,躺下来了。他让小君睡在旁边,向他亲睦地吐谈着怨言："你虽可爱,但你是个无情人的弟弟,所以我也不能彻心地爱你!"小君听了这话,非常难受。源氏暂时静默了一会,终是难以入眠,于是让小君拿过砚台,并不是庄重地写信,而是在叠纸[注10]上像练习写字一般,乱涂起来,后来写了这样的一首和歌:

"如蝉脱壳木荫下,

抽身避去弃薄衣。

如此贞静卿之姿,

使我怀卿无尽时。"

小君就把这歌放进怀里,源氏又想起那个年轻的姑娘来,但一想小君和空蝉,就又把这个心思打断,不曾写信给她,却把那件沾染着芬芳的体臭之薄衣小袿,放在身旁,端倪起来。

小君回到了先前的中川家,他的姊姊正在等他,于是遭了一顿痛责："真是遇到了了不得的荒唐事,好容易算是逃脱了,但不免被人疑虑,真是为难之极,像你那样的幼稚行为,不知道源氏作如何想呢?"说得小君无颜见人。小君实在可怜,在那里受源氏埋怨,在这里受姊姊的耻辱,弄得左右为难,但他又取出了那首习字式的和歌,给他姊姊。空蝉口中虽喃喃责骂,但仍然把它接了过去,读后,暗想那件小袿,虽不是伊势[注11]渔夫们所弃般的旧破衣,但恐怕也是相当故旧而且有了污染吧,因此非常着急,心中纷乱到极点;这时西房的主人(轩端荻)也感到有点含羞,就回到自己的房中了,因为是谁也不知道的秘密,所以独自朦胧地忧思起来。虽然小君来回于二条院与中川邸之间,总以为或有信件带来,胸中时时怦悸,但结果却毫无信息。再加之她没有觉察到昨夜是源氏意外的遭遇,因此在风流的心里,感到寂寞。同时,那个无情的空蝉,虽然如此地抑压住感情,但看到不见太薄情的源氏之样子,也觉得恨不相逢未嫁时,事到现今,已无挽回的余地,因此满心的感情,无法压制,就在源氏送来的叠纸旁,写了首和歌:

"宛如润沾蝉羽露,

隐藏木下不见日。

我虽避君时隐慝,

盛感君情泪沾袖。"

[注1]妻户:在寝殿四隅所辟的木板做成的两扇门。

[注2]几帐:宛如幕帷,昔多树于贵人之座侧,以隔内外。

[注3]母屋:寝殿的中央间。

[注4]中柱:不在壁上之柱。

[注5]二蓝:表面是带赤色的浓花田色,里面是花田色。

[注6]伊豫的汤衍:汤桁,即浴槽之桁,表示其数之多。此典出于《六花集》古歌"伊豫汤桁,左八,右九,中十六",共计三十三,又杂艺歌云:"伊豫浴场的汤桁,不知有多少,不数不算,君能知道否?"此地云伊豫者,与轩端获父伊豫介相偕同,故为幽默的联想法。

[注7]障子:此障子为厚纸门,亦即步障,非今之所谓障子,今之障子类于中国纸窗,当时名为明障子。

[注8]眼睛:Konome=这个眼睛,歌谦德公集句"夜醒,昼眺望,这样地过日子,一到春天这眼睛(Konome)毫无休息之时",唯(Konome)又可作木芽(Konome)解,言春天一到木芽萌芽,滋长无休,故此歌所云 Konome 乃一言双关,显着俏皮,但在此处则作眼睛解。

[注9]渡殿:廊下。

[注10]叠纸:将纸横摺二下,竖叠四下,放于怀中,用作书写和歌或抹擦鼻涕之用。

[注11]伊势:……后撰十一恋之部三,铃鹿山伊势的渔夫们之弃衣,人见了它,知道它是饱尝潮汛(Shihonare)的,此 nare 又意驯熟,即穿旧之义,故此处当穿旧解。

(七)《狭衣物语》

此作作者或称紫式部女大贰三位,或称宣旨,都不确定,但以后者较有根据。成立年代似在永承天喜之时,其中述才色双绝的狭衣大将,从小与表妹源氏宫相恋,因受宿命支配,致未成功,后天皇欲将女二宫降嫁狭衣,但在尚未确定之时,狭衣大将忽与飞鸟井姬君发生关系,聊以慰对源氏宫失望的悲哀。此后飞鸟井姬君落水得病而死,狭衣感到非常的懊恼,此时他因一时的冲动,和女二宫发生了关系,使女二宫有了妊娠,但他却拒绝迎娶,致惹女二宫之母气忿而亡,而女二宫也深感对不住母后,就出家为尼,使狭衣大将深受到良心的苛责。

此后狭衣大将又与帝之妹一品宫结婚,但毫无爱情,仍不忘于表妹源氏宫,及至身为天皇,亦觉郁郁不欢,毫无快乐。

此部作品最中心的核子,就在狭衣大将不欢失意的描写上,有模仿《源氏物语》极大的痕迹,但其耽美的倾向,极为显著,且笼有低调、阴郁、颓废的空气,表现出平安末期小说的特征。

(八)《滨松中纳言物语》

是作作者大抵拟为《更级日记》作者管标孝之女,成立年代,与《狭衣物语》相同。此作因有散佚,故有阙卷,现述其第一卷的概梗如下。

> 滨松中纳言得梦的启示,知道亡父投胎中国,成为唐朝天子之第三皇子,于是渡唐往访,知第三皇子与母后同住高阳县中,遂亦赴高阳县相觅,由偶然的机遇,致与母后发生了肉体关系,生一子;及中纳言三年后归国,母后遂告诉中纳言,云自己为一中日的杂种,母为日人,现居吉野为尼,望好自照拂。言毕遂各分离,中纳言就卖棹归国。

此作取材中国,故极新颖,已渐渐地脱离了宫廷的写实,有了新的机轴,但在大体上仍有《源氏物语》的投影;唯此作充满梦与佛教色彩,为是作作者的特色。

(九)《夜半寐觉》

是作作者似为管标孝女,其成立年代系在《滨松中纳言物语》之后,故为管标孝女晚年的作品。内述贵公子中纳言与源氏大臣之女中君,于某夜发生肉体关系以后,欲从此结婚,但因受种种阻止和妨碍,未得如愿,直至最后,终于达到了目的。此作的构想和平安朝末期的其他作品都极相同,受有浓厚的《源氏物语》之影响,但其所写的恋爱,侧重纯情和真挚,故颇可注意。

(十)《愿替换物语》

此作作者似不可考,作品有后人改作的痕迹,内容以王朝贵族世界为舞台,以男的扮女,女的扮男,发生各种趣事,及至婚后,恢复了男女的本性;这种作品,完全侧重于新奇的探求,并注目于技巧和官能的描写,想在这些新颖和荒唐里,探求《源氏物语》以后的物语之道。

(十一)《堤中纳言物语》

作者不详,成立年代亦异说分歧,毫无定论,但是可确言是日本文学中的最初短篇小说集,所以颇可注目,且其所容的十个短篇,皆有独自巧妙的趣向,故可以说是平安末期的杰作。现在试述卷首的《折樱花少将》的内容如下。

在一个月色皎洁的晚上,一个好风流的少将,赴宅外幽静处散步,彳亍樱下观赏月色,颇为自得。这时他遇到了一个绝世的佳人,于是翌日差人送去一信,倍述相思的恋情,获得了女的同情和回信。

不久以后,少将知道这美女,乃是故源中纳言的女儿,而且不久即将参内为宫侍,因此颇为焦急,遂打发家人,乘夜前去劫取,谁知因屋中漆黑,不能辨别人物,倒将佳人的伯母——老尼姑——抢了回来,使少将和众人都哭笑不得,目瞪口呆。

像这种故事,都奇警洒脱,有着讽刺的意味,其他如《越不过》逢坂的权中纳言、薄蓝色的女御等;描写风雅幻想的情趣《爱虫之公主》,表现耽美的倾向;《贝壳游戏》,表现温柔愉快的微笑、美满的世界,都是通过一个事象,而现出的人世杂相。文章潇洒,使读者惊叹不已。

(十二)《今昔物语》

平安末期的《今昔物语》,乃是说话文学最具体的表现,和其他带有贵族色彩的作品相异,多少地带有民众的倾向。

在《今昔》的世界里,不仅有王公贵族、佛的世界,而且有乞食、盗贼、庶民的世界以及天狗(想象中的长鼻怪物)、狐狸、地狱的世界,且因文体素朴,所以能感到浓厚的庶民情调。

是作作者据云为宇治大纳言隆国,当他在南泉房时铺席乘凉,召集贵贱男女,将所悉的奇谈怪闻口述录下,但实际上是否如此,颇多疑问,其内容计分三部:第一部为天竺之部,从卷一到卷五,大都是叙述释迦的生涯;第二部是震旦之部(因震为东,且为日出之处,中国在印度之东，故指中国），从卷六到卷十，述说佛教东渐、宿报孝谈以及史谈杂话；第三部为本朝（日本），自卷十到卷三十一，内中又分二部，一部为佛教的记事和佛教思想的表现，一部为贵族传、武勇谈、民间闲话、妖怪盗贼故事等，颇可当作风俗史参看。其中所记的天竺之部的资料，多采自《法华验记》《佛祖统记》《地藏灵验记》《法苑珠林》等。关于震旦之部的资料，系取材于《说苑新序》《世说新语》《搜神记》等，至于关于日本之部的资料，系采自本朝的典籍和道听途说。

现在为明白此种文学起见，特译其中的一段如下，似乎颇有新闻文学的趣向。

明法博士清原善澄被盗贼所害谈

在从前，有一个身为明法博士的助教清原善澄，才华卓越，无与比伦，实不劣于古代的博士；到了七十余岁，虽仍在职，但家极贫穷，不理生计。某日，有强盗来袭，善澄赶快藏匿于地板之下，得免于难，而贼亦肆然盗其所欲。待盗走后，善澄自地板下爬出，追踪贼迹，高声呼喊，以冀被检非违使别当所闻，得以逮住盗贼。但盗人一闻此声，互语欲杀善澄，返身追来。善澄大恐，逃至家中，拟再匿于地板之下，因猛碰头盖，眼睛发晕，不能钻入，致被盗人拖出，以刀乱砍脑门，终至绝命。

这种传说新闻，实是素朴的平安朝民间世相的写照。

总之平安朝物语，除上述作品以外，尚有散失物语极多，此外如《住吉物语》《松浦宫物语》等的名词，亦见于平安朝物语史里，不过现存的作品，却是镰仓期的重作，非平安朝的原作。

三、镰仓、室町时代物语

从贵族中心的平安朝变成了武家中心的镰仓时代以后，虽然在文化思潮方面，有了极大的变动，但在物语小说的领域里，除了崛兴一种反映时代精神的战记物语以外，还没有什么大的变动。这是由于镰仓的武家文化，缺少平安时代丰富的想象因子的缘故。

当时的物语，大批可以分成三种，一种是新兴的战记物语和历史物语，一种是普通的传奇小说，一种是说话小说。在这三种小说之间，第一种是逸出于普通所称的物语之概念外，所以另述之。

至于那第二种——引流平安朝物语主潮之传奇小说，到了镰仓时代，则渐渐衰微，显出没落的姿态，它的内面亦因此而起了分化，成了二个倾向，一个是依然的平安朝宫廷的小说的延长，如《山路之露》《苔衣》《无情物语》等；一个是渗杂了若干时代的要素，飘着较新的气氛，例如《住吉物语》《石清水物语》等。这些小说，都渐渐地离开了以宫廷为中心的基调，摄取了新兴阶级（武家）的生活要素，想浑化革新后的宗教，不过其成就则非常有限，不及新兴的战记物语的一半，反显得平板和芜杂。

第三种的说话小说，在当时势力最大，几乎成为当时小说的主潮，属于这一倾向的作品，有《宇治拾遗物语》《十训抄》《古今著闻集》等,这种物语的发达,有着其社会背景的存在,因为自承久乱后,被武家所威压的文笔之士(公卿,公卿化了的武士僧侣),觉得人世浇季,失掉了一切希望和自信,只管憧憬着过去,模仿过去,所以毫无创造的气魄,而以搜集杂谈巷闻为能事,终至产生了许多的说话小说。

自此以后即为室町时代,此时的小说称为"御伽草子",其读者和作者已扩大到庶民范围,此为其唯一的特色。此些作品的题材,大都采之于过去王朝的遗影,或物色战记中的插话,毫无可观的价值。描写则粗枝大叶,事件单纯,构想死型化,毫无艺术的滋润,只是种近世文字的摇篮,负着过渡期作品的任务而已。

四、镰仓、室町时代的物语作品

镰仓、室町时代的作品,为数极夥,但殊少特色,现在根据上述的系统,将是些作品的代表者,略加叙述,以窥其内貌吧。

(一)拟古的传奇物语

1. 平安朝式物语的引申者

(1)《山路之露》——此作作者据云为世尊寺伊行,但不确实,成立年代约在镰仓中期到末期之间。内容系接继《源氏物语》终编的《梦之浮桥》,叙薰大将得知了浮舟隐于小野,于是写信劝其归来,受到浮舟的拒绝,此后薰大将又亲身前往劝说,仍无效验,甚至浮舟的母亲,亲自往小野劝说,也归于无用。是作的文藻虽有风情,但因它是貂接《源氏物语》的小说,故不免有蛇足之感。

(2)《苔衣》——此作大约成于建长左右,内述关白子右大将幼时爱慕表妹,终成眷属,婚后生一男一女,非常恩爱,此时冷泉院欲将公主赐与右大将为婚,致使右大将夫人忧郁获病而亡,右大将为恋念夫人起见,亦逃开京都,隐遁于横川。此作因专写"失意"和"忧愁",故颇精彩,实是首吊送衰残期宫廷小说的薤露歌。

2. 平安朝式物语的延长,但渗有时代的精神者

(1)《住吉物语》——此作之名,曾见于《源氏物语》和《枕草子》中,故可推定为平安中期以前的作品,但现存本则为踏袭原名之镰仓时代的制作。是作内容模仿《落洼物语》,为一虐待继子的故事,述右大臣子四位少将,知中纳言左卫门督的公主,被其继母所虐待,深表同情。后公主因避继母的奸策,逃至住吉隐居,少将遂亲身往访表示爱慕之情,实行同栖。此后少将累加升进,达到富贵荣华的佳境,同时公主的继母,因奸策暴露,遂被遗弃,落魄他乡,成了可怜的死鬼。这个作品虽与《落洼物语》的骨格相同,但充满了劝惩的思想和佛教的因果报应,明显地表现出镰仓时代的特色。

(2)《松浦宫物语》——是作的作者和成立年代都不明了,内容系叙述遣唐副使辨君动身赴唐的时候,其母送至松浦,筑一宫殿,等其归来。自后辨君因得中国皇帝的宠爱,招为驸马,享尽荣华。不久皇帝和公主相继死亡,中国大乱,宇文会等叛将都欲夺取帝位,经辨君之讨伐,得以平定天下,而辨君此时,亦离唐返国,回到松浦宫居住。此作充满神佛思想和神佛一体等的新教义,如辨君为住吉明神所投胎,其战胜乱贼,也都依靠神明的保佑,而乱贼宇文会为阿修罗所转身,都荒谬绝伦,但有着镰仓时代思想的影荫。

(3)《石清水物语》——是作的作者和成立年代,都不明了,内述关白之弟左大臣与宰相君相恋,受妻之阻碍,不得收为后房,因此宰相君郁郁不乐,避居常陆生一女后,就因愁而死了,死后怨气不散,时时作祟,使左大臣之妻因祟而亡。此段故事完后,又续述宰相君之侄伊豫与左大臣之女相恋不果,剃发为僧的故事。此种作品,存有浓厚的神佛佑护、悟道达观等的观念,并且以武家阶级(伊豫)为作中的主人公,实是平安朝小说中所不能看到的事实。

(二)说话小说

(1)《宇治拾遗物语》——是作的作者和成立年代,都不明了,其中所收的说话,有半数与《今昔物语》相同,其他则多与《土佐日记》《古事谈》《江谈抄》等相类似。题材虽没有显明的分列,但大致可以分成四种,即:甲、佛教说话,包含灵验谈、往生谈和僧侣逸话;乙、教训说话,包含宗教的道义的说话;丙、巷谈杂说,包含奇谈异闻,道听途说;丁、童话,多采自民间传说,有超自然的作为。

是作文章平易,适合于一般人的阅读,且因有佛教思想之宣传和说教,故带有启蒙的倾向。

(2)《十训抄》——此作作者不明,根据其序文所记,当为建长四年以后的作品,全体分成十篇,为"可定心操振舞"(节操行为动作必须注意),"可离骄慢事"(宜戒骄慢事),"不可偷人伦事"(不许乱伦),"可诫人上多言"(宜戒多言他人之事)等的十篇,含有浓厚的教训,为日本教训书的嚆矢,其中材料多采自《今昔物语》《宇治拾遗物语》等,而其范围亦广涉印度、中国。

(3)《古今著闻集》——是作作者为橘成季,成立年代在建长六年,内中分神祇、释教、政道、文学、私歌管弦、歌舞等三十篇,合成二十卷,所有题材多为道听途说或札记,但没有上述二作的素朴色彩,带有批评的教训,同时还大胆地暴露了当时的社会世相,如博弈、偷盗等事实。除上述诸作以外,说话小说尚有《古事谈》《宝物集》《撰集抄》《发心集》《沙石集》等的佛教说话,但因缺少文学的价值,故一概从略。

(三)御伽草子

《御伽草子》为近世后期的小说,说话平易,重空想、想象的要素,其种类不外下列七种。

(1)女物语——此种小说为保持宫廷小说余喘的一派,以贵族社会的爱欲为主题,但其爱欲的葛藤,多有定型,时常托庇神佛之加护,而得幸福,表现镰仓室町时代的特色。作品有《忍音物语》《初濑物语》《岩屋草子》《小落洼》《戴钵》等,其中如《戴钵》述一小姐,幼时头戴一钵,内藏金银,托观音保佑。后自母亡去,此钵难以弃脱,因此遭受继母的厌憎,致被赶出家庭,后小姐遇一中将的公子,互相爱慕,公子欲收小姐为妻,但因其头戴钵子,仍遭翁姑等的厌恶,不得已二人离家他去,正当此时,钵忽落地,小姐露出绝世的姿色,且加之满钵金银,于是惹动众人的钦羡。此种作品,完全没有脱离《落洼物语》型的虐待继子故事,但有了若干的变化,那就是又添上了虐待儿媳的新成分。

(2)稚儿物语——此种小说乃是暴露人间爱欲的小说,但多取材于寺院僧房之间,因此能约略地表现出宗教改革后的社会思想。属于此种物语的作品，有《幻梦物语》《秋夜长》《松帆浦鸟部山》《嵯峨》《辨草子》等，其中以《秋夜长》和《幻梦物语》为最佳。《幻梦物语》述一名叫幻梦之僧，参拜叡山，寻觅稚儿，及至日光山中，方才寻得稚儿，但已死去，成了灵鬼了。那灵鬼告诉和尚以复仇被杀等的经历，使和尚深感到人生之无常，专心修道，及后又在高野山上，遇到了杀死稚儿的敌人，那敌人亦因深感自己的罪孽，在此出家，于是二人互饮怀旧的眼泪。

此作文章典丽，有古典的气韵，作者不明，成立年代似在文明十八年左右。

（3）遁世物——此种作品，虽然也是宗教的反映，但以舍身遁世为作品的核心，代表作品为《朽樱树》《三人法师》等。《三人法师》之作者不明，成立年代约在室町中期，是作分上下二卷，述三个隐遁于高野山的法师，互道忏悔过去的故事，充满对现世之绝望。此作对江户时代和明治初叶的作品颇有影响，因它造成"比丘尼忏悔"故事之式型。

（4）本地物——以本地垂迹为主题的作品。所谓本地垂迹乃是起于奈良朝的一种佛教思想，到了室町时代更加甚行。这种思想认为日本固有之神，皆为佛之投胎和变形，例如八幡大神就是观音的化身等，属于这种倾向的作品，有《梵天同》《物臭太郎》《一寸法师》《今宵之少将》等，多为童话式的小说，例如《梵天同》中男主人公五条中纳言为久世户文殊菩萨的化身，十郎姬为成相观音的化身，都是种近于童话的本地垂迹之故事。

（5）拟人物——把一切物象使之人类化，然后假托以思想和教理,这种拟人的表现样式,实是素朴的想象力的表现,此种作品又可细分三类,即:(甲)拟战说话,模仿战记物语的体裁,描写各种动植物的混战,如《十二类合战》《精进鱼类物语》《鸦鹭合战物语》等,其中《鸦鹭合战》描写京都祇园林的乌鸦爱上了中鸭森的鹭之女儿,递送求爱的情书,遭了鹭小姐一顿臭骂,于是惹动肝火和鹭类开了大战,结果乌鸦失败,遁入高野山为僧,而鹭鸟因受此种刺激入山为尼,是作者似为一条兼良,但不能确实成立年代,似在亨德与文明间。(乙)歌会说话,此种作品憧憬着王朝的歌会等仪式文化,把二种相异的事物以私歌的形式表现出来,然后评定其优劣高低,例如《蟋蟀草子》《玉虫草子》《鸟歌会》等。(丙)怪婚说话,此种作品描写狐狸迷人等的荒诞故事,有《木幡狐》《狐草子》以及单纯的怪谈作品《付丧神》《化物草》《玉藻草子》等,其中《玉藻草子》描写狐狸精化为美女,名叫玉藻御前,深得鸟羽天皇的宠爱,缠得天皇日日衰弱,后经大臣等求神禁压,才将狐狸现身逃走,此种作品,荒诞之极,颇似中国《聊斋》,但作者和成立年代,多所不明。

(6)传说物——这种作品,大都以史上的人物为中心,渗以虚实的美谈,构成为英雄传说风的作品,例如《田村草子》《十二段草子》和表现民间性格的《浦岛太郎》《小町草子》《和泉式部》等,这种传说对民间的影响极大,到后来几成为民间的故事。

(7)其他——除上述诸作以外,还有不能列入上述规范的作品极多,例如以放屁为材料的《福富草子》,以镜为中心而展开的笑谈《破镜翁》,由贫富二神争斗的结果,后靠福神的加护,得以荣贵的《梅津长者物语》等,都是属于此类的作品,但这些作品的年代和作者多不可考。唯因其有浓厚的民众色彩，致能延至今日，尚流传民间，但在文学的见地上考察时，这种作品似乎没有什么可注目的地方。

参考书

池田龟鉴:《日本文学书目解说·平安时代》

高须芳次郎:《(古代)日本文学十二讲》《(中世)日本文学十二讲》

岛津久基:《源氏物语研究》

池田龟鉴:《日本文学史概说·平安时代》

铃木敏也:《日本小说的展开》(上)

藤村作:《日本文学史概说》

改造社　版:《日本文学讲座》《物语小说》(上)

新潮社　版:《日本文学讲座》

山岸德平:《日本文学书目解说·镰仓时代》

后藤丹治:《日本文学书目解说·室町时代》

铃木敏也:《日本小说的展开》(下)

齐藤清卫:《日本文学史概说·镰仓室町时代》

高须芳次郎:《(古代)日本文学十二讲》《(中世)日本文学十二讲》

藤村作:《日本文学史概说》

笹野坚:《御伽草子的研究》

千叶想治:《日本文学史总说》

第十三章　历史物语

概　说

在历史物语存在之前，所有记叙历史的作品，像《古事记》《日本书纪》《日本后记》《续日本后记》《三代实录》等，都是用汉文所写成的历史，虽然其中像《古事记》并非纯粹的汉文，但也不能说它是假名文的历史。

平安朝末期突然有种以假名文记录历史的作品出现，这种作品就是一般所称的历史物语。

历史物语发生的原因，可以从历史与文学两方面来考察。历史方面是表示着日本国粹文化的成熟，因为奈良朝和平安朝初期，日本朝廷为接受大陆文化起见，特派遣许多遣唐使和遣唐僧，到中国来学习研究，他们在归国之后，都对日本尽了莫大的贡献，使日本文化渐渐完成成熟。所以一到平安末期，中国文化已被日本熔消，而且能淘汰了过残的残滓。如当时汉文学的衰微，假名文的发达，都证明着日本文化之成熟，所以在这个时代，以假名文来记述历史，绝不是偶然的事情；同时，平安朝的贵族生活，实影响着假名文历史的产生，因为平安朝的贵族生活，风雅艳丽，所以用流丽柔婉的假名文来记录他们，要比刚坚生硬的汉文，来得更加适宜。

在文学的观点上看来，历史物语的发生原因，也有二个。一个是当时的作者企图打破平安朝末期物语的不振，想创制新颖的样式。因为平安朝的物语小说，自《源氏物语》达到最高峰以后，此后诸作多为模仿源氏的作品，毫无特色，所以凡是炯眼的作家，为了打破此种沉闷起见，当然想创造新样式的物语，这个企图，就是历史物语出现的一个原因。

第二个原因是世态变迁之速，击动了作者的心腑，因为作者眼看到藤源氏的贵族阶级，在关白道长殁后不久，陡地由黄金时代堕入衰微的境遇，这种变迁，使作者起感喟赞慕的心情，把这种对道长的生涯所起的感情记录下来的就是《荣华物语》，也就是历史物语的嚆矢。

《荣华物语》成立以后，继之有《大镜》的出版，自后又出版模仿《大镜》的《今镜》《水镜》《增镜》，以及江户时代出版的《月之行程》《池之藻屑》和最近发现的《秋津岛物语》，这八部作品都是一般所称的历史物语，除此之外，尚有《弥世继》一册，记述高仓天皇与安德天皇二朝的事情，但已散佚不存。

现在为了解这八种历史物语的著作者、成立年代、所记年代起见，特列表如后。

书名		记载时代		著者	著作顺序
秋津岛物语一卷		神代		不明	第六
（六国史）荣华物语四〇卷（宇多—堀河）	水镜三卷	一代神武（嘉祥三年）五四代仁明	纪元元年（一五一〇年间）1510年	中山忠亲	第四
	大镜三卷 大镜八卷	五五代文德（嘉祥三年）（万寿二年）六八代后一条	1510年（一七六年间）1685年	不明	第二大镜 第一荣华
	今镜十卷	六八代后一条（万寿二年）（嘉应二年）八〇代高仓	1685年（一四六年间）1830年	源通亲	第三
（弥世继）（散佚）月之行程二卷		八〇代高仓（仁安三年）（寿永四年）八一代安德	1828年（一八年间）1845年	（藤原信隆）荒木田丽女	（第五）第九
增境二十卷		八二代后鸟羽（寿永二年）（元弘三年）九六代后醍醐	1843年（一五一年间）1993年	不明	第七
池之藻屑十四卷		九六代后醍醐（元弘三年）（庆长八年）一〇七代后阳成	1993年（二七一年间）2263年	荒木田丽女	第八

一、历史物语的特质

如上表所表现一般,历史物语,起自平安朝末期,终至江户时代,实经过了极长的时间,因此各作品之间,都有相当的歧异,但其中却有一条相同的戒律,就是:"既是历史又是文学。"不过除掉这条大戒律以外,尚有许多相同的特质,现分述于下。

1. 忠实于史实——历史物语作者的记述态度,是完全地想忠实于史实的,不想弯曲事实和添加空假的成分。

2. 重视文学的素质——作者一面既尊重史实,他面又竭力地使它物语化,苦心惨淡地想表现出一种物语里所素有的美来,因此有极大的文学价值。

3. 具象的立体的描写法——普通史籍易犯苦燥的缺点,因此历史物语的作者多借用二个世故老人的会谈来口述过去的史实,得以将史实立体地表现出来,有显明活泼的气象,增强作品的效果,而无苦涩的弊病。

4. 不能达到物语之最高水准——历史物语,是事实、史实、真实的物语,因此没有随便地采取小说构想的自由,此点与其他小说物语相比,则就显得拘束和狭隘,因此难以达到物语的最高水准。

二、历史物语的作品

历史物语的发生原因和特质等,已详上述。现在当按照其所记述的年代,分别地对是些作品加以检视吧。

(一)《秋津岛物语》

"秋津岛"就是日本的意思。这部作品系模仿《大镜》《今镜》《水镜》等的体裁,叙述有史以前的神代故事:起首述作者在柏济遇一老者,相谈间知老翁为生于神代的盐土翁,于是同坐于松荫下之苔石上,烦请老翁口述神代的故事,作者将老翁口述的故事记下来,就成了这本《秋津岛物语》,当然这是空假的事实。

此部作品内所述的物语,多为翻译《日本书纪》卷一卷二的故事,起于开天辟地,到神武天皇降诞止,文体素朴,有稚拙味,多对句,如"捉泽萤,集窗雪""飞于云中之雁羽相并列,生于野边之山羊同屈膝"等,颇有趣。

(二)《水镜》

是作系模仿《大镜》的结构,述一老尼,夜坐于泊濑寺,是时有一三十余岁之修行者来寺,对老尼重谈其遇仙的故事,据云仙人曾告彼以神武天皇以来的故事,于是老尼请其重述,用笔记了下来,就成了这部《水镜》。这部作品的资料,多采自《扶桑略记》《圣德太子略传》等,其中虽有不确处,但亦有正史所无的史实。此作的作者,其宇宙观、社会观皆渲染有浓厚的佛教思想,故是作充满佛教色彩,文章系拟古体,但平易简明,缺乏热情魅力。

(三)《荣华物语》

《荣华物语》又称《世继》或《世继物语》,所谓"世继"乃是记录历代之事的历史。此作的资料,多采自《女房日记》,其体裁则模仿《源氏物语》,全部分上下二卷,然后又分成四十卷,各卷有小题,似为二人所作，上卷起笔自宇多天皇经醍醐天皇朱雀村上诸帝，至一条帝万寿五年，下卷由一条帝长元三年起笔，至崛河帝宽治六年，但以描写御堂关白（官名）道长的荣华为中心，其间并插入与藤原族有关的皇室纪事，以及宫中行事等。

以下所引用的，是《荣华物语》中描写佛教支配日本人思想的一段。内述圆融帝永观二年，花山帝（十七岁）即了帝位，有美姬三人侍奉后宫，其中帝尤宠爱弘徽殿忯子，唯因忯子薄命早逝，使花山帝衷心悲痛，终至削发为僧。

昙花似的，到了宽和二年，自正月起，世人的心，就充满了不安的气象，出现了许多奇怪的预兆，花山帝就时在宫中斋戒谨慎。

不知道是在什么时候起的，世人都有了过度的宗教心，每天能听见善男信女相继削发为僧尼的消息。这消息传入了花山帝的耳里，使帝深深悲叹世之无常，而且在帝的心之深处，暗想道："唉！弘徽殿（义怀之女）的罪多么深啊，像她这样的人会有如此的重罪，（不然，她是不会早夭的）我得用什么法子来替她消弭呢？"这种奇兀而崇高的思想，扰乱了帝的慈心，使帝露出不安之貌来，大臣（赖忠）以非常的同情，体察到帝的痛苦，帝的叔父中纳言（义怀）也独自地为此而流泪心碎。

帝常常召花山的严久阿阇梨赴宫说教，并且起来了无限的出家信佛之心,不过在帝的平日的言语里,还含有对于妻子、珍宝、王位等的关心,所以使弁惟成充满了无限的哀怜,而中纳言也说:"帝的出家之心,是可痛怜的。本来出家入道,是种极其遍普的事情,但帝的场合则与此不同。时时地从帝的感伤的表情里泄露出来的,不是别的,完全是被冷泉院(先帝,后得疯狂病——编者)所作祟而起的征候。"如此之间,他们深察到帝的奇兀、失常、狂颠,于是中纳言义怀等,都时常守卫在帝的左近。

宽和二年六月二十二日之夜,突然盛传帝已失踪,于是所有的殿上人上达部以及卑贱的卫士仕丁,都在各处燃起灯火,寻找帝迹,但是无踪无影,毫无所获。此时,上自大臣赖忠,下至诸卿殿上人等,都聚集至殿中,搜遍了各间宫殿,也无所得,整一夜在喧骚叫嚷里过去了。

中纳言悲哀地伏卧在守宫神的神龛前,含泪地祈祷神明启示主上所藏之处,然后又分遣各人至各处山寺去寻,但也不见影踪。女官人们都流泪悲悼,一切人都深思帝的不幸之间,夏夜已曙,于是中纳言与弁惟成奔往花山,他们终于发现了一个穿僧衣的小和尚,于是相偕伏卧于地,痛哭无已,发出悲哀而关切的叹息。他们也都削了发,出家为僧了。

(四)《大镜》

《荣华物语》为草创历史物语的作品,而《大镜》是最初实现文学与历史相调和的作品，且以后所有的历史物语，几乎都有模仿《大镜》的痕迹，所以《大镜》实是部极可注目的历史物语。不过我们仔细地观察《大镜》时，亦可以发现它受有其他作品的暗示，例如问答体的新风格是受《源氏物语》帚木卷中《雨夜品定》的影响，而纪传体和叙事的方法也有中国《史记》的影响。

本书起首叙大宅世继与夏山繁树二老人，同往云林院参佛，是夜作消磨时光的寂寥起见，由大宅世继口谈过去目击的史实，经作者记下，遂成了《大镜》。内中记事是文德天皇至后一条天皇万寿六年，共计十四代，但其中心的人物，与《荣华物语》相仿，亦为藤原道成，不过作者的态度则与前者相异，因为《荣华物语》是直述的冗慢的，而《大镜》是批判的、紧缩的，故其价值远在《荣华物语》之上。不过《大镜》的批判，是美的批判、感情批判，例如在国民思想上应绝端地诉其罪的而且应断乎膺惩的花山天皇让位事件，小一条院逊位事件，作者都仅仅以"可悲""可哀"两语，加以结末，所以显着过分地无力了。

至于《大镜》这个名称的由来，可以看到序文中的两首和歌，就能了解了，一首是繁树赠给世继的。

　　遇到雪亮的明镜，过去的事情，今后的事情，都彻透地看得见。

于是世继亦诵歌回答道：

代代天皇的行迹,明亮地新映着的大镜啊。

由这二首歌,表示着他们二个老人,都是世上的明镜,因此由他们口中述出来的史实,都宛是无尘的明镜中之反映,所以把"镜"作了这部作品的名称。

（五）《今镜》

《今镜》又名《小镜》《续世继》,其记事年代,以接续《大镜》之后一条天皇万寿二年至高仓天皇嘉应二年,起首述《大镜》中之对话者大宅世继孙女阿亚麦(百五十岁),于大和国初濑诣之归途中,对众人叙说过去目击的历史,经作者记下,即成《今镜》。是著在映写平安朝式情趣的世界上极为成功,虽无《大镜》般的劲健之笔,但插入许多风雅之逸话颇为有趣。

（六）《月之行程》

是作系模仿镜类之结构,假托一隐遁荒村之老翁,叙述高仓、安德二天皇的历史,资料系采自《平家物语》《源平盛衰记》,发挥有优艳华丽之情趣的《荣华物语》与《大镜》的遗风,对于战事记事极多省略,因侧重风流的雅事之故。

（七）《增镜》

《增镜》为记述后鸟羽天皇寿永二年至后醍醐元弘三年间的历史,内分十七卷,各有题名,系采自篇中的歌词,首述作者赴嵯峨清凉寺谒佛,遇一老尼,畅谈过去世事,录笔记下,即成了这部作品,其资料大都采自诸家日记、五代帝王物语诸书,故记事极其正确。

现译其中的一段如下，刮符（括弧）中的文句，皆为译者补充进去的。

像后鸟羽法皇，（避难到这样的寂寞）的住所来，就是限定有一定的期日（可以复归京都），但人生乃是种不安的、不知旦夕祸福的东西，所以就够凄凉悲惨的了，更何况没有重返禁苑与故人相逢的期限呢？住在这样不知隔着几重云雾烟波的地方，而渡其残生的法皇之境遇，如果称之为痛惜，则是平凡的说法。（实在是言语所不能表现出来的哟！）

法皇所居之处，是在离现世极远的岛中，自海岛稍往山处进行，则在靠山的影荫处，有座极大的岩石耸立着，于是依着岩石，树了几根松柱，用芦苇当房顶，构成了一座有名无实的陋屋，实在是像西行所歌的"真是暂居的柴庵"之假建筑。不过此屋虽见简略，但却看来上品而风雅。

法皇每当想起水无濑的宫殿来，就如堕于梦中，远望着渺茫的大海，真有所谓"二千里外"都能一览入目的风情，殊起万感交集的心情。法皇当听到了激厉的潮风吹了过来，就咏歌道：

"我是初来的守岛人呵！

隐岐海的海风哟，

请不要激厉地吹来！"

"今生还能看见故乡的明月吗？

现在已成了离都极远的隐岐的守岛人了。"

过了年,各地方和海滨都悲叹着不幸,佐渡(避难至佐渡)的上皇(顺德),日夜勤行于佛道,但心里还燃着归京的愿望,至于隐岐的法皇,则在海岸,眺眺辽远的笼着云雾的远空,想起过去的事情,流下无尽的眼泪,歌道:

"汲潮的渔人之袖衿,

遇到融融的春光,

都给晒干了(这是多么的可羡)。

但我的沾泪之袖,

简直没有干燥的日子。"

到了夏天,在萱草、芦苇所葺的房子的轩簷上,有梅雨的雨滴不断地滴着,实在是郁陶之至,但对于不习谙于这种情景的法皇,却感到有意外的情趣,因歌道:

"饰着菖蒲的萱之轩端,

有海风吹着那毫无秩序地

滴着的村雨之珠露啊!"

这一段是《增镜》的第二章,描写法皇与镰仓幕府相战争,结果失败,于是天皇、法皇、皇族都各各离京避难,而上文的法皇,就避难到隐岐的小岛来,渡其惨痛的生涯。这一小段就是描写至岛后的感伤之情,有无限的幽怨。

此作与《大镜》《今镜》等以人物为中心之列传体相异,而是以一代皇室为主的纪传体，逐年记述各种事实，与《荣华物语》颇相类似，不过《荣华物语》是以道长为叙事的中心，但《增镜》则以皇室为中心，将各时代的皇室朝廷诸事件，记述无遗，例如承久元弘之讨幕事件，后鸟羽上皇被流新岛事件，都细致地记述下来，文章虽然无《大镜》之奔放自在，但流畅豁达，毫无停滞。

（八）《池之藻屑》

是作系接续《增镜》之记事，记述自后醍醐天皇元弘三年至后阳成天皇庆长八年的历史，模仿上述四镜（大今水增四镜）假托作者与参拜石山寺之老尼的对谈而记录下来的。此作以古典趣味为主，细述平安朝风之仪式典礼、游宴、弦乐、歌会等宫廷逸事，对南北朝战争、应仁大乱，则极略述。同时作者把足利尊氏、丰臣秀吉、德川家康等都描成了平安朝风之缙绅，资料多采自《太平记》《古野拾遗》《新叶集》《太阁记》等。因作家对古典汉诗文造诣极深，故能自由地驱使语汇，且有极生彩之描写，例如十四卷描写丰臣秀吉葬仪的一段。

> 葬式严肃地举行，有许多群众会葬。因这个天下之稀有的幸运儿，逝世而去，故连天上之月亦阴沉无光；秋虫唧唧，却似落泪的悲歌；群集于广野的群众，疑火葬之烟为云彩，在黎明之钟声中，绞干沾泪之袖衿，续续归来，此时实为悲哀之绝顶。

像这种富于文学价值的叙事，实生彩焕发之极，三善彦明在跋文上道"谓之女中董狐,不亦可乎"未必是夸张的赞言。

参考书

高须芳次郎:《古代日本文学十二讲》《中世日本文学十二讲》

沼泽龙雄:《历史物语研究》

北西鹤太郎:《大镜研究》

和田英松:《增镜研究》

波多郁太郎:《荣华物语研究》

千叶惣治:《日本文学史总说》

第十四章　战记物语

概　说

战记物语又称军记物语，为萌芽于神代的一种口诵文学，因为它存在于传说之中，所以显得非常孤立、断片、像嵌和单纯。及至用文字的形式记录下来以后，开始有了滋色和曲折，像《古事记》《日本书纪》里描写战争的诸段，都可以看到这种特征，不过将战争一段作为独立的部分而集成的作品，是平安朝朱雀天皇天庆三年的《将门记》。这部作品系记述平亲皇将门叛乱的颠末，用汉文所写成，虽沾有艺术的气氛，但充满原始的不纯、芜杂、冗繁之感。

继《将门记》之后，比较地可称为接近战记物语的作品，是《今昔物语》第二十五卷，是卷系以《将门记》为蓝本所写成的作品，去掉了《将门记》汉文的难语难记和化了生硬的汉语，构成了一种时样。

但以上二部作品，我们不能够说它是纯粹的战记物语，因为它仅是战记物语的雏形始祖。所谓纯粹的战记物语，在一般文学史里，乃是指的镰仓时代以后的《保元物语》《平治物语》《平家物语》《源平盛衰记》,以及室町时代的《太平记》等,这些作品为什么可以称为纯粹的战记物语呢?为了探究这个问题起见,我们有对战记物语内容的认识之必要。

所谓"战记",本来有二种意义,一种是广义的,一种是狭义的。所谓广义的解释,就是凡是具体地描写战争的作品,虽一行二行独立的简单文章,或混杂于长篇之中的一行二行,都可以称作战记。这个解释,虽极合理,但颇不实际,因为范围似乎太广,而且与历来的一般国民习惯相违背,例如历史物语的《增镜》,内中也有记述承久元弘之乱的个所,但一般历来的国民习惯,绝没有把它看成为战记物语的。

至于狭义的解释,有四个细条。1. 置中心的兴味于战争的叙事文。2. 以使之附属于武人生活的记录为主。3. 添写战争前后所附属之哀情,叙述平和世相,以之与战乱的现象相对照;描写长袖者或妇人之缠绵的情义,与武人相对照。4. 此种作品之叙事抒情并其表现的态度,皆须有文学的情绪。

根据以上四种细条的原则,则配称为战记物语,只有以上所列举的诸作,但普通将《义经记》与《曾我物语》二作品亦勉强地列入于战记物语中,因为它虽描写个人的英雄行为但仍有浓厚的战记色彩。

一、发生之原因

如上所述,所谓战记物语的作品,几乎都是镰仓、室町二时代的作品,这到底有什么社会意义存在着呢?

我们知道，平安朝是以贵族公卿等为中心的时代，当时多才媛，好空想，充满享乐的气氛，因此文学作品，多恋爱婉美的物语和随笔和歌。但镰仓时代则是以武家为中心的时代，因此代表武家文化的战记物语之出现，为必然之现象，且武人多不谙美术学艺，亦不喜缠绵儿女之情的恋爱空想小说，加之他们又缺少空想、想象，遂使当时作品，就成了记录式的战记物语。

不过除上述的原因以外，还有二个原因，即是从平安末期到镰仓初期起来了一个人生的大悲剧——随战争而起的荣枯盛衰、消长得失——这个悲剧，深深地打动了世人的心坎，于是使世人自然地涌出来回顾战争的情绪，这情绪构成了写战记物语的原因之一。其他一个，是在战争的场面上，所发扬的勇武、刚健、优雅、仁侠、忠义、至孝之情，打动了武士阶级的心坎，因此却投时好的这种物语得以勃兴起来。

再加之从镰仓时代到江户之间，连绵的战祸、战国的分裂、群雄的割据，像这种战争频频的时代，是在其他时代所找不到的。

二、战记物语的作品

在战记物语作品之中，有若干作品的著作年代，未得勘实，因此不易肯定何作为最早的著作，但一般的文学史大抵推定以《保元物语》为首，继之为《平治物语》《平家物语》《源平盛衰记》和《太平记》。现在将这些物语的内容分述于下，但因《平家物语》为诸记中最杰出的一部，当加以较长之考察。

(一)《保元物语》

作者不详,或称为叶室时长、中原师梁、源喻僧正所作,但皆不确。其成立年代,恐在镰仓时代的初期,内容叙述保元之乱的颠末,描写新院与主上之相争,但作者将同情放在源为朝的描写上,把源为朝夸张为出色的英雄。但此物语的真兴趣,却存在于新院方面没落的衰势上,如为义的幼少子女的死亡,为义之妻因失丈夫、子女而投身桂川的描写,都飞进着至纯的人情,使读者迸流同情之泪,表现出悲惨的人生之现实与至纯痛切的人情。

现译其中新院叛反的两段如下。

……在禁中继续着如此忧郁的时候,传播了新院(崇德上皇)的心里,有所异动;据说崇德上皇手下的武士,都集中在东三条上皇的宫殿里,有的登上山,有的爬上树,测窥着高松殿的样子。到了保元元年七月三日,朝廷吩咐下野守义朝,捕到了东三条守将少监物藤原光贞并武士二人,加以讯问,知道在一院得病的时候起,新院不仅有叛反的意图,而且召集了东西的军兵,用车马负运兵器,极尽荒诞阴谋的能事。

新院平常以为往常继承帝位的,虽然不一定要嫡孙,但亦应选其有器量的,而且须诠议其外戚的尊卑。但自己却因美福门院(崇德上皇之后母后)得了父帝鸟羽院的宠爱,遂使近卫院(美福门院所出)半途夺了自己的皇位,深感遗恨。现在近卫院既崩,则当让位给重仁亲王(崇德上皇之子),谁知出于意外地让后白河天皇(鸟羽院之第四皇子)抢了皇位,因此气忿异常,为了雪此耻辱,常与近习的人们商谈"如何才好"的事情。

新院既有谋叛的打算,于是声言离开隐居的鸟羽的田中宫殿。一般人民虽不知事情的底细,但一见这种情形,以为必有事变发生,于是京中的贵贱上下,都搬运家财道具,隐藏起来,并且闭起门户,装备武器。同时,大家都深叹道:"到底是怎么回事儿呢?纵然新院想夺皇位,但鸟羽法皇崩后,还不到十天,实在有背于宗庙之神的睿虑,而亦不合于众人的爱戴。前几日还是幽静的世界,国中太平得毫无风浪,但现在突地变成骚乱,真是无味之事啊!"

(二)《平治物语》

此篇为《保元物语》之姊妹作,似为同一作者所作,首叙平治之乱的颠末,由信西与信赖不和起笔,叙至源义朝与平清盛的斗争止。作者注同情于源义平,却似《保元物语》之同情源为义一般,精彩处亦在于描写败亡者之破灭状,如夜叉御前的投水,伴三儿冒酷寒而日暮途穷的常盘御前的没落,都使人起无限的哀感。

(三)《平家物语》

《平家物语》实为战记中唯一之杰构,据考证,作者为信浓前司行长、叶室时长、吉田资经、源光行等十六人,但其中以行长说较有力,制作年代亦异说纷纭,但大体考证其为承久以前源氏将军时代前的作品。

是作虽以源平之争乱为主材,但以平家一门之行动为叙事之脊骨,并兴味之中心,再以其没落为根本的眼目,前半叙平家的荣华,后半卷述其没落的惨史,其中插入许多独立的小故事,由一贯的人生观统辖着,这人生观即是卷首的铭言。

祇园精舍之钟声,诸行无常之响也,沙罗双树之花色,显盛者必衰之理,奢者不久,尤如春夜之梦,猛者终灭,却如风前之尘。

这铭言表示着怎样的人生观呢?就是佛教思想的诸行无常、盛者必衰的真理,这真理,当了此作的脊梁、脉络、血液和神经。

《平家物语》内中有许多有诗味的小故事,如《妓王》描写歌妓的争宠故事,《足颤》之描写被贬者的悲惨非人生活,都锵锵可诵,现在为明白《平家物语》的优点起见,特将其优点列下。

1. 有作为极大的运命悲剧之悲哀美——在文学作品之中,往往描写由荣华而堕入没落的悲剧作品,都能与人以 Pity and fear 的感情,并使人得到了一种精神的涤清的气氛,宛如泪后的心境一般,《平家物语》实持有了这个特点。

2. 时代精神的反映——将公卿文化的没落和模仿公卿文化的平家之失败表现出来,衬映出武家文化代表者源氏的特色。

3. 表现了国民性——将由战争而起的武士道精神大大地发挥。

4. 由文章美与自然结构所引起的对照美——《平家物语》的文章,兼具雅健优丽之趣,全体贯通着音乐的调子,易于朗读,因为合于琵琶之奏弹,故有锵锵之旋律,除此之外,《平家物语》的描写是立体的,故印象显明,优美地描写出豪壮之趣、可怜之姿、悲痛之状。

5. 战争的美化——因当时的战争多为一人对人人的交锋,故在作品中所描写之战争,甲胄灿烂,美丽非凡,如一幅杰构之图画。

6. 点缀着恋爱美——在充满生的斗争之战争中,插入生生平和的象征——恋爱——有适度地刺激读者快感的妙味。

但《平家物语》除上述的优点以外,尚有若干缺点,如史实的不正确,佛教思想之偏于小乘等是。

现译其中的一小段如下。

一会儿,水夫们都预备开船,僧都跑进船里,又跳了出来,跳出了后,又跑了进去,现出荒唐的狂态。少将留下了晚上所盖的棉被,康赖入道留下了一部《法华经》,作为离别的纪念。船已解缆出帆了,但僧都紧拖住船缆,遂致被船拖往水中,水渐渐由腰没至腋下,终及全身,僧都无法,只好放掉船缆,抓住了船舷,说道:"难道你们就这样地放弃我俊宽而归京吗?平日的恩情都化为云烟了吗?我虽然没有遇赦,不得归京,但恳求让我搭乘此船到九州去吧!"但京都派来的钦差,拒绝了僧都的要求,道:"无论怎样说,都是无用的。"就把僧都扳在船舷的手推了开去,于是船就划开去了。

僧都没有法子,又回到沙滨上,倒卧沙上,像稚童恋慕乳母与母亲似的,颠动二脚,大声地嚷道:"给我搭乘回去啊。"但驶去的船,毫无回音,照例的,在船后冒着白色的泡迹。船虽还未太远,但因僧都的眼里,充满眼泪,昙不可见,于是爬上高丘,向洋面招呼。昔年松浦小夜姬向着丈夫所乘的唐船而挥动领巾的情味,也不过如此吧!不久船已驶远,日也暮了,僧都也不肯归返平日的陋屋,让波浪打着脚,让露水淋着身子。

当夜就在海滨过了一宵,暗想少将是个情爱极深的人,也许回京后能为我疏通说情,因此终于没有投海自尽。唉,此种心情实在浮浅啊:昔日的壮里壮息,被继母遗弃于海岩山的悲哀,到现在才彻心地体会到。

这是《足摺》(Ashitsuri,颠脚)中的一段,非常有名,曾被脚色成谣曲。内中描写俊宽等三人,因与平家的意见相左,遂被清盛流谪至荒岛,过着悲惨的生涯。及后少将康赖遇赦返京,独俊宽仍留荒岛,使俊宽恸哭无已,这一段就是描写俊宽所遭遇的悲剧的地方。

(四)《源平盛衰记》

是由《平家物语》而歧生,作者未详,成立时代约在镰仓时代的初期到末期之间,内容为将《平家物语》中所缺少的源氏事项,尽量补充,详说源平二氏兴亡和降替,故记述精细,文章亦见修饰,但陷于烦琐不统一之弊，似乎在文学的价值上看来，价值稍低。

（五）《太平记》

是作作者，或称玄惠法师或称小岛法师，但以后者较对，唯全篇作品，有后人修正的痕迹。内中记事，自花园天皇文保二年至后村上天皇正平二十二年（北朝贞治六年），内叙后醍醐天皇起兵讨北条氏，遭受失败，迁幸隐岐。虽不久有建武中兴得以恢复朝纲，但不久复受足利尊氏之叛逆，致使忠臣楠木正成等相继阵亡，而后醍醐天皇，亦郁郁闷死于吉野。此篇作品因在叙事的进行上，引用许多直接无关的和汉故事，致使叙事稍显纷乱，且流于散漫，缺少诗意，不过在描写吉野朝的衰灭上，充满了阴惨的气氛。

（六）《义经记》

作者和著作年代多未详，系叙写义经个人的事迹，带有稗史风传记物语的倾向，但是篇内所记义经一生，为其出生至死的数奇之生涯，对《平家物语》所曾述之义经的活跃史，多省略不述。

描写重史实传记，配以抒情，故极有生彩，而其中的思想，除神道、武士道以外，儒教的色彩，极为著目。

（七）《曾我物语》

作者不明，成立于室町时代的初期，是篇以描写曾我十郎五郎两兄弟为父报仇的故事。将两个性格相异，而在孤独贫困中奋斗的兄弟之雄姿，如实地表现出来，实为从战记物语发展到传记物语之桥梁，并为后世报仇物的先声。

三、战记物语的特征

在上面我们已约略地窥到了战记物语著作的内容,现在把他们总括起来,可以得到如下的几个特征。

1. 创造了新文体——战记物语之文体,雄壮、刚健,抛弃了纯粹和文,采用佛语、汉语、俗语。

2. 发扬国民性——抛弃了平安朝的恋爱本位的官能主义倾向,将武士道的精神——廉洁、正直、素朴、义侠等的美点表现出来。

3. 佛教儒教思想的日本化——镰仓时代适当宗教改革时代,故在战记物语内所表现之佛教,亦为日本化之佛教,而儒教思想,亦被当时的武家文化所浸润,带有浓厚的日本色彩。

4. 表现日本为神国的自觉信念——充满日本为神国的思想,这种思想是神道思想与爱国思想合流的表征,如《平家物语》中的《教训状》,规劝清盛邪思——谋叛——等的叙述等。

参考书

五十岚力:《军记物语研究》

高须芳次郎:《古代日本文学十二讲》《中世日本文学十二讲》

高木武:《战记物语》

高木武:《镰仓时代文学书志》

高木武:《战记物语研究》

藤村作:《日本文学史概说》

后藤丹治:《室町时代》

第十五章　江户通俗小说

一、假名草子

最早的江户时代小说，是"假名草子"，乃是翻案汉籍佛书及古文而成的平易的假名文，这种作品系出现于宽文年间，努力地克服着中世（室町）的世界观，以确立近世的世界观，为其根本的前提，因此有浓厚的教训和启蒙的倾向，所以这种作品，可以说是过渡期作品，则其内容的不统制和混杂，也是必然的现象了。

初期作品有如偏子的《可笑记》《百八町记》，山冈元邻的《谁的身上》《小杯》等，但当时最卓越的作家则为铃木正三和浅井了意。铃木正三作有《因果物语》和《二人比丘尼》，是作述须田弥兵卫之青年妻子，为凭吊战死之夫，赴战场哀哭。是夜泊于野中御堂，见无数骸骨在堂之周围歌唱无常之歌，遂起菩提之心，后访问某家，会是家主人之死，得见其死后九相之姿，因悔悟人世，赴某禅寺处修道得成正果。含有浓厚的佛教教训。浅井了意著有《阿伽婢子》和《浮世物语》《阿伽婢子》系翻案中国之《剪灯新话》,为一种怪谈小说;《浮世物语》则述一剽轻的和尚,标榜人生须过有趣的生活,于是历尝各种生活,终至得道成仙。充满滑稽趣味,并在前大半有溢满现实的色彩,于后来的浮世草子的影响极大。

总之假名草子的最大价值,在于抛弃室町时代伽草子的世界观,建设近世的世界观,同时在技巧上虽一面仍踏袭着前时代作品的手法,但一面却强调了易发议论的问答体和议论体的形式,因为这种形式,最易挥发探求知的精神。

二、浮世草子

继承假名草子而展开的,是浮世草子。所谓浮世草子,乃是记录浮世的事情之意思,而"浮世"一语,又可分作狭广二义来解释。在广义上说来,浮世即是人生,在狭义上说来,它即是好色,因为了解人生世间,即是了解男女间的人道。

浮世草子最著名的作家是井原西鹤,他本名平生藤五,生于宽永十九年,殁于元禄六年,师西山宗因,为谈林派俳人之一,自四十一岁发表《好色一代男》后,即成为浮世草子的作家。他的作品可分三种,一种是好色物,一种是叮人物[①](工商业庶民生活),一种是武家物。好色物分男女二种,最可注意的作品,是《好色一代男》《好色一代女》《好色五人女》诸作。《一代男》计八卷,以色迷世界为中心,连结其若干关于色欲生活的故事,内述一七岁知恋之世之介,十一岁与妓

---

① 应为町人物。

相热恋,此后又玩嫖他妓,至三十五岁,因获得父亲巨大之遗产,得以滥费金钱,嫖尽大阪、江户、京都、长崎之名妓,甚至到了六十老龄,为寻觅欢乐的世界起见,搭坐好色丸赴女护岛探找美女,充满色情的描写。

《好色一代女》描写一女性之沦落生涯,以性欲生活为中心,描绘出当时的宫女生活、艺人生活、热闹的妓女生活、实质的主妇生活、裁缝师生活等。但这作品是消极的,因为那个女主人公,是为了生存而不得已地过着色欲生活的,尤其到了结末,一代女参拜大云寺五百罗汉,觉得五百罗汉的脸,都与自己一生所交的男子之脸相似,于是激起了菩提之心,结庵北山。这种结构,和《一代男》相比,显著非常消极,而且有一抹的哀愁之色。

《好色五人女》描写五对的恋爱故事,即阿夏与清十郎,阿先与樽屋店主,阿样与茂左卫门,阿七与吉三,阿万与源五兵卫,充满着色情的气氛和性欲的要素,其他尚有《二代男》《盛衰记》《旅日记》等。

町人物中以《日本永代藏》、《胸算用》(《胸中打算》)为最佳,前者描写以钱为中心的町人生活,各种职业世相和追求富源的利得心,《胸算用》为描写除夕日的庶民生活之种种相貌,极为逼真,各篇都为短篇;除此之外,尚有本朝町人传等。

武家物有《武道传来记》《武家义理物语》,前者描写复仇故事,后者系掇拾各种义理故事。

现译西鹤的好色物《一代男》的一章如下。

旅途的风韵事(十八岁)

江户大传马町三丁目,开有绸缎支店,主人吩咐到那里去查账,于是在十八岁十二月九日,离开了京都。越过栗田山在积雪的逢坂关的杉林下,刚穿上的草鞋,被雪水给湿透了,因为这是磨炼自己,所以毫不畏难地,踏着尖利的岩角前进。

今天,是第二天的投宿,投宿在铃鹿山麓的坂下,当地最大的宿店大竹屋里,从洗尘的深盆里起来,天气还早,就闲谈起"这里有什么女人"等的话儿来;据说这里有叫作鹿、山吹、光三个女的,还能唱樵夫的鼻歌;于是赶紧地召了来,彻夜地侑酒畅饮,直到鸡鸣报晓,才分了手。以后的日子,也逐渐过去,半路上又络续地玩儿过御油、赤坂、饭盛等地的女人,直到了骏河的江尻。心想这段旅程,终算一路平安,到今天还无什么过失,明天要过亲不知的危境,说不定会堕入海里,变成海藻。不如今夜安心地在这里欢乐一场。

南面能看到三穗的江湾,松树生在眼前,风景好极,再加之旅馆的主人舟木屋甚介,对待客人又极爽快,是个殷勤的人。以这里所产的海鹿草和海松当菜肴,饮了阵酒,谈些土地的风习,又告诉了随伴,去掉一步银子的零钱来,预备作明天的零用钱,然后在窗板上上了闩,刚躺下身子,听见有人在合唱着悲凉的歌说经。

在小枕上朦胧地躺着,又听见了歌声,就醒了过来,抓住炊早饭的女仆问道:"谁在唱歌呢?"女仆答道:"啊!这座旅馆里住有若狭、若松二姊妹,非常美丽,在白天,简直想介绍给您,但现在,是我学她们的唱哩!""不知道能够看见她们吗?""现在才说,那是来不及了,无论哪个客人,如果遇到了她们二人,从太阳还没西沉时睡起,到早晨还不肯起来呢!总得流离五六天,有时还装起假病,延长出发的日子。"世之介听了这些话,就不愿到江户去了,心想又没有什么妨碍,不如在这里住下,于是就和若狭、若松混得厮熟,夜睡情话时,左拥若狭,右抱若松,简直像《松风》谣曲里拥搂松风、松雨姊妹的中纳言一样,因此就被人浑称为中纳言平老爷。

预备回京都,决定带她们同去,于是向鸨母赎了她俩,靠了一个好人的照顾,领得了通过今切关的女人通行证,无事地通过了关,这夜就宿在二川宿里。姊妹俩人,当夜非常高兴,无顾忌地谈着在江尻留客的方法。她们说:

"六月的时候,在蚊声悲鸣的夜里,将萌黄色的二叠大的挂帐(蚊帐),挂到预先想引其上钩的客人的隔壁,故意地自语道:反正没有人看见,不如脱光了睡吧。但是随着这声音准有男人过来,搭讪对说是陪我同睡,于是就容易地把生意做定了。冬天的晚上,故意装作替客人盖棉被,实际是拖盖到自己身上,让客人受寒冷,并且用竹竿做些庭鸟伫停的枝头,里面放进滚水,使在未明时,让鸟叫了起来,赶跑客人。唉,真的做了各种各样的坏事,如果再继续地做,不知道要得到什么报应哩!现在,终于靠您的洪福,脱离了这座苦难的世界,真是欢喜。"姊妹们都天真地欢喜着。

但是困难的事情来了,就是半途用尽了零用钱,真不知何时可以到音羽山;于是卖掉了姊妹们的上衣,换了钱,好容易才到了芊川,在这里,有个若松的熟客,于是靠了那人的照顾,借了间荒芜了的草屋,学会了当地名产的平打面,以过往的客人为对象,开起业来。姊妹二人,双手不离三弦,陪着客人,唱些《以为是吉野山的雪》等的歌曲,算是渡过日子。但后来店却渐渐不支了,终于这二个被世之介所弃的姊妹,在花园山麓的村中,落了发,出家为尼了。

总之西鹤的作品之中,好色物多绚烂有诗趣,尤其能把萧淡味的"粹"(道理的圣人)表现出来;町人物则多机智,并对货殖有充分的理解;但武家物则因生活的关系,多想象,而不能把握到武家生活之内面。

总之西鹤的小说,是江户文学之首魁,无论其方法、形式、技巧,都极完熟,而且还富于俳谐趣味!

西鹤殁后,元禄前后的小说,仍难以脱出他的足迹,不过因嫌憎过于单调,就有了稍稍的转换,例如注重巷谈,重视脚色之布置,加浓传奇的色彩等,但内容则丝毫无进展的行迹。

在这些后起的浮世草子里,其倾向亦各相异,例如好色物系,有西泽一风的《风流今平家》《后室色缩缅》,锦文流的《当世乙女织熊谷女编笠》等;其有以巷谈为素材的写实作品,如锦文流的《棠大门屋敷》、森本东鸟的《字缝锁子帷》等;此外尚有描写幽冥世界的怪异小说，内中渗杂因果报答的教训与劝善惩恶主义，例如林文会堂的《玉帚木》、俳林子的《诸国百物语》、北条团水的《怪谈诸国物语》等。

以上的浮世草子作家，到了亨保期，都渐渐没落，继之而起的作家是江岛其碛，他的作品，初期都由京都八文字屋自笑出名刊行，不用己名，其后又改为二人合作（因此种草子为八文字屋所刊行，故又名八文字屋本），此种草子多故事性和传奇的作品，有其碛所做作的《倾城色三弦》《倾城禁短气》（以上好色物），《世间儿子气质》《世间女儿气质》（以上气质物）等，尤以描写性格之气质物最佳。

三、草双纸

自近世初头，宽永以后至元文约一百二十年间，文学多以上方（京阪）为中心期，但自越过元禄亨保之黄金期以后，即渐显衰微，继之而起的，是江户中心期（元文至明治约百三十年），而以文化文政为黄金期。

发生于江户的小说为草双纸，最初并非读物，为一种童蒙式（绘图识字）的绘草纸，但以后则发达成为大人的读物，有各种形式的沿革，依年代排列时，则为赤本、墨本、青本、黄表纸、地表纸（以表面纸色为名），再变形后，则成合卷。

赤本起于贞亨元禄时，为一种连环图画式的读物，如《猴蟹混战》《老鼠娶亲》等童话故事；其后改成黑本，则渐渐倾向于民间传说的故事，如《丹波爷打栗》等；但至青本时代因受净瑠璃和上述八文字屋本的影响，遂侧重于实录风的故事，如《英雄谈》《义经一代记》等，多以图画为主的低级读物，画图者则多为当代的浮世绘师，如师宣、清信等。

青本以后即为黄表纸时代，其中以安永四年恋川春町所著的《金金先生荣华梦》为划时代的作品，是篇模仿中国的《邯郸梦》(《枕中记》)，述主人公金兵卫赴饼馆购栗饼，待栗饼蒸熟之间，作一梦，见自己承受豪商的产业，享尽人间荣华，后因过于放荡，致被逐出，而梦亦醒寤。除此作者以外，尚有朋诚堂垂三二等作家，著有《文武二道》《万石通》等，当时的黄表纸，只是种单纯的滑稽和俏皮，使读者哄笑，招读者夸赞"不错，说得穿透"就算满足，因此黄表纸又称"穿"的文艺。不久以后黄表纸作品，都一律变成讽刺和谐谑的作品，例如以社会时事等问题为题材的唐来三和的《天下一面镜梅钵》等都有这种倾向。

天明二年山东京传亦开始制作黄表纸读物，例如《江户儿浮气划烧》，是描写当代荡儿典型艳次郎的，但这些作品都带有教训风，因彼曾受到写洒落本而受罚的关系，故更加强教训的口吻。宽政七年自南仙笑楚满人首创了复仇故事《敌讨义女英》后，当时的黄表纸，一时呈了都是复仇物的大观，而篇幅亦逐渐增大，单靠五张为册的黄表纸不能容纳全部的故事，于是以五册为一缀，变成了合卷的体裁，例如式亭三马的《雷太郎强恶物语》和短篇合卷物的柳亭种彦之《紫田舍源氏》等。

四、读本

所谓"读本"乃是与以绘为主的草子相对立，以读物为本位的作品，它曾引受浮世草子中的异怪小说之系统，融化以史实传说为素材的时代物，并根据中国的稗史，所写成的一种浪漫的传奇小说。

初期读本起自宽延年间，怪异的色彩极重，故多宗教的彩色，如无常观、轮回说、因果报应等。当时的作品有建部绫足的《西山物语》《本朝水浒传》，上田秋成的《雨月物语》，近路行者的《芙草子》等，其中尤以《雨月物语》《芙草子》为最佳。

《芙草子》曾受中国《今古奇观》的影响极大，但取材鬼怪故事少，取材历史的事件多，作者对于是些历史事件，都加以新的解释。如赖朝与义经的故事，二位尼与安德帝同投海等，可以明显地看到作者对于历来所传的历史之否认。

《雨月物语》作者上田秋成名上田东作，生于娼妇家，性狷介不容人，亦不被人容，故一生极其不幸，国学根柢颇佳，著作除《雨月物语》以外，尚有《诸道德耳世间猿》《世界妾气质》等八文字屋本；其中《雨月物语》由九短篇所构成，皆为怪异小说，如内中之《蛇性之淫》描写蛇精化人迷人的故事。

其实在读本作家中，最著名的作家，则为山东京传和泷泽马琴。

山东京传于宽政三年停止洒落本（详后）的执笔后，开始从事于读本的写作，计作有《忠臣水浒传》十册、《复仇奇谈安积沼》五册、《优昙华物语》七册、《樱姬全传曙草纸》五册、《梅花冰裂》三册、《昔语稻妻表纸》五册、《本朝醉菩提》十册、《双蝶记》六册等，其中以《稻妻表纸》最能表现出京传的特质，系描写家庭风波的作品，插入许多《元亨释书》中之传说。

总之京传的读本,其说话极为复杂,并插入许多由净瑠璃演剧等的说话,故有不统一之憾,且因贯通全篇之精神极为稀薄,不免有散漫之感,但其走马灯式的变幻无穷实有魅惑读者的妙味。

泷泽马琴字琐吉,讳解,通称佐七郎佐吉等,明和四年六月生于江户武士家,因父退仕并兄早逝的关系,家计较困,故马琴亦去仕学医,冀有较多之收入,但学医终未果,遂改业写作,经当时山东京传的提拔,于宽政三年刊行《尽用而二分狂言》(黄表纸)后,名声渐扬。自二十六七岁起,专心于读本的制作,声势更甚,遂受到先辈京传的嫉视,再加之马琴傲慢利己,二人遂致失和。晚年失明,又因妻子河百脾气极坏,恣意放纵,故家庭间风波不绝,其死时为嘉永三年十二月六日(八十二岁),情形颇寥寂惨淡。马琴的著作极多,尤多长篇,就中《南总里见八犬传》系自文化十一年四十六岁时作起,至天保十三年七十五岁时告竟,可谓空前的长篇,是篇以室町时代南总里见家的兴亡为背景,述里见贞义的爱女伏姬,为一极美丽的女性,因爱上了叫作八房的狗,遂至剖腹自杀,正当此时,有八颗圆珠从腹中滚出,成为八犬士,各各为里见家努力;这八个勇士,作者以之来象征八德,就是以八勇士中的犬塚象征孝、犬坂象征智、犬江象征仁、犬山象征忠、犬村象征礼、犬川象征义、犬饲象征信、犬田象征悌,靠他们的离合悲欢,生出各种波澜变化。同时在这部作品里,表现了马琴所有的思想优点和缺点。

所谓马琴的思想即是儒教思想和武士道精神的综合,他一面自卑读本是种戏作,但一面极力地想以读本作为劝善惩恶的道德观念之宣传物,这种劝善惩恶的主义,一方面固然肯定了文学的意义,他方面却流于过分的说教和概念化,破坏了艺术的完成。

统观马琴的作品,长所是结构宏大,有变化屈折的复杂味、歌舞伎味;而文章方面则有散文诗风的趣味,流丽典雅。缺点方面则人物过于概念,性格描写不详,缺少真实与现实味。

其他作品尚有《椿说弓张月》《俊宽僧都岛物语》《朝比奈巡岛记》《近世说美少年录》等,以市井事为题材的,有《松染情史》《秋七章》《八丈绮谈》《三七全传》《南柯梦》等,其中《松染情史》描写小店夥久松抛弃故乡情人与店主小姐相恋的故事,为一悲剧的小说。

现译《八犬传》之一段如下。

既而成氏着坐,但翠帘还未揭开;当下横崛正村,遥指信乃说道,此人乃战殁于结城城之旧臣犬塚匠作三戌之孙,名叫犬塚信乃,今番听从亡父番作的遗言,特来奉献传家的村雨宝刀,实可赞赏,唯须首先验看,将刀捧呈上来。信乃一听这话,觉得此是一生的得失,显出沉着的态度,抬头奏道:"村雨宝刀因常有盗人窥隙欲盗,故当今朝拭刀时,拔刀一看,已非旧刃,不知在何时已被他人掉走了。因为是意外之事,故觉惊骇非凡,但已噬脐不及,拟将此种实情奉奏阁下。然正当欲来求见之时,阁下之召使已至,殊感惭愧,实堪获罪也。伏恳阁下俯允若干时日,给予探寻,则或许能复得此刃。"此言尚未道完,在村就陡变颜色,大发雷霆道:"小子何粗忽若此,既失此刀,但无可作证明遗失宝刀之证据,如何能信汝说。"信乃对于在村的声色俱严,毫不惊惧,平气答道:"阁下深疑,当合情理,唯请查看现捧于武士手中之此刀,其刃虽非村雨,但锷鞘缘头以及表装仍为旧物,当可作被人偷换的证据。"在村不听信乃的答辩,冷笑道:"自嘉吉到现在,已过四十年,若非六七十岁之老人,稀有识此宝刀,按此宝刀唯一之特征,为刃上濛有水气,现汝既无此刀,恐非善类,伪献宝刀,来此作间谍无疑。"命武士活捉信乃,于是列坐于廊下之力士,都站了起来,预备动手。信乃觉得横崛在村,漫弄权柄,专纵赏罚,毫无容人的器量,如果自己老实地被其所房,则必死于其手中,不若以逃走为妙,因此对蜂涌奔来之力士,右加拒击,左加抛击,然后又向后蹴踢,施动飞鸟之身,不让力士逼近身子。此时帘内的成氏朝臣,性烈粗鲁的大将,就蹴开莚席,立起身来,命众人对信乃加以阻击,于是众人都拔刀向前,包围得如铁桶一般。信乃潜避着刀锋,踢开铺地的席子,提起盾牌,防着身体,然后乘隙跳起,夺了一个兵士的刀,将此兵士砍死,再舞动利刃抗拒八方,砍伤了十余人,结果了八九人的性命,然后跳至大庭,爬上轩端的松树,跃上房顶。于是众人或以枪来刺,但被削断,或亦追至屋顶,但被砍伤,如雪崩一般滚下房来了。

这是《八犬传》中"芳流阁上信乃血战,坂东河原见八显勇"章里的一段，看见文字和结构，都与中国之武侠章回小说所相似，不出劝善惩恶，提倡侠士精神的主题。

五、洒落本

阔步江户时代写实小说的大道，与黄表纸几乎同时盛行的是洒落本。关于"洒落"的语义，诸说不一，普通的说法，是通晓特殊社会的特殊风俗（游廓）之生活样式，即是洒落，换言之，凡是体得此种生活样式的"通"人来描写这种世界的作品，就成为洒落本。不过洒落原义，尚涵有俏皮滑稽的意思，因此最精密地说来，所谓洒落本乃是滑稽和通的融合，又洒落本因形状极小，形似蒟蒻（如北方之冷粉），故又名小本或蒟蒻本。

洒落本起源于宝历明和年间，最初作品为泽田东江之《毕素六帖》和《圣游廓》等，《圣游廓》系描写孔子、老子、释迦三圣，同游李白之扬屋（招妓女侑酒之处），结果释迦与妓女假世大夫双双偕逃，写得非常滑稽，类于戏作，是为第一期洒落本的特色。

明和年间，多田爷发表了《游子方言》，算是开始了真正描写游廓之特殊生活的写实作品。明和六年，有臼冈先生作廓中奇谈，内中所收的《扫臭夜话》系描写"夜鹰"（野雉）与二个劳动者的对谈，将夜鹰之生活状况暴露出来。［明和］七年，梦中山人寐言先生作《辰巳之园》，为描写深川游廓之最早的洒落本，将船埠的样子、船埠小旅店主妇与客人之对话、深川特殊淫卖窟之样子描写出来，是为第二期作品。

自此以后，又有风来山人著《风流志道轩传》，蓬莱山人著《妇美车紫鹿子》等,风来山人尤长戏文,如《无根草》之论男色,《放屁论》之论放屁,都滑稽而可笑。其他作者尚有田螺金鱼、山平马鹿人等,前者著有《妓者呼子鸟》,后者有以描写乡下人之愚痴的《变通轻井茶话》等。

天明以后,最著名的洒落本作者是山东京传,而当时作品的特色为吉原情调之赞美,与山平马鹿人等以取笑乡下人和半"通"人的洒落本相殊异,京传作有《息子部屋》《吉原揭子》《通气粹语传》《通言总篱》等,尤以《通言总篱》为最佳,是作描写艳次郎与志庵访问友人气之介,于是与气之介之妻同谈食经,讲究如何精食,然后相偕赴吉原游廓,与妓女谈天取笑,到天明归宅,表示其"通"的本领。

其后洒落本因有伤风化,遂被禁止。宽政三年,京传犯法作《仕挂文库》《锦之里》,曾受严罚,乃改为读本的作者,而以后虽仍有梅暮里谷峨等作《倾城买二筋道》等洒落本,但已不振之极,陷于没落的状态。

总之,洒落本作品虽有四百余册之多,但其主题不外于爱欲相之阐明,但此种爱欲之追求者,(通人)绝非真情纯理的人们,而是自矜为内行人,专门来嗤笑外行人的虚饰自夸,并且怜悯外行人之粗放执拗的人们。至于内中所描写的色气,无柔美的情味和郑重的态度,不过是戏玩之心的表现而已。形式重会话体,无修饰,甚之采用极多的口头禅。

六、滑稽本

滑稽本为洒落本之分脉,它以谐谑为中心。作为此种小说的源流,是天明期万象亭的《社戏》和宽政期竹塚东子的《乡里谈义》,大都是基调于都会与乡村的优劣比较观上,探求使读者哄笑的材料,虽然像宝历期的《当世笨拙谈义》等的八文字屋本,亦有讽刺和讥谑,但只能看作是滑稽文学的先驱,不能归入于滑稽本的领域内。

滑稽本最著名的作家有二,一为十返舍一九,一为式亭三马,前者著有正续《东海道膝栗毛》,后者著有《浮世风吕》(浴场)、《浮世床》(理发铺)等。

十返舍一九姓重田,名贞一,性质磊落,好酒,一生素朴,其作《膝栗毛》(徒步旅行),初发表于亨和二年,因得好评,遂又续作七篇,完成正集。自文化七年起又作续集,刊行《金毘罗道中》、《宫岛见物》(游览)、《木曾道中》、《上州草津温泉街道》,算是完成了续集,但其中以《东海道膝栗毛》为最佳,是集述弥次郎兵卫与荡子(鼻子介)喜多八,由江户出发,沿东海道赴伊势神宫和京都游览,在途中演了各种失笑滑稽的故事,将主人公的性格,如无欲、淡泊、无智、自大之江户儿描了起来,其中点缀着许多室町的《狂言》,江户的《落语》气质物的滑稽,因此有令人舒适的哄笑,现在弥次与喜多,已成为一般滑稽角色的代名词。

现译《浮世风吕》中二妇人的对话如下。

●喂!我最近雇了个佣人,其实不是使用人,简直被她使用。

▲真的吗?你那儿直到去年还使用着的阿三,不是极

柔和听话的吗?

●那人因为使用久了,后来有了相当的姻缘,就把她嫁给人家了。

▲那都是您老的好心肠。

●这次所雇的是个了不得的家伙,简直无权指使她,骂她吧,她就摔东西,闭嘴不响吧,她就越有神气。唉!一等我闭上眼睡觉,她的脸子就出现在梦里,真是令人厌憎到透的。

▲唉!我家的阿铃,也是这样的,简直是个大冒失鬼,一说话,手就停住,不做事情,收掇好早饭,在周围巡视下,就到楼上去理发,终得费半天功夫;在没有让她去煮中饭之前,她就说去晒衣裳,实际是去和人家谈废话;每天喜欢多管闲事,对于非做不可的工作,却退避三舍,说是:"老板娘,我去汲水。"于是就跑到井傍去,但却提来了一小桶井水,足足费了一个钟头,你道为什么?原来她是在和邻近的下等男人们开玩笑,并和其他的女佣人,聚在一起,讲着主人的坏话哩!最近,我想听听她到底在讲些什么,于是就躲在厕所的背后去偷听,原来她在夸原先主人的好处。并且说,那里会没有事情干,到了明年三月,就想辞退不干,就是主人拱手求她再做,她也不肯再在这种不吉的家里呢!并且说是为了比游手好闲要好一点,才到这里来佣工,真是吹她的大牛皮。喂!实在是可恨到透,一听到这种话,简直连三尺

地下的虫都会气死，真是造她的孽呢！

式亭三马通称西宫太助，姓菊池，名泰辅，字久德，幼为书店童仆，故自丧妻后以幼时所读之书的知识为基础，开始创作戏作。十九岁时曾发表过《天道浮世之出星操》(黄表纸)，但毫无名声；自《浮世风吕》发表后，声势大盛，此作分写男女二浴场，靠种种人物之会话，记述赤裸裸之世相，《浮世床》(理发铺)亦客观地记录下理发铺中诸人的谈话，滑稽发噱，据闻作者之所以以浴场、理发铺为题材的中心，是由于这二地方最能发挥个人之个性的关系，此些作品虽缺少全体的构想，但在各种阶级的男女会话里，可以看到真实的人生，且是作对现代语言学家之功用极大，因研究江户时代之语法时，此二作为最好的参考书。

其他作者尚有泷亭鲤丈，著有《花历八笑人》《滑稽和合人》；梅亭金鹅著有《妙竹村话》《七偏人》等。

七、人情本

人情本是洒落本的第二展开，当天保前后市民生活中的乐观主义盛行时，于是人情本遂以都会情趣的姿态出现于读者之前。

关于人情本的定义，非常暧昧，但大体说来，人情本是扬弃了洒落本的洒落和滑稽味，想表现人情的作品，不过表面上笼着肤浅的教训，而实际上仍描写着淫荡的恋爱生活。

作为人情本之嚆矢的，是一九的《清淡峰之初花》，它是洒落本的自然变化,所以实际上作为人情本的鼻祖的是天保期的为永春水,他的《春色梅历》描写美男子且次郎与许多女人相缠绕的故事,经过若干,葛藤遂将一人收为正妻,一人收为妾,其中充满淫荡气氛,有伤风化,因此遭到禁止。其他尚著有《春色辰巳园》《依吕波文库》等(据说为他人代作),其他人情本作家有春曲山人、鼻山人、松亭全水等。

总之,人情本乃是将糜烂的都会生活作为世纪末的病的世相之一面反映,故又名"濡"的文艺,亦即恶写实的意义。

参考书

铃木敏也:《日本小说的展开》

高须芳次郎:《近世文学十二讲》

藤村作:《日本文学史概说》

改造社　版:《日本文学讲座·物语小说篇》(下)

新潮社　版:《日本文学讲座》

颖原退藏:《日本文学书目解说·上方江户时代》

第十六章　新小说的诞生

一、新兴阶级的启蒙思想

明治维新乃是下级士族所肇动的革命,但在其根本的意义上说来,不外是布尔乔亚的革命——虽然它仍包容了封建主义的存在,显着不彻底的姿态。但在文化的领域内,靠着明治维新的发动,得以大量地输入了西欧文明。

正如法兰西大革命一般,卢梭、孟德斯鸠等的启蒙运动给与了新兴阶级以无上丰富的精神粮食,明治维新稍后的启蒙运动也给了日本新兴阶级以新的粮食,并且对以后的文化运动提供了极大的原动力。不过在这些西欧文明的输入中,存有若干病态和畸形,例如明治十年至二十年间的西洋舞蹈会的模仿(鹿鸣馆),日本人与西洋人杂婚的主倡,(高桥义雄:《日本人种改良论》)以英语代国语的提倡,都是这种病态的表现。

作为正常的启蒙运动的,可分四种。

一是以福泽谕吉、中村正直等为中心的英美功利主义思想。前者教人以知识的功用，劝人努力学问，但不可埋头于空理，务求实用，修身益国，进而能有利于全世界，并力说西洋之富强，乃由于自然科学之发达与其应用；西洋之政治，极其尊重个人的自由，而此个人亦基于其自由上而尊重法律等的浅说。其著《劝学》《西洋事情》《穷理图解》《世界国画》等皆发挥此种理论，文章畅通肤浅，极力限制汉字，以求一般民众得以了解。同时在实际上福泽谕氏又创设庆应义塾、《时事新报》，扩大其启蒙教育。

中村正直的启蒙思想，虽不如福泽谕吉积极，但他持有极高尚的精神理想，他为着使布尔乔亚社会美化起见，竭力地鼓吹着个人主义的道德，同时企图使儒教的教养与基督教教养调和起来以达到敬天爱人的境地，其译著有《西国立志篇》《西洋品行论》，等等。

此种启蒙运动，除上述二人以外，尚有西周、森有礼等明六社同人。

二是以中江兆民为中心的法国自由思想。因自明治七年坂坦退助提出设立民选议院的建议以后，民权要望，日日增高这种需要，到后来就与自由思想相汇流，使整个思想界被是种思潮所风靡，例如西园寺公望，创办《东洋自由新闻》，鼓吹自由思想。中江兆民于[明治]十五年创办法语塾，出版抄译卢梭《民约论》而成的《民约译解》。马场辰猪著《天赋人权论》，都是以提倡自由思想为本意的运动，其中尤以卢梭的《民约译解》对当时的思想界影响最大。

三是以新岛襄为中心的基督教思想。因基督教是以神为观念的中心，主张人间的魂之平等，所以颇适合于明治前半期的政治社会思想，且因当时传入日本的基督教为个人主义之美国新教，所以更为合宜。主导者新岛襄，他是倦于当时过重功利之福泽等的启蒙运动，想以基督教义涤清此种俗流，建设内的灵的新日本，于是创设了同志社学校，作为实际运动的大本营。

四是以加藤弘之为中心的德国国家主义思想。在最初加藤弘之亦为一极急进之民权天赋说之支持者，后因受达尔文《进化论》的影响，著《人权新说》，高倡"优胜劣败是天理"的学说，说明国家的历史发达，以最优者成为专制君主，反对当时风靡思坛的人权天赋说。

自后又有同志社出身的德富苏峰，对当时的启蒙运动也尽了极大的力量，他的政治理想是使国家达到平民而富的境地，因此向青年宣传学习美国的论调。

总之，明治维新以后的启蒙运动，不出以上几种，但一切未来文化，却也靠了这几种运动，获得了丰富的成果。

二、过渡期文学

明治维新稍后，在思潮上既有了上述的变化，随之当时的文学，也就有了新的展开，但这展开几乎只限于题材的扩大，而内容的意识和形式仍不离封建的市民文学的典型。

作为当时著名的作家是小说家假名垣鲁文和戏曲家河竹默阿弥。假名垣鲁文的代表作是《胡瓜遣》《西洋膝栗毛》《安愚乐锅》，并实录故事《高桥阿传夜叉谈》。

《胡瓜遣》是演释福泽谕吉的《穷理图解》，讽笑当时的人们，模仿欧美文化的皮毛。《安愚乐锅》描写大啖牛肉锅而高论时势的半开化人。《西洋道中膝栗毛》是他的名作,凑合福泽谕吉的西洋事情、从巴黎博览会参观回来者的谈话、英文报的翻译,再加上自己的空想而写成的作品。内叙弥次、喜多二人,由富商大腹屋伴同赴伦敦游览,在道上演了各种失败滑稽的喜剧,用以讽笑旧文化,惊叹西欧文化,但这种滑稽讽笑,并不是有意识的讽刺,是种江户小市民的谐谑。

父母在得远游,炮舰一发三千里,朝闻道夕不死,食牛肉饮啤酒,壮健体格保寿命,得利富国以报今日之恩。

这种文字的喜谑和卑俗的滑稽趣味,实是一九、三马等江户喜作的遗传,表现假名垣鲁文的作品还没有脱离封建市民小说的旧套。

除他以外,当时尚有许多描写有兴味的实话作家,例如著有《春雨文库》的松村春辅,著有《鸟追阿松海上新话》的久保田彦作等,至于河竹默阿弥,因为是著名的剧作家,故当在剧作篇论述之。

三、外国小说的输入

外国小说之翻译,在日本小说的发达上占有极重要的地位,因为这些作品直接地成了日本新作品的蓝本,间接地刺激了日本新作品的诞生。

本来翻译欧洲文学作品的事实,在基督教宣教时代(江户时代)已经开始,后因幕府锁国的影响,这种工作宣告中断,待至明治维新以后,翻译文学又呈盛旺,不过当时所译的作品都以兴味为本位,例如《天方夜谈》《鲁滨孙漂流记》等等。

不久以后,由于社会的需要和现政治的要求,就有大批科学小说和政治小说的移译,但作为真正艺术的欣赏而被移译的作品,还极缺少。这个原因可以归诸于维新后的日本,对于科学的昌明和政治的改革的要求,是迫切甚于艺术的欣赏的。

当时所译作品,重要的有下列各种。

(一)科学小说

维勒(Jules Verne)　著

《八十日间世界一周》,川岛忠之助　译

《月球旅行》,井上勤　译

《海底旅行》,井上勤　译

《造物者惊愕试验》,井上勤　译

《三十五日间世界一周》,井上勤　译

《地底旅行》,三木爱花　译

(二)政治小说

民敦(Lord Lytton)　著

《花柳春话》,织田纯一郎　译

《寄想春史》,织田纯一郎　译

《慨世人博》,坪内逍遥　译

《系思谈》,藤田茂吉　译

《连想谈》,服部抚松　译

迪斯那里（Disraeli） 作

《春莺啭》，关直彦 译

一般小说方面，以莎翁作品翻译较多，其他如司各脱（Scott）的《春风情话》《群芳绮话》由坪内逍遥翻译出版，歌德的《狐的裁判》由井上勤翻译出版，普式庚的《花心蝶思录》由高须治助翻译出版。但其对文坛的影响，不及政治小说良多。

四、政治小说的盛行

在假名垣鲁文以后的过渡期（[大正]十六年—[大正]二十年）中，最盛行的作品是政治小说，其原因有二：一种是受翻译小说的刺激，一种是当时政局的反响。因为当时的政府颁布了严厉的新闻条例和集会条例，完全封锁了反政府的言论，因此压迫愈重，则反政府热与自由平权论愈盛旺，文人墨客或失意政客，遂借小说而发挥个人政见攻击政府。当时主要的政治小说，约有下列几种。

著者	书名	内容
矢野龙溪	《经国美谈》	希腊志士强国史
藤田鹤鸣	《文明东渐史》	幕末时诸志士传奇
末广铁肠	《雪中梅》	托情话而论政见
	《花间莺》	托情话而论政见
须藤南翠	《新装之佳人》	青年政治家之发迹恋爱
	《绿簑谈》	提倡地方自治
柴东海散士	《佳人之奇遇》	亡国志士为国血战记
广津柳浪	《蜃气楼》	女子参政问题

以上作品,其优点为大胆抒叙政见,但在艺术的立场上判断时,则这些作品极为稚拙,德富苏峰曾指摘其缺点如下:1.体裁不整;2.脚色虽有似无;3.少意匠之变化;4.描写不精凿;5.为俗物之共进会。

由这批评看来,可知政治小说在艺术的价值上是如何的低劣了。

五、新小说的确立

自坪内逍遥发表了小说论《小说神髓》以后,日本文学开始露出了晨曦的光芒。因为这本著作,乃是对"何谓小说"的新解释,教人以真实的小说之内貌和描写的原理的。

是书分上、下二卷,上卷述小说之本质、变迁、种类并其目的,下卷晰述小说之文体结构,主人公性格与描写方法,约其要点不外:一为述明小说与浪漫斯的区别;二为排斥劝善惩恶主义,高倡写实主义;三为精述心理描写与客观描写之必要;四为主张文学者宜以批判人生为目的而执笔。

是书对当时的文坛有三个可注目的影响:一是介绍了外国小说的理论——虽见粗杂;二是对当时的江户风作品,树起叛逆的旗帜;三是开拓了未来小说的温床。尤其最后一点最可注目。

坪内逍遥一方面既提出了新小说的理论,一方面为将这理论具体化起见,遂同时出版了小说《当世书生气质》第一卷,至翌年完结。是篇描写东京之学生生活,虽达到了著者所谓"全篇之趣向,专以旁观之心,以写实为旨,故或不合于以劝善惩恶为主的诸君口味",但在其构想上,完全与旧时代的读本、人情小说相同,如以偶然事之频发,而完成其终局,再加之重俏皮好滑稽,并文章之沿用七五调,故仍有浓厚的旧小说之遗迹。这个原因,或许由于作者"幼时亲炙化政度之戏作……心醉于说书场歌舞伎"之故吧。坪内逍遥除此作外,尚有《妹与背镜》《妻》《内地杂居之梦》《一国纸币的话》等。

通常文学史家,声言逍遥之《书生气质》未必实现了《小说神髓》的主张,倒是靠二叶亭四迷的《浮云》([大正]二十年—[大正]二十三年)得以具体地实现。

《浮云》是描写东京小市民家庭内的平凡故事,内叙主人公内海文三幼育于舅父家,素性好学,后为小官吏,因不善交际而革职,遂受舅母阿政所鄙视,但表妹阿势则时加庇护之,故文三以为阿势有意于自己;不久以后,阿势复与文三之友人本田相亲善,使文三苦闷妒忌。

作者在是篇作品里,将士族出身、性情孤高的文三和追随新兴布尔乔亚的青年本田,作着极佳妙的对照,衬映出旧封建贵族的没落,并以好新奇、无操守、快活放纵的新兴女性阿势的性格,与传统的江户儿母亲阿政相对照,描画出新旧文明的冲突。

作者的这种成功,并不是他原有企图的达成,因为作者的原有企图,仅仅希望能如实地表现出文三的心理,就认为满足,倒是作者丰伟的俄罗斯文学知识,使他达到了对文学与社会关系的认识。

《浮云》除上述优点以外,还有言文一致体的建设、旧有格调的淘汰,都是极可注目的地方。

六、新小说的建设

由于《小说神髓》和《浮云》举起了小说革命的烽火以后,新小说就有了广泛的展开，尤其所谓写实主义的风气，席卷文坛，虽然有些只是表面的沾染。

在《小说神髓》出版前一月，有山田美妙、尾崎红叶、石桥思案等组织砚友社，发刊《我乐多文库》杂志，此志为一手写之回览杂志，内中包含戏文、俳文、短歌、狂歌、汉诗文、绘等，直至[明治]十九年十一月第九号，始由机器印刷，自后又有岩谷小波、川上眉山、江见水荫等加入，不久以后，美妙与红叶因家庭等的关系，感情破裂，于是美妙脱离砚友社，独自编辑《都之花》，而砚友社发刊之《我乐多文库》亦相继停办，改出《新著百种》。

上述的砚友社文学运动，不但在当时的文坛上占着重要的位置，尤其在新人的培植上，更为不可漠视的事实。他们的特色是共鸣于江户趣味，因为他们多是江户出身的作家，其后因受《小说神髓》之刺激，虽亦侧重于写实的倾向，但不见彻底。他们对人物个性之描绘，极其冷淡，对人生无深酷考察判批的能力，仅表现浮于空想上的人生姿态，尤以兴味游戏为本位，拘束于小主观与小世界中。

山田美妙在艺术上的成就，与其说是作品的本身，毋宁说是表现——言语文调上的改革，他一面实施了言文一致的语调，同时试用着各种通俗的结末语，以求新格调的产生，他的作品有《夏木立》《濡衣》《莓姬》和《胡蝶》等。尤以《胡蝶》发挥了他的独特的文章，是篇系取材于《平家物语》，述少女胡蝶为恋于与忠义之葛藤而烦恼，终至为忠义而杀死爱人，悲恻淋漓，极有气韵。

尾崎红叶为明治文学史上之巨像，处女作为《贝屏风》，其后有喜作甚多,直至美妙由《夏木立》出版获得才名后,于是红叶亦奋然而起,专心于创作,与美妙之《胡蝶》,同时发表了《色忏悔》。

《色忏悔》为一抒情的时代物,内叙寒冬某山庵中,二老尼互谈往事,知二人同为恋爱同一武士之情敌,后因武士死亡,遂皆出家为尼,这个悲剧的写作,红叶实费了极大的心血,他在序文上道:

1. 此小说以泪为主眼;

2. 不限时代,不定场所;

3. 凤乎鸡乎,虎乎猫乎,创造一种连自己也不能判断的奇样文体。

的确红叶在《色忏悔》这部作品里,标出了他的特色,但却有许多地方,是在模仿着西鹤的简洁轻妙。

综观红叶作品,可分三期:第一期为明治二十三年到二十七年,是期作品,多描写女性和女性性格之类型,代表作为《色忏悔》《二个妻子》《心之黑暗》《新色忏悔》等;第二期为明治二十七八年,是期作品多为翻案物,有《冷热》《不言不语》等;第三期为明治三十年左右的复活时代,是期代表作为《多情多恨》《金色夜叉》等。尤以后者几可称为通俗文学的元祖,描写因金钱而失恋的二高学生的故事,博得大众之热赞与爱诵。

砚友社的其他社友,如石桥思案著有《处女心》《京鹿子》,专长滑稽讽刺的笔致;江见水荫的作品,多抒情,有诗味,著有《杀妻》《狂诗人》《烧炭之烟》等。其他如川上眉山、泉镜花等,则为后代作家,在下面当加论述之。

当时与巨匠红叶并称的,还有幸田露伴,他自发表《露团团》后,又络续地发表了《一刹那》《风流佛》《对髑髅》《一口剑》《新叶末集》《五重塔》《新浦岛》等。他与红叶虽同为封建观念的作家，但红叶重小市民之日常生活，而露伴重小市民之个人意志，因此他的作品里的主人公，多为超越凡俗的世界，不屈于压迫，向自己之完成而前进的江户男儿，例如《五重塔》，描写一匠人十兵卫，为完成自己之艺术的杰构起见，拒绝师父源太的帮助，而独自建造五重塔，终于靠其毅力和绝技，造成了这座极坚固的五重塔。

此种作品多有极端之理想，故其手法不能仅限于写实，遂有夸张的叙述和幻想，而主人公多成为有超人的伟力的人物，其文章则古色古香，受西鹤影响极重，尤以《风流佛》为甚。

此时除红叶、露伴以外，尚有各流派的作家，其中稍有异色者为飨庭篁村和齐藤绿雨，前者为传统的乐天作家之代表，作品多为描写气质风物的短篇，有浮浅的讽刺谐谑，自然而少虚饰，代表作为《贱卖品》《当世商人气质》《丛竹》等；齐藤绿雨为一讽刺谐谑性极强的作家，其描写之人物，多限于小老板少爷，年轻妓女小姑娘等，被描写之地域，亦限于江户之商业地（下町）和狭巷，著名的作品有《捉迷藏》《油地狱》等。

与上述的作家相异，充分地受有泰西文学的影响的作家，为森鸥外和嵯峨舍，前者本为评论家兼德文学的介绍者，但亦涉猎创作，其代表作为《舞姬》《栅草纸》《泡沫记》等，此些作品多取材于德国，以可怜的外国少女为主人公，配以日本的青年官吏，描写出纯情的国际爱。例如《舞姬》叙青年官吏太田，留学柏林，与女优霭梨丝相恋，因受友人之阻断,遂离霭梨丝归国,使霭梨丝陷入绝望之境,终至发狂。这部作品极端地高倡恋爱的至上,并在性格的描写上非常卓越,因此构成了森鸥外独自的作风,其文章为有浓厚的兴味的和文体,故具有极高的品位。

嵯峨舍为一俄罗斯文学的介绍者,他的作品有《无气味》《初恋》《流转》《梦幻境》等。《初恋》以写实的笔法,描写少年可爱而清纯的初恋,含有多量的抒情诗的甘美味,又因作者是个有优良的感受性的作家,所以他的作品,都是欣慕着清纯和年轻的心境,嫌憎虚伪和混浊,毫无封建的观念与习惯。其文章的体裁,与山田美妙的言文一致体极相酷似。

新小说的确立,一方面固然像上面所述一般,由美妙、红叶等巩固了础石,但他方面,当时络续地介绍过来的海外文学,却也对新小说的确立有着极大的贡献,因为当时移译外国作品的目的已和原先相异,从前只是以兴味与野望为目的,但现在则是以鉴赏和培植为目的了。当时被翻译的作品,有森田思轩所译的雨果之《哀史》,长谷川二叶亭所译的屠格涅夫之《猎人日记》,坪内逍遥所译的莎翁作品,森鸥外所译的德国、奥国诸小说等,其中雨果(Hugo)的作品对当时的影响最大。

(参考书见第十七章末)

第十七章　小说的成长

一、浪漫主义

中日战争以后，日本获得了首次国际战争的胜利，于是举国若狂，促进了民族和个人的自觉精神，于是在一般的思潮上，充满了国家主义、军国主义以及布尔乔亚的个人主义、天才主义、本能主义等。

本来在中日战争稍前，日本文坛上已有初期浪漫主义的崛兴，例如诗人北村透谷的《内部生命论》，主张抛弃游廊等封建的爱情，提倡纯洁的恋爱，鼓吹人性人情的无限扩大，不过他的这种要求，由于日本政治机构的压榨——专制政治——遭到相当的阻碍，因此他的浪漫主义就显著感伤和忧郁，带着观念和神秘的色彩。

中日战争后，个人之自觉和个人主义的要求更强，同时夸大狂般地热衷于新兴帝国的勃发的国家主义，也愈更高扬，遂使日本文学充满了浪漫主义的气氛。不过这些浪漫主义文学，有一个特征，即是被外形的现实主义所拘束，并且渐渐地倾向现实主义而发展，作为当时浪漫主义作品的,有所谓"观念小说""悲惨小说""神秘小说""心理小说"等。

(一)观念小说

观念小说以表示某"观念"为目的,概为取理社会与人类之关系的作品,像川上眉山以及泉镜花的初期作品都属于此类。

川上眉山为砚友社之同人,被称为观念小说的作品有二,即《书记官》和《表里》。前者描写纯洁的处女,为了父亲的名利而牺牲了贞操的故事,表示人生的罪恶,乃是由于社会组织之不完全的观念,但因过急于表现观念,致使描写不得充分,尤其在心理描写上。

泉镜花的《夜行巡查》和《外科室》也都是观念小说的作品,《夜行巡查》描写一巡查,当巡夜时,遇一坠入河濠中的醉汉,此醉汉即为巡查平日的恋爱的妨碍者,但他为忠于职务起见,抛弃私嫌拯救醉汉,终于溺死殉职,表现出义务胜于个人的私情之观念。

(二)悲惨小说

悲惨小说又名深刻小说,专为描写社会的黑暗面和悲惨面的作品,最著名的作者为广津柳浪,著有《黑蜥蜴》《变目传》《龟君畜生腹》《今尸心中》等。

《黑蜥蜴》描写独眼麻皮极其贞淑的木匠妻,因酒乱几被其舅夺走贞操,于是用黑蜥蜴毒杀舅子而自己亦自杀殉命。

他的作品大都先叙述境遇和不可抗的悲惨运命,如《丑妇》《畸形人》等,然后以杀人或自杀而终其结局,使读者起极大的不快之感,这种小说虽亦侧重于现实的描写,但主观极狭,仅限于现实的特殊面，而且把这些悲惨事的基因放在生理与先天缺憾的秤量上来解决，无视了社会的原因，因此成为浪漫主义的作品。

（三）神秘小说

神秘小说为观念小说的演进，因作者以最大的热情追求其观念的世界，得不到满足时，就易堕于神秘的世界，这种小说由观念小说家泉镜花所提倡（［明治］二十九年）。例如他的《龙潭谭》描写被魔所诱惑之幼童的幻梦；《黑百合》描写一华族少年救护为寻求奇草而迷入于荒境的少女的故事；《高野圣》描写几被美女所诱而看到各种奇梦的高僧；《汤岛诣》描写一卖淫妇所生之孩子与其他卖淫妇相悲恋的故事。这些作品都在幻弄着神秘，空想地表现着魔、幻梦、怪、妖、狂等非常事物，而其所描写着的江户女性，都凄艳非凡，有特殊的幻惑。

（四）心理小说

在心理小说的作家中，以女作家樋口一叶最为卓越，她的作品多为描写被封建观念所束缚而苦恼的女性心理，她们都期待着靠维新的机运，得以抒脱过去的束缚，但结果终于绝望。山川菊荣夫人曾明快地指摘道："既不忍从顺于过去的道德，但又没有勇气切断旧道德的锁链，更不能高唱凯歌般地歌赞新理想、新道德，仅以女性对传统的运命之悲痛的断念绝望和以对世界之冰冷的轻蔑聊以自慰。"这个评言，把樋口一叶作中的特征说了出来，她的代表作为《浊江》《十三夜》《较长》等。《浊江》描写私娼窟的卖淫妇阿力的沦落生涯，配以为阿力而毁了家庭的源七终至无理而情杀的故事。《较长》是描写吉原游廓(妓寮)附近早熟的少年少女的微妙心理,将妓女之妹的骚少女阿绿的心理细致地描写出来。

她曾受过《源氏物语》、西鹤作品等的古典文学教养,且因私淑幸田露伴,所以文章极佳丽,采取雅俗折衷体裁,不幸短命逝世(二十五岁),实极痛惜。

后藤宙外于二十八年发表了《蚁之游戏》,二十九年发表了《黑暗之幻梦》,遂被文坛所注目。《蚁之游戏》描写实业家为事业失败而发狂,其妻亦因苦闷而病死的故事;后者描写想兴零落的家运的女人,因与世间的道德相冲突,遂失败而遁入深山的故事。他的特色即是注目于心理描写,而且有习习的抒情之风,将自然视为人生之避难所,故有消极的浪漫趣味。

二、浪漫的写实作品

发展到心理小说的浪漫主义作品,其后因扩大了取材的范围,无忌惮地掘发了社会的隐微和人间的本能,因此渐渐地接近了写实主义小说的境界(甚之可以看做是自然主义运动的序幕),但这种作品,并不是彻底的写实,而是持有想描出新的东西之一种强意识,所以还沾染着浓厚的浪漫主义色彩,这些作者之代表者为小栗风叶、小杉天外,以及后代的自然主义作家们。

小栗风叶的代表作为《寝白粉》与《龟甲鹤》《恋慕流》。《寝白粉》大胆地描写兄妹相奸之恋,《龟甲鹤》描写因失恋投酒桶而自杀的悲剧,都努力于暴露现实的丑恶。他的成名作为《恋慕流》,描写一尺八天才，为恋而舍弃名誉亲族，终于被社会遗弃的故事，风叶在这个一生沦落的天才故事里，衬以社会黑暗面的卖淫、赌博、暴力团强盗杀人等事情，所以有浓厚的现实味，同时他极其重视大众的通俗趣味，故将这种现实暴露，溶（融）化在悲惨哀切的故事里。

小杉天外起初多讽刺作品，但自《新姿》出版后，遂即标榜纯客观的写实，如《恋与恋》《流行歌》《魔风恋风》都是这种理论的实证。《流行歌》描写受有父亲的多情之遗传的雪江，因妒忌丈夫和妾的热恋，遂为报复起见，与他人亦犯了通奸的孽缘，在这作品里特别地模仿着左拉，除细琐地描写现实外，特别地重视遗传和境遇。

永井荷风当时亦为倾倒于左拉的作家，《地狱之花》即是他初期自然主义作品的代表作，内中描写肉欲极强的实业家的家庭，无忌惮地想描出受了祖先的遗传，并受境遇的支配，而活动着的情欲、暴力等的激流。

其他如国木田独步、田山花袋、岛畸藤村等的自然主义作家，也渐渐地露出头角来了。

当时除上述各种纯艺术作品以外，尚有一种通俗小说的存在，如社会小说、家庭小说、拨鬓小说、侦探小说、历史小说等，这些小说的特色即是富于浓厚的趣味性，而局限于一种特殊的小世界——如《家庭》《剑侠》等，其中以社会小说与家庭小说较有可观。

社会小说的代表作家为内田鲁庵、德富芦花。鲁庵的《年末的二十八日》描写一心怀大志的青年，欲赴墨西哥开荒，但事与志违，感到烦闷，经基督教教义之感化，得以深悟人生之真义。芦花的《回忆记》

述一青年之苦斗史,亦为取材于社会问题的作品。

家庭小说的作家,以菊池幽芳和德富芦花为最佳,前者著有《己之罪》,后者著有《不如归》,其中《不如归》为描写儿媳因患肺病而与翁姑不和的家庭悲剧,获得万人的眼泪。其他的家庭小说作家,如田口菊汀著有《女妇波》,柳川春叶著有《忘掉之水》等。

至于侦探小说作家,以黑岩泪香为最佳,著有《铁面皮》《非小说》《大金块》《人耶鬼耶》等,传奇小说则以村上浪六的作品为最佳,著有《三日月》《奴之小万》等。

三、自然主义

自明治三十四五年到四十二三年之间,自然主义运动席卷了整个文坛,这个运动最大的动力,不外是日本资本主义的日日发达,因为自中日战争以后,日本的自然科学得以顺调发达——例如工业方面开始了机械化、集中化,遂使布尔乔亚达到了掌握支配的政权,而欲彻底地肃清封建的贵族的旧道德,建设适合于个人主义的新道德。

本来在初期的企图上,日本的自然主义和西洋的自然主义一样,都是种布尔乔亚的文学运动,他们想以胜利的自然科学方法来抉剔旧社会的不合理事情,正如左拉所说:"以自然科学的实验,乃至记录的研究,应用于人间社会的研究。"然后将研究的所得作为实施改革的基础,但是到后来,日本的自然主义却没有完成这种积极的工作,只达到了"现实暴露的悲哀""彻底的现实暴露",这究竟是什么原因呢?原来这是由于日本的资本主义和西洋的资本主义有着显著的相异，因为日本的资本主义是不健全的，是与封建的专制势力相结合的，所以布尔乔亚的革命也极不健全，只能揭发暴露了丑恶的现状，没有彻底改革的积极性，这些反映在自然主义作品内的，即是幻灭、绝望、烦闷、不安等因素。

其实在自然主义运动盛行以前，已有本格的自然主义小说的存在，例如上章所述的永井荷风和小杉天外等的作品，都是属于是种范畴里的，因为他们都努力地模仿左拉的缘故。初期以后的自然主义作品，即是国木田独步式的自然主义，带有浪漫主义的色彩，再以后就是最盛行期的自然主义作品，是种有印象主义的阴影和浓厚的虚无感的。

有许多文学史家，都把国木田独步看做是浪漫主义的作家，因为他是个浸于甘美的感伤中的诗人，尤其他常想在家常茶饭的日常生活中，找寻种"惊异之感"。这种精神实是浪漫主义的表现，因为它汇合怀疑主义与神秘爱好的精神，例如《牛肉与马铃薯》中的冈本（作者自身）的人生观，即是此种精神的写照。而尤其他爱好英国浪漫诗人娃兹华斯，则诗人与他的影响之大，绝不可抹杀，不过他持有纯朴的技巧的写实和透彻的肉欲的描写，执信着人间的无力，相信宿命、运命并惧于自然的威力，所以仍不脱自然主义者的特色。

他的代表作，除上述《牛肉与马铃薯》外，尚有《恶魔》《运命论者》《女难》《第三者》《酒中日记》《运命》《波之音》等。

总之，在独步的作品里，可以看到探求宇宙的神秘之严肃的态度和那不能抵抗运命的悲痛之人生观，但作品富于诗情，在缺少诗味的自然主义作品中,放着异彩。

岛崎藤村自中断诗作后,遂即络续发表小说,例如《水彩画家》等作,但自《破戒》发表后,立即成为赫然的自然主义作家。《破戒》叙一生于特殊部落之青年小学教员,为避免他人之歧视与迫害起见,特隐密其出身和经历,但后来终于不堪隐忍此种虚伪的生活,勇敢地破了与父亲严约的戒律,告白了自己的素性,遂至失掉地位与爱人,赴海外漂泊。此篇作品,横溢着新兴布尔乔亚的革命精神,对旧习与偏见,作着严厉的反逆,并为克服一切虚伪不法而努力。这种生气勃勃大无畏的精神,都象征着新兴阶级的朝气。

此后氏又络续地发表了《街道树》《春》《家》等长篇,《春》描写他的友人们的生活,将他们激烈的理想被现实所击破的惨状描写出来,例如以北村透谷(主人公青木)来代表当时青年们的典型,高嚷破坏与烦闷:"现在的祖国,只是青年的坟墓而已,看不出一点点新生命,也无些许创意,只是浅薄的泰平之歌!破坏!破坏!如果破坏了,或许能生出新东西来!"这些气魄极高的喊叫,表现出对现实不满的青年的理想。

长篇《家》是描写生于乡镇的旧家的人们被时势所压倒,续续没落的故事,作者以此些人们为中心,展开了夫妇间的暗斗、生存的苦痛、缘戚关系的烦琐等事实,率真而深邃,但有一抹阴郁的感情和感伤的眼泪。

实在,作为岛崎藤村作品的特色,是用意的周到绵密,文章会话煞费苦心,尤其《出发》《冒失鬼》等短篇小说,粒粒如珠玉,非常完整。

　　田山花袋本为感伤的恋爱小说作家（[明治]二十四五年时代），但自发表小说《重右卫门的最后》和论文《露骨的描写》以后，已一变而为自然主义作家了，尤其他的小说《棉被》更具体地达到了露骨描写的境地，是篇叙一中年有妇男子，恋爱自己的女弟子，但因顾忌声誉、地位，未敢明言，直至女学生与他人发生关系离去以后，遂抱女学生芳子的棉被，深嗅其体臭以满足自己的欲望。此作将人生之倦怠恋爱的利己性、性欲的性质、赤裸裸的本能都露骨地暴露出来。自后又陆续发表《邻室》《一兵卒》《少女病》等。其中《一兵卒》为描写一将死之兵卒，因境遇的压迫而强自挣扎的惨剧，系取材于日俄大战的前线。

　　[明治]四十一年以后，田山花袋络续发表了长篇三部曲《生》《妻》《缘》都是实现他后来所倡的平面描写论，即是："不加主观，不加结构，只是将客观的材料，作为材料而表现之，……不仅是不加作者的主观，并且对于客观的事象，毫不探喙其内部，亦不深触人物之内部精神，只是将所听所见所触之现象，如实地表现。"

　　其中《生》为描写一家族的历史，将其旧芽萎凋、新芽滋生的景状述了出来，并描写着亲生兄弟各自执拗于生而自私的情形。其他如《乡村教师》《发》等也都不出平面描写，这种平面描写如果确切地说来，即是印象主义的别名，以消极的态度将人生的悲哀、苦恼、丑恶、烦恼等所感所闻描写出来。

　　他的作品在结构上有时不免散漫，文章流于粗杂，但有泼辣和新鲜味。

砚友社出身的德田秋声,在浪漫主义思潮支配文坛时,他的作品多被漠视,但自自然主义运动兴起后,就一跃成为文坛的宠儿,如《焰》《凋落》《出产》《新世带》《足迹》等作品,都带有浓厚的自然主义倾向。及至[明治]四十四年,发表了长篇《霉》后,秋声的声势更高,是篇叙一文士由于一时之鲁莽,与一女人发生关系,但本心则绝无爱此女人的情热,不久女人怀妊,彼欲弃女并堕其胎,但踌躇无定,而小孩则于是时出生,于是逼不得已,与女人结婚,但生活极为无味,欲离婚亦无勇气,遂日日沉湎于酒色中,聊以消遣烦恼。

继《霉》而写的是《烂》,描写妓女出身的妾的心理和男主人公的性欲生活,将性欲与金钱操纵人间的实况描了出来。

总之,他的作品笼着最显著的消极态度,对于一切,采着默从、顺从的态度,断念所有的不幸,聊以保持心的平衡。所以他的作品既无积极的破坏,也无消极的建设,只将小市民农民的平凡事迹忠实地表现出来,而且淡淡地蒙着北国的阴郁。

正宗白鸟为一天生的自然主义作家,他的作品既无抒情的感情,亦无理想,只是冷淡地凝视着人生,但这种人生在他看来是黑暗的、绝望的,觉得人类无论如何挣扎,也难以逃出运命所摆布的境遇。因此他的作品充满了虚无的绝望的人生观,例如《尘埃》《妖怪画》《世间式》《到何处去》《撞球房》《地狱》《微光》《毒》等,其中尤以《到何处去》为最佳,系作者自叙传之一节,内中描写主人公健次"不醉于主义,不醉于读书,不醉于女色,不醉于自己之才智",而且把结婚也看成是荒诞的喜剧，他甚至不希望被人爱，也不希望被人同情，只感到"人类即是自己一个人，在自己与他人之间，有一条不可越过的大沟"，这些特色，正表现了主人公的虚无色彩，与莫泊桑晚年作品《水上》等的虚无思想有着极显著的相似。

岩野泡鸣在初期论文《神秘的半兽主义》里反对着旧宗教旧道德，视文学为最个人最刹那的东西，想活现出刻刻盲转着的表象之神秘界，这种理论在若干部分，是与自然主义精神相合的，例如对于旧的一切之斗争。但他自发表《文界私议六》后就公然地替自然主义辩护，而其作品也就染煊上浓厚的自然主义色彩了，例如《耽溺》《放浪》《断桥》《发展》《凡智》等，其中以《耽溺》为最佳，叙一已婚之文士，与一乡间艺妓相厮熟，欲使艺妓成为女优，乃尽力划筑资金，甚之将妻的衣服都质入当铺，而结果反为艺妓所欺。作者以文士与艺妓的周旋为中心，表现出一切嫉妒反目等事情，并将主人公不顾人情、道德、习惯、利害等的勃勃之气描了出来，显出泡鸣独自的特色——亦即他没有隐忍灰色的态度。

《放浪》《断桥》《依靠物》《发展》《毒药女》为他的长篇五部作，是有连贯性的作品，亦可以说是作者的长篇自叙传，叙一不满于家庭的文士与染有疾病的他人发生关系，此种痴情绵绵难断，而文士遂堕于苦境之中，放浪投资终归失败，充满了大胆和勇气的描写，但不投文坛的时好。

真山青果的作品多取材于东北的寒村小邑，表现农民与中庸者的利己心、宿命观，代表作为《南小泉村》《茗荷田》《癌种》等。

长塚节虽为一歌人,但他的长篇创作《土》却为一极佳的自然主义作品,将鬼怒川沿岸农民的兽般生活悲惨地表现出来,因为毫不弯曲,所以由于压迫榨取而产生的非道、无义、残虐、贪欲等的惨状呈露于读者之前。

二叶亭四迷到了这时,随着文坛的潮流,也发表了二三篇自然主义的作品,即《其面影》《平凡》等,其中尤以《平凡》为出色,内述平凡人之半生,起初率直地描写个人主义的丑陋,继之露骨地暴露了恋爱和性欲的内貌,并怀疑艺术的价值,侧重于作为人生之一员的现实行动。

其他的自然主义作家,尚有中村星湖(著有《少年行》)、上司小剑(著有《鳢之皮》)以及女流作家水野叶舟、田村俊子等。前者多以小品的形式,表现女性弱柔的情绪与感觉,后者则多描写小布尔乔亚女性的生活,如《断念》《誓言》《木乃伊的口红》等。

四、高踏派现实主义

在自然主义运动最高潮的时候,有后藤宙外、樋口龙峡等高倡反自然主义运动,他们完全是站在宗教及道德的立场上,攻击自然主义之过于卑俗污蔑,因此实际上毫无反响,其实真正地足与自然主义相对抗的,是夏目漱石、森鸥外等人的高踏派现实主义,他们对自然主义不表赞可,觉得文学不应该仅限于死生之内的小世界,应有更广漠的超越现实的世界。因此他们都鄙视自然主义的肤近和卑俗,向自己高踏派的现实主义迈进。

在这些作家之中,以夏目漱石最有特色。他原是俳人正冈子规的弟子,因此他的人生观就有着浓厚的禅味和俳味,他觉得在艺术的世界里,不一定以生死为第一义,因此在批评自然主义的时候,曾经说道:"说自然主义的小说,是在取理着第一义,那是胡说,所谓他们的第一义,乃是不离生死的烦恼界的第一义,如果人生观真不能超越于生死,则所谓自然主义的第一义,也许成了真的第一义,反之有打破生死的人生观存在时,则自然主义的第一义,即堕落成为第二义了。"这段论说明白地告白着他的人生观,亦即所谓艺术这东西,在夏目漱石看来,并不被生死所拘束,有超越生死以外的一个玄境。

他的作品好取理"非人情"的世界,这是由于他以为艺术是超越道德观念的缘故。他曾说:"我确信,除去善恶观念,是赏赞文学某部分的不可缺的条件。"他又好谐谑,富机智,但绝不堕入文字游戏的境界(虽然他能用趣味十足的汉文外来语国语),存有一种高尚的幽默精神,这精神一方面是受英国文学的影响,一方面是受原始俳谐的最大精神的传统。

他的作品又重趣味,正如他所说:"文学是趣味的表现。"因此以《三四郎》为界的前期作品,多有是种倾向,以夸张了的性格为中心的活跃,带有传奇的趣味,但后期的作品则渐渐淘汰了这种倾向,着目于心理剖解。

夏目漱石的作品极多,最著名的有《我是猫》《伦敦塔》《哥儿》《草枕》《二百十日》《虞美人草》《三四郎》《其后》《门》《直到彼岸过后》《行人》《心》《道》《草》和未完作《明暗》。

处女作《我是猫》，最能表现他的初期作品的特色，是作以苦沙弥先生的家庭为中心，任意地配列着各种人物和各种珍妙事，托猫的观察而表现出来，因此充满了警句和谐谑。《哥儿》描写他在四国当教谕时的经历，将人世间的虚伪、僻乡教育的腐败抉剔出来，其他像《草枕》等都是夸张非人情世界的作品。

从《三四郎》以后直到《明暗》，他的作品开始肖似于真实的人类世界了，而且渐渐侧重于写实的心理描写，这些作品，可以当作一贯的大长篇看，因为都是有着联系的关系。他的作品，讨厌会话，故会话多组织于文内，且文中各段，时能发现"逸什"性的说白。

高滨虚子与漱石相同，皆为从事写生文而步入小说坛的俳人，著有写生文小说《风流忏悔》《斑鸠故事》《大内旅宿》等以及写实小说《俳谐师》《三叠与四叠半》《杏之落音》等，是些作品皆以旁观的态度观察事物，以风雅的情趣为本位。

前时代作家森鸥外，他在自然主义运动高涨的时候，持着高矜自重的态度，并不和自然主义相合流，他知道人生问题是极难如意贯通的东西，因此持着断念的态度，其作品平静透明富于上等谐谑，例如短篇《涓滴》《走马灯》，长篇《青年》都有是种倾向。除此以外，森鸥外又专长于历史小说，致密精确地考证杜江柚斋、伊泽兰轩等人，将彼等学究式的日常生活表现出来，充满孤独高迈的气韵。

五、享乐颓废文学

自然主义到了明治四十二三年后，已经渐渐地衰微了，同时以永井荷风为首的新浪漫主义就渐渐抬头。

新浪漫主义和前时代的浪漫主义是完全相异的，前时代的浪漫主义是观念的，是有憧憬的，但新浪漫主义则完全是享乐的、耽美的。如以英国文学来比拟说明时，则前者似乎恰当于娃兹华斯、雪莱、济兹等诗人的浪漫主义，而新浪漫主义则适当于西欧十九世纪末叶的浪漫主义。

新浪漫主义崛兴的社会意义，是由于日本资本主义的成熟，使布尔乔亚达成了享乐和颓废的基础，但在他们的享乐和颓废里含有种悲哀的气氛，这气氛完全是由怀旧的心情而生的，因为他们目击着日日消失的江户的姿态，看到异国情调的逐日成长，因此就有种怀恋与哀悼的感情蓄含在作品里了，这个特征，尤其在荷风的作品里最显著。

永井荷风自《法国故事》发表后，已在其自然主义之中，加上了享乐的抒情味，及至《牡丹之客隅田川》《欢乐》《无涯之梦》《冷笑》等发表后，则已成为享乐主义的作家了。

他的代表作《冷笑》以消极的性格的实业家与文士为中心，点缀着狂言作家、轮船的事务长、南画家等人，将他们厌倦模仿西洋皮毛的日本，浸淫于江户末期的颓废文化之生活，描了出来，尤其十二分地强调着旧江户时代的颓废享乐气氛。

总之，作为永井荷风艺术的特色的，是对于江户文化的怀念，充满颓废的情调。他的文章丰孕着艺术色彩和芳香，并有凄艳的音乐的谐调，他所描写成的人物，其色彩都是灿烂辉耀，宛如风俗史上的衣饰绘卷。

荷风的崇拜者谷崎润一郎是被称为唯美主义、恶魔主义、耽美主义者的,他的作品大都表现着布尔乔亚的一断面。为以本能享乐而生活着的人类之讴歌,无视道德和习惯,以残虐杀伐败德、奇诞变态性欲为其作品的主要内容,所以他没有像荷风那般地批判现代日本的态度,唯有没头于官能美的追求,因此有浓厚的病态和畸性的性欲。他的作品有《刺青》《少年》《恶魔》《麒麟》以及戏曲《知道恋爱的时候》《杀艳》等。《刺青》取材于江户末期的颓废世界,想以刺青文身而创造出凄艳的美女,有病的耽美的倾向;《少年》《恶魔》都为描写变态性欲的作品,如《恶魔》描写男主人公虽受到所爱的女人之虐待与压迫,但毫不痛苦烦恼,甚之偷舐沾有所爱的女人之鼻涕的手帕,感到绝端的快感。

润一郎尤其长于描写妖妇,如《阿才和巳之介》《杀艳》等,都诗化了江户时代的浪漫斯,将毒妇泼辣地表现出来,宛如欲萎的牡丹一般地魅惑读者,他的文章秀艳有力,并有古典的气韵。

近松秋江亦为颓废情痴的作家,著有《给离后的妻之信》《疑惑》等,此二作可视为前后篇,叙述对别后之妻的绵绵之情,并后悔自己的荒唐,迷恋妓女,致使妻子被友人所夺。手法、题材都有自然主义的痕迹,但有种从自然主义作品中难以体会到的情调。

长田干彦的作品《澪》《零落》,乃是描写浮浪于北海道的移动俳优们的生活,有浓厚的颓废情绪,自后他专心于"艺妓物"的创作,取材于京都祇园之艺妓界,淫荡华美,堕于通俗的流弊。

上田敏颇相似于永井荷风,他在小说《漩涡》里高倡着艺术至上和享乐主义,但他不像荷风之沉湎于江户艺术,而共鸣于海外之优秀新鲜的文化,想享乐梦醉于艺术化的生活中,文章极美,有诗的情味。

六、浪漫的现实主义

属于浪漫的现实主义派作家,是森田草平、铃木三重吉、小川未明,他们和荷风、润一郎等的新浪漫主义,有着显著的不同。因为新浪漫主义的作品,概无自然主义的影响,并且立于相反的地位上,但草平、三重吉、未明等的作品,无论在内容或题材上,都有浓厚的现实味,因此又可以把他们看成为站在自然主义引长线上的作家,除此之外,新浪漫主义是华丽、颓废、都会的,但他们却是忧愁、乡村的。

森田草平的《煤烟》是欲在实生活上,施行艺术的理想,据说他是欲将邓南遮的《死之胜利》在自身上实行起来的。是篇叙作者与当时名女流平塚明子的恋爱,想美化此种恋爱,但受到明子的拒绝,于是想杀死明子,以实行自己的胜利,但结果终未实行。是作有浓厚的自然主义的遗风,但充满浪漫主义的观念。

铃木三重吉与森田草平相同,皆为漱石的门生,他持有漱石式的写生文和浪漫的要素,著有《小鸟之巢逝去之时》等,他述说美丽的梦、过去的女人以及梦幻想象中的女人,以锐敏的神经和纤维的感觉描写女人之纯情,所以充满纯洁的憧憬的美。这种特色,遂使他渐渐专心于童话之写作,而抛弃小说的创作。

小川未明以纤细锐敏的官能,深感到人世的苦恼,因此他有咒诅现实的倾向,著有《不言之脸》《鲁钝之猫》等。《不言之脸》借少年的追忆,眺望贪欲残忍的人生,有无限的悲痛。《鲁钝之猫》描写可怜不幸的孤儿与无家可归的猫相对照,感叹社会之缺憾。他的这种纯真的态度,使他渐渐步上人道主义的道路,终于成为社会主义的作家,他除小说外,又长于童话。

参考书(自第十六章至第十七章)

  篠田太郎:《唯物史观近代日本文学史》

  高须芳次郎:《现代文学十二讲》

  橘文七:《近代日本文学鸟瞰》

  官岛新三郎:《明治文学概论》

  木星社　版:《明治作家研究》

  改造社　版:《日本文学讲座》《明治文学篇》《明治大正篇》

  新潮社　版:《日本文学讲座》

  铃木敏也:《日本小说的展开》(下)

  安倍能成:《明治思想界的潮流》

第十八章　大正时期的小说

概　说

大正时代(1921—1926)虽为期极短,然而在思潮上文艺上都有其特色的成就,这成就是什么呢?就是国民的文化的自觉和文化的整理。这种现象的发生原因,是由于国民的生活意识,对欧、美追随的反响和当时日本资本主义达到了黄金期的缘故,因为明治年间的日本资本主义,还不曾达到最旺盛期,所以当时民众的欲求,是想与欧、美并肩,都柔顺地跟随当时的支配思想——军国主义、国家主义——前进,毫无些许反省的余暇。但是一到大正时代,欧战给与日本资本主义以最大佳运,使它得以蒸蒸发展,因此其内部所蓄的国家主义与个人主义,军国主义与自由主义,资本主义与社会主义等的冲突,就陡然爆发出来,这种爆发使民众感到困惑,于是开始自觉自省,企图将这些矛盾合理化。但大正时代决不是仅止于内面的反省整理,同时也尽可能地接受着外国的思潮,例如自民主主义以至巴比塞的"光明运动",近如马克思主义,都靠了当时的社会基础,得以消化容受,而且明显地反映到文艺上来。

正如上面说过一般,从日俄战争到明治四十二三年,是自然主义运动的支配期,直到明治末年,才有新浪漫主义的抬头,但至大正时代,自然主义完全宣告崩溃,代之而起的是新理想主义——白桦派和理知主义——新思潮派,以及社会主义文学,但社会主义文学的最大成就是在昭和时代,因此在此处拟加简略。

新理想主义和理知主义的文学,是与自然主义的性质完全相反,自然主义是阴影、绝望,反封建以消极的态度来建立新德义的,但新理想主义和理知主义则是明朗坚决、想调和合理化自阶级的内纷的文学,不过在新理想主义与理知主义之间,也有着分歧的地方,这些拟在下面分述之。

根据上面的见地看来,我们可以说大正时代的小说,是对明治文学的一个反逆,绝不能说它是明治文学全般发展的延长,当然明治文学对它的发展所投与的暗示和地盘,也是不能否认的事实。

当时除以上二派文学外,尚有旧系统的自然主义之残滓和新浪漫主义的存在。

一、新理想主义派——"爱"与"人道"

新理想主义文学运动是以《白桦》杂志为中心的,其实这种运动,本来不是仅限于文学,而是广泛的精神运动,正如武者小路实笃所说:"白桦运动乃是尊重自然的意志、人类的意志,探求个人应如何生存的运动。"(白桦运动)作为他们思想的中心的是人道主义或爱。此爱,古至佛陀之爱、基督之爱,近至托尔斯泰的爱,尤其后者,更浓厚地影响着他们。

本来托尔斯泰的思想,的确存有种想解决目前世界的苦恼之企图,所以白桦派的作者,亦想利用托翁的人道主义之钥匙,来引救久在自然主义之下的无解决无目的悲哀阴影的人生,领导他们到有目的理想和光明的下面去。这种态度不仅如实地表现在他们的文学上,而且实施在生活的行为上,例如新村的建设,有岛武郎散家财耕田给北海道的农民等。

武者小路实笃在《白桦的特色》上曾晰述了白桦派作者的根本态度,我们可以从这个告白里,看到他们的创作态度。

各自将属于自己能写的范围之事物,尽力地努力地写作,他人所能写的,就让给他人写。

重实感,良心须彻底地排斥谎言,只有实感能暗示无限的深度。

写作能写成真实的作品,专热心于得以施展全力的材料。

从内心创作,不写由外所传的故事,勿离开内面的真实。

像以上所述的创作态度,很可以表现出他们的特征,即是以自己内面的真实——理念理想——出发,而欲拯救悲苦的众生。

属于这群作家的,有武者小路实笃、长与善郎、有岛武郎、里见弴、志贺直哉、有岛生马,并其后加入的仓田百三、木下利玄、儿岛喜久雄等。

武者小路实笃是自然主义的克服者,人道主义作家的最先锋。正如芥川龙之介所说:"他打开了当时暗郁的文坛之天窗,引入爽快的空气,以大风般雄壮之力量,吹给当时的青年以理想主义之火。"因此他的作品就充满了思想的说教。

> 神不在奇怪的行为里出现,倒是在从顺自然的法则里出现。当跪在自然法则之前时,则神出现,神肯定自然之法则,讨厌无视自然的法则者;无论自然的法则如何,神是超越的,没有奇迹就不能生存一般,神并不是没有刚性的。
>
> 人间与神相矛盾时,人间须追从神。
>
> ——幸福者

这些告白虽缺少论理性,但正表现着他的特色,因为在一般的文学史家看来,武者小路实笃实有论理性错乱的特征。

根本地说来,他的世界观是排斥妨碍人类生长的恶与不正,想以善与正义来克服它,然后再以人类爱使全体人类成为善与正的东西,所谓人类爱,在武者小路实笃看来,即是人类意识亦即是彻底的理想主义。

其实武者小路实笃的艺术成就并不仅在于思想的说教与宣传,而是在创造其特殊的风格与言文一致体的完成。在当时武者小路实笃的言文一致体,被一般作家、批评家,认为是异文妖文,但到了现在,则没有一个作家不受有他的影响的。伏藤春夫说:"大成严密意味之言文一致体的,是武者小路氏。"

他的作品,长篇有《幸运的人》《幸福者》《第三隐者的运命》等,戏剧为《我也不知》《二十八岁的耶稣》《一个青年的梦》《楠正成》,其中以非战作品《一个青年的梦》最为成功,近作多为历史小说、传记小说,如《托尔斯泰传》《耶稣》,等等。

长与善郎并不是如武者小路实笃般天成之人,而是意志的人,且持有茫漠的热情,著有《盲目之川》《陆奥直次郎》《叫作竹泽先生者》,以及戏曲《项羽和刘邦》《陶渊明》等。《盲目之川》描写一热烈地郑重地恋爱冷淡的女人之男性,具有正义力和柔美;《陆奥直次郎》描写由于性欲的本能,失了脚,遂使一生常受良心的苛责,兼有利己主义与正义的弱男子;《叫作竹泽先生者》与《陶渊明》是高倡安住于精神快乐主义的境地——无为自然——是最至上的理想的作品。统观他的作品,多以正义与本能、理想与利己主义等的对立为基本基调,终至发展到无为的自然境,消灭上述的对立。

他的描写法,常将想描的事物,纵横放恣地写作,故有琐烦之嫌,但有一抑一扬一曲一折之妙。

有岛武郎为一持有"良心"与"热情"的作者,他的人生哲学,完全建设在"爱"的上面,正如他所说:"造成艺术家的,是爱之高深。"他的对爱之态度有两面:一面是"理性的生活",一面是"本能的生活"。他想把"本能的生活"放置在"理性的生活"之上,但实在上他却不能如此做,因为他的丰伟的知识与教养,逼迫着使他追随"理性的生活"的缘故,因此他感到矛盾,感到感伤,甚至养成了他晚年的虚无思想,借着恋爱的小问题,在轻井泽自尽了。

有岛武郎对社会是持有最大关心的,他后来深切地明白了白桦运动的无力,于是在给武者小路实笃的信里,这样说:"从来的这些企图,都告失败了,但这不能说是普通的失败,如果在现在时势中,这种企图觉得能成功了,则反倒令人足怪,因为有人一定可从这里嗅到妥协味。"

这封信惹起武者小路实笃的忿怒,但实际上有岛武郎的这种评言,绝不是对新村运动的污蔑,因为他看到新的真实的世界,他晚年肯定新兴阶级的成长与发展,但他悲观自己的教养和阶级,不能够和他们打成一片,他告白道:"相信在将到来的时代,从普罗列塔利亚中,有新兴文化勃兴之我,为什么不想产生些诉诸第四阶级的艺术呢?如果可能,我是乐意为的,然而我所生所育的境遇和我的素养,我十分地意识到它们不使我如此做。"这种内心的矛盾与苦闷,实是构成他情死的大原因。

他的作品可分为二期,以《一个宣言》(大正十一年)为分水岭,前期多为醉于浪漫的人类爱之作品,后期多为认识了现实,想痛烈地表现社会意识的作品。作为前期作品的代表作,为《宣言》《大洪水之前》《被石所压之杂草》《给幼小者》《迷路》《首途》《死与其前后》《平凡人的信》《实验室》《某女人》等。《死与其前后》《平凡人的信》《给幼小者》都是追悼爱妻之死的感伤物;《迷路》是描写一男性抛弃了基督教的信仰,过着彷徨生活的故事;《某女人》描写一个女人,从封建观念中解放出来,过其奔放的个人主义的恋爱生活,她不顾一切,为恋爱而奋斗,有妒忌,能魅惑男性,梦想着豪华生活的幻梦,终至由于恋人的失败,并感肉体之衰弱,而深觉孤独,向新的安慰之追求出发。是些作品有热有力,并极流畅。

后期作品有《某施疗患者》《断桥》等。《某施疗患者》是描写被各处所虐待所酷用的肺病者的生涯,将各种人类的利己主义暴露出来,已扬弃了过去的人道主义,渐步上同路人的前程了!

里见弴虽是白桦派的作者,但其作品的倾向,则与理知主义派的作品,有显著的相同。他对于自己创作的态度,曾这样地说过:"我正确地观察,明白地感觉那些打动我的'事物'与'心',于是我想深入其真髓而理解之;我是个努力于'理解'的人,因之写小说的动机也是如此,为着想理解而写,为着想续续理解而写,为着执信得以理解透彻,而才执笔。"

他的初期作品,受有泉镜花的影响极大,几乎变成人情小说的作家,例如《无题》(没有题目)、《买妻的经验》、《善心恶心》、《母与子》等。其后的作品,如《直辅之梦》《多情佛心》《大道无门》等都渐渐脱离了镜花的影响,达到自己的境地,内中《多情佛心》,以律师藤代信之为中心,将俳优荻原泷十郎、女招待阿纹、其从妹阿澄、不良少女铃江等的各种恋爱情状描了出来,获得非常成功,尤其在男女的心理描写上更佳。

嘿！好的！不要紧！

"好"青年说完，手从斗篷里伸出来，想握女郎的手，好像正似期待着似的，二人立刻地紧握起来了。

"一定""嗯""真愉快""我也愉快"——像这样的话，在手掌与手掌之间私语着。

这种简洁的描写，有一种难言的青年男女的情绪，愉快地流露着。

志贺直哉的作品，无论在内容与形式上，都有其特殊的色彩，尤其在形式上的完璧，实非其他作家能企及。

他所取理的"爱"，比有岛武郎的爱狭而单纯，被明朗的理智支配着他的爱毫无苦闷，纵有，亦能在一刹后得以解决统一，而不使发生破绽。他持有自然主义作家的锐利神经，描写现实的黑暗与丑恶，尤长心理解剖，得以切开他人所不及的事象，但在解剖后的惨状下，仍闪着光明的指针，他非常淡泊，既不流泪，也不逃避，绝对地憧憬着现实的改造。其有名的作品，为《和解》《暗夜行路》《范的犯罪》《真鹤》《正义派》《到纲走》等，其中尤以长篇《暗夜行路》为最佳，内叙祖父与母因不义而产的谦作，幼不得父爱，养育在祖父的家里，后又与祖父以前的妾阿荣同居，其后谦作因与友人失和，心烦之余遂涉足北里，迷恋某妓女，但不久即悔悟，唯为安慰心之空虚起见，仍时赴北里，而所得的代价不过是更加苦恼而已。这时作为他唯一安慰的，即是埋头于创作。此后不久，谦作突与阿荣发生爱情，经兄之告劝，始知自己一生的黑暗，遂堕进绝望的陷阱，经数时的挣扎，谦作的心开始又充满了生的意志,决心向新的生涯前进。这部作品,志贺直哉无容赦地快剔了人生的黑暗,但仍闪耀着人生的生之意志。

他的文章素朴实质,毫无修饰,然而是一首完整的诗歌,尤其他的短篇小说,靠其形式的完整和表现的淡泊,不但不破坏作品的紧凑性,反更使作品发挥出一种东洋传统的文学精神美——即是芭蕉所完成的"寂",并且大成了自西洋传入的小说之形式。这些短篇小说,虽多为描写其"心边琐事""私人事"等的日常生活,但其观察的锐利、言语的素朴,实开辟了后来盛行的"私小说"之旷野。

仓田百三为一强调宗教情操的作者,他频言"成佛祈祷念愿"等宗教的思想,欲在不调和的人生里,发现调和的境地,著有描写亲鸾一生的《出家与其子弟》《俊宽》等,开辟宗教文学的先声。

吉田弦二郎初为自然主义作家,但后来渐现出浓厚的宗教色彩,歌颂释迦、基督、托尔斯泰、芭蕉等。在他的丰伟的宗教情操中,带有甘甜的哀愁之泪,篇篇近于殉情多感的诗作,所以他与其说是小说家,毋宁说是感伤的人生诗人,正如他所说:

> 好像走进森林的人,被森林的美丽所魅,一会后,就在森林中迷了道一般;我被人生之中所能感到的无限的魅惑所魅住,想深深地迷入于人生的魔宫中。

他著有《人间苦》《熊之穽》《芭蕉》《大彼得与子们》《岛之秋》等,其他尚有数十册散文诗和随想集。

有岛生马虽为《白桦》杂志的同人,但他没有白桦派的特色,他说:

> 我绝对没有像白痴一般,等待宗教的理想道德的完成、人道社会的出现。我的艺术是由绝对的不满和寂寞而出发的,因此我的艺术的形态,是追求其惊异满足、真实和恍惚的。

他著有《美少年》《饲鸽女郎》《白天的事变》等。

二、理知主义派

理知主义文学又称新现实主义文学、技巧派文学,他们的态度是否定自然主义的过于客观,同时也反对享乐主义的逃避现实,所以他们是勇敢地突进现实之中,想把握住真实的血迹斑斑的人生,以最严冷的主观,明晰地峻辣地观察人生的实相。

他们的作品是透明的,是整全的理智与感情的展开,每当主观与客观相饱和的刹那,以完整的姿态,把握住如实的人生之一角,由于这个原因,此些作家都须有尖锐透明不曲屈的理智的眼睛,将由此而获得的情绪心理,毫不减少地展开、伸开,这就是又被称为新现实主义文学的原因。

为什么它又叫作新技巧派呢?这是由于他们尊重技巧完成的原故。芥川龙之介在批判武者小路实笃时,就非常地非难武者小路的形式与内容的分离,他说:"作为作家的武者小路氏,为期待作品之完成起见,实有太急之憾,形式与内容之不即不离的关系……氏是常把这微妙关系付之等闲的。"

这地方就可以窥到理知主义文学的作家对于形式与技巧的看重了,总之,理知主义文学的特色,可以说是脚踏实地,想在现实所隐蔽着的一隅里,再发现人生,但他们不和自然主义者相同,他们是放在焦点上察看的,他们就是采取理实的一片隅也给与它以确实的构图,并想更进一步给与它以德义。

他们尤其看重主题,把主题成为小说唯一的中心,因此对于熟知的普通历史,也以自己的主题为中心,予以新的装图和再构成。

属于这一派的作家,是《新思潮》杂志的同人(第三次复刊以后到横光利一等加入之间),如菊池宽、芥川龙之介、久米正雄、松冈让,以及以后的山本有三、丰岛与志雄、野上弥生子等,其他如上述的白桦同人里见弴、有岛生马,也都和他们极相一致。

菊池宽是新思潮同人中之最绰绰者,他对于文坛的贡献约三项:一是使现实主义的精神彻底;二是给与由武者小路实笃所辟的戏曲(尤其是独幕戏)以样式的完整;三是赋予通俗长篇小说以艺术的新分野。

他有从人生之一角,发现有意义之一点的尖锐的眼睛,他的人生观照极其深刻,所以能巧妙地暴露人间心理的内面,并且他对于一切人物的观察,绝不把他们看成"人类"以上的存在,而其所把握住的衡量的道德观,绝不脱当时的时代标准,这个地方就是他的深刻和肤浅的同时存在处。

他的作品除《父归》《屋上的狂人》《海之勇者》《藤十郎之恋》《玄宗的心境》等以外,则小说有二种:一种是取材于历史上的时代物,如《忠直卿行状记》《恩仇以外》《投票》《开始学荷兰文》《奉教人之死》等;一种是取材于现代社会的现代物,如《真珠夫人》《慈悲心鸟》《结婚》《二重奏》《新女性鉴》《火花》《三家庭》《新道》等数十篇。

在时代物小说中,以《恩仇以外》为最佳,内述主人公实之助欲为父报仇,刺杀仇人市九郎,经长久的探访,始悉市九郎为一年老无力的和尚,现在忏悔其过去的罪孽,挣扎其失了肉体自由的废身,努力地开凿着青洞的险道,于是实之助目击了这种情景,决心将复仇之念,延至险道开成后执行,但为了险道早日凿成起见,遂帮助市九郎一同工作,及至洞门凿通,而实之助的复仇之念遽然云消烟散,反与敌人握手道贺。

在这篇小说里,可以明显地看到作者,并不是对于过去传说的实录或重解释,而是将这些题材,放在应杀之敌而不杀的人情美谈的新主题上,完成其主题小说。

他除这些时代物以外,并卓越地描写着移动的社会貌、新性格、新女性,他曾说:"文艺是实人生的地理历史,是要诉说在何处有何种悲惨和罪恶,在何种生活上有何种欣喜和痛苦之地理,同时是人类如何的生活,是如何的苦痛、如何的受用,夫妇生活恋爱生活与肉亲交涉的历史。"

他的文章简明率直,限制汉字,所以能使一般民众理解他的作品。

芥川龙之介作品的题材,大都是采取于历史上的故事,像《今昔物语》《宇治物语》初期基督教（切支丹）宣教故事，都常被他采用，然后加以特自的构成、独特的解释，因此谷川彻三说他是解释小说家。

他的作品，在内容上有三种特色：一种是题材的新颖——开发他人所不曾着目的历史传说的分野；第二是表现作家自己的观念，亦即表现作家所特定的主题；第三是富于谐谑和讽刺，这三种特色，尤其在《鼻》与《芋粥》里可以看到。《鼻》是叙述禅智内供因自己的红鼻太长，经许多努力，始得治短，但又被人哄笑其短，于是觉得还不如恢复原状，免得受人讥笑。《芋粥》叙述某五位（官之勋级）武士，为一风采不扬的庸人，一生只有唯一的愿望，就是能畅怀大喝芋粥，后有藤原利仁，知道了他的宿望，就作东往请，然而到了这个时候，武士看到那大桶芋粥，顿觉厌憎，觉得不如不来，对那往日切思喝芋粥的日子，感到可恋。从上面这二篇作品看来，能抓住一个中心的主题，即是"理想在理想间是美的"，这个哲学的发展构成了芥川自杀的原因，因为他不满于现实，对现实加以冷透和锐利的讽喻，同时他又知道理想实现后的悲哀，所以这种虚无感，使他陷入孤独自杀的境地。

其他的作品，如《罗生门》《某天的大石内藏已助》《好色》《薮中》都极有名，但后年的诸作《河水鬼》《齿车》《某阿呆的一生》都是表现作者不堪孤独的心之苦痛，有近乎病的尖锐之神经。

他的作品，极富于技巧的苦心，同时也不离"为艺术而艺术"的标帜，所以芥川虽和菊池宽有相同的倾向，但他却不能如菊池般获得广大的读者群。

自任为世相画家的久米正雄，曾经如斯地抱负着："作家虽无理想、无要求、无热意,但仍有作家存在的价值,我现在想如实地反映布尔乔亚社会之无伪的生活,多少地,成为他日文明史家的参考。"因此他的作品,尤其到后年诸作,多喜描写浸润于布尔乔亚空气中的上流社会花柳巷。

他的作品有《牧场兄弟》、《阿武隈心中》(情杀)、《茔草》、《和灵》、《安政小歌》、《受验生手记》、《魔术师》以及描写和夏目漱石女儿恋爱失败的《难破船》等(是作为他的通俗小说之先声)。

《受验生手记》为一极佳的短篇小说,内叙一青年与弟弟同受高等学校之入学考试,二试皆告失败,但弟弟则一试即取,因此感到愧惭,不久以后,其恋人因他的失败,渐渐与他疏远却转爱弟弟,此种打击,使他郁郁无聊,终至自杀,作风简洁明朗。

> 周围都在看那同一榜示的人们,默默地仰着头,偶然有口骂不平而离去的,许多人都显着苍白涩板的脸色,但来到这里的人,恐怕没有人能感到比我更苦的悲痛吧,恐怕不会受到比我更大的失意吧——我静索了自己的失败,此后的苦境一番,就再三番几次地咒诅着弟弟的存在。

将失败后妒忌弟弟的心理,显浅地表现出来;他到了昭和时代以后,仍不失显浅的特色,使他堕入于通俗作家的境地。

山本有三对艺术的态度是人道主义,同时是持有不离常识的道德感的,例如他说:"有些得着了光,得以繁荣,有些得不着光,以致衰弱，同样地享受此世的生命，为了只受到稀薄的光，成了瘦弱不堪的人们，是极多的。一想到这事，我觉得心痛，然而在大空上广展树枝的大木，因为他在地上投了浓厚的影，难道得剪掉其枝干吗？"

这种想二面兼顾，妥当的常识伦理观，实是他的特征。但他这种伦理观、正义感，绝不是永久不变的东西，而是随时代进展发扬的。

他是怎样地取理事象呢？原来他是从各方面观察比较这一个事象，然后把他作为一切关系的合成之一面而把握之，在单纯的东西里，看到复杂的构成，日常现象里发现异常的意义。

他的作品，在初期是戏曲多于小说，最有名的为《津村教授》《生命之荣冠》《婴儿杀害》《同志的人们》《西乡和大久保》《女人哀词》，长篇小说有《一切活着的人们》《波》等。《波》叙述一小学教师之半生，同时由此而描写出社会与人生之实貌，但没有整体的故事。

丰岛与志雄虽立脚于现实主义，但有浪漫主义的气氛，如《有生命》《理想之女》《髑髅》等的作品，都是描写深深的爱欲与清澄的心境，流贯有一脉的人道主义的理想，他所描写的男女爱，常表示着那难抑的性欲之力，文章宛如秋空明朗，且有清脆之味。

野上弥生子为一极郑重的女作家，本为写景文之作者，但自发表《海神丸》《大石良雄》后，声名高扬，自后又发表了戏曲《腐败了的家》《真知子》等作品。《海神丸》是描写一只漂浪之船，因粮米告绝，某船夫乃发挥极端之个人主义杀死同僚，欲聊以充饥，自后，船得救入港，终被无限后悔之情所咎而深感苦恼，将个人主义的卑劣加以剖解；近作《真知子》描写一布尔乔亚的女性，反逆自己阶级的故事，有作者第一流的时势的看法。

松冈让,也可以说是理知主义的作家,有《护法的人们》《忧郁的爱人》等长篇以及《耳疣的历史》《田园的英雄》等短篇。他的作品,主要的是想发展与因习相斗的小自我,完成其个人主义。

三、自然主义系统的作品

自然主义文学,到了大正时代,虽已失掉了它的霸权,然而过去有力的自然主义作家,仍旧墨守着自然主义方法,从事于写作,所以大正时代仍有自然主义作品的存在,不过他们的作品已稍稍与过去相异,即是已加上了若干适应时代的要素——如神秘享乐等成分——这派作家是岩野泡鸣、岛崎藤村、田山花袋、正宗白鸟、德田秋声等。同时在新进作家之中,也因受了自然主义文学的教育与教养,而有采用自然主义方法的。这些作者多为早稻田系,因为早稻田系简直是自然主义的故乡,所以从这故土里培植出来的作家,当然难以舍弃掉这种固有的体臭,不过他们的自然主义,已经显然地与前时代的相异,而有冲破这种后天的拘束之气概。这派作者,是广津和郎、葛西善藏、宇野浩二、细田民树、细田源吉、谷崎精二、中村星湖、加藤武雄、水守龟之助、加能作次郎等人。

对于一切社会的不正状,先不以自我的主观来观察的,是广津和郎。他和理知主义派作家的态度不同,他是以最正直的态度,以锐敏的眼光,观察当时不安的世界,然后向这世界,敲起惊惧之警钟。不过他所注目的世界,是仅仅局限于消极面的否定面的,因此他所表现的人生,是悲惨、不幸、寂寞的人生。

他和柴霍甫相似,柴霍甫将现代俄罗斯的不幸,归纳在俄罗斯人性格的破产上,他将现代日本的不幸,归纳诸日本人性格的不强上,即是觉得日本的社会,有了性格破产者的过剩。这个性格破产者,即是他的作品主题之一。

其他,氏又痛感在无爱的生活中,有极大的不幸悲剧等的存在,于是他又好描写这些想爱而得不到真爱的人们。属于前一种主题的作品,有出世作《神经病时代》《转落之石》《二个不幸者》等;属于后一种主题的作品,有《到师崎》《壁虎》《波上》《悔》《抱着死儿》等,其他尚有《木村町之家》《崖》《线路》等。

《神经病时代》述主人公定吉,对人生抱着忧郁,对家庭也感到不满,甚之对于妻子的一举一动,都感觉生气,但他没有改革破坏家庭的勇气;他所服务的报馆,也使他神经痛,记者们的闲谈使他头痛,但他不敢抗议;偶与友人打架,就立刻被恐怖观念所袭,不能振作。总之,他是个比他人更能接受外界的刺激,折磨了他的肉体与精神的一个性格破产者。

"喂!您!小孩子为什么那么可爱,无论谁。"芳子一面用自己的脸磨着小孩子的脸,一面说。

"嗯!"定吉答应着,定吉的心充满了柔美纤弱的感情。

"喂!您!"妻又说,这声音充满了不得不使定吉向妻子凝视之柔美和艳媚,一面还和孩子磨着脸的她,闭着眼,颊上漂浮着红云,"我……"她踌躇地说,"我好像又有孕了。"

这话好像雷一般,落到定吉的头上响起来,

"什么!"他瞠目地说。

…………

"呀哟!"定吉叫了起来,用两手抱着头,仰天地倒在席地上,他的头,用最快的速率旋转起来,……是可恐的绝望,有说不出来的苦,同时他又想起为了妻,须得雇用女仆。

——神经病时代

在这里广津和郎把为生活而苦恼的定吉,在陡地之间,完全变更了性格的实状,描了出来,存有他锐利的观察性;他除创作外,又长评论,在当时的论坛上,占着重要的地位。

葛西善藏与志贺直哉相同,是构成"身边小说""私小说"之完璧的作家,尤其葛西善藏,他的作品几乎全是"心境小说"和"私小说",他专描写自己的生活,但却达观着人间之爱,并有种独自的东洋的孤独味。

他极寡作,而且贫穷在他的作品中,可以看到他的实际生活,他的处女作为《悲哀的父亲》,出世作为《领孩子》,其他有《兄与弟》《不能者》《不良儿》以及晚年作品《湖畔手记》《狂醉者的独白》等。

他在《悲哀的父亲》里写道:"他执拗地封住自己,隔开了都会生活,朋友、一切色彩、一切音乐,以及其他一切,好像一个默想于自己的小世界的冷酷暗淡的诗人。"这些话,都可以作为他自己的写照,他又在《恶魔》里说:"运命常是悲哀的,灵魂常是寂寞的,但这里有我们的艺术。"这种悲苦的独自境遇,实构成了他的艺术的基调。

出世作《领孩子》是描写他的苦生涯的作品。他说:"押租已完,不交房金已四月,再过一月,就得被迫搬家。"于是为着过日子,就带领着孩子,寻觅住所,使得丧失了作为作家的感兴性;这种作品完全是生活的实录,将个人的艺术与生活之死斗,描了出来,他说:"不错!像失掉了感兴性的艺术家生活,那是比农民、比车夫、比更下劣的人间的生活,更要坏的生活啊!"因为他作如是想,所以努力想抛弃开生活的烦琐,沉湎在酒的世界,以获得他企求的感兴性;然而这是种不幸,像他那般贫穷的作者,绝没有余裕来摆脱生活的贫苦的(如果他有志贺直哉那么的富裕,当然可以追到了他的感兴性),因此他变成虚无绝望,他在《狂醉者的独白》里说:"酒的狂醉,苦痛的自己麻醉剂——自己是这二种东西的完全中毒者,靠着这二个夜和昼的交换麻醉剂,才得以使我延长残生。"像这种完全实生活记录的作品,可以说是他的一首悲哀的人生葬曲。

被称为苦劳作家的宇野浩二,他的艺术观完全建立在苦劳世界上,他曾嘲笑那般贵族公子的白桦派道:"我觉得有苦劳经验的人和他们的小说,是要比无苦劳经验的人和他们的小说,来得更有趣。或许有人笑我过于常识论,但尽管笑,而我总觉得身处其境,亲尝过各种甘甜辛酸的人,并这些人的小说,总要比用空想写成的小说,更有泌泌之学问和味道。"像这些评言,很显明地在表白着宇野浩二的艺术态度,在这里所说的苦劳,即是指的人世间的辛酸和生活上的潦倒，而在他艺术中具体地表现出来的，即是色恋与贫之缠绵。像他的小说《库藏之中》《苦的世界》《长久的恋人》《恋爱混战》，都不出这种范围，不过被他所描写的色恋中的女性，绝不是良家子女，多是饱经世波的艺妓、妓女、私娼女、女优等。

《库藏之中》描写一醉生梦死的四十独身小说家，因穷甚，连棉被都质入当铺，某天他到当铺楼上，看到正在晒虫的自己衣裳，于是由衣裳而感怀起过去的放浪生涯并恋爱故事。

他的作品有巧妙的关西人的话术，使读者得以喷饭，用"落语"一般地使人哄笑，隐包住苦劳，然而当读者深味其作品时，就有种难压制的悲哀袭了上来，所以论坛说宇野的作品有果戈理的影响，那是极对的。

总之，他的作品，在题材上有着江户时代井厚西鹤的影响——着重色恋苦难；在内容上看来似乎甘甜愉悦，实则有意外的辛酸，亦即有强装笑脸的小丑的忧郁眼色。

室生犀星的作品，笼罩着浓厚的诗的气氛，这是由于他本是抒情诗人的缘故，他的小说和他的诗有着同一的倾向，即是把世界看见真美善的东西，而欲克服其内心所存在的不真不纯的俗念，所以这种过分的诗的观察，使他的作品蒙了诗的幻影，不能使现实的本体鲜明地呈露，反而显著他所观察到的世界之浮浅来和他所安住的世界之狭隘。他的初期作品如《幼年时代》《始有性欲之时》《结婚者手记》，都有是种倾向；当然作品中有诗的精神是可夸的，但由此而妨碍了现实的深重味、强韧味，只露出影阴情调是不当的。

《始有性欲之时》描写一被大寺的老僧所养育的少年,到了渐有性欲的时候,对于一个来偷舍施钱的美少女,感到了一种性的刺激,但他为了自己也想偷这舍施钱起见,不得不阻止美少女的这种卑劣行为,可是在阻止了以后,他不能再看到那少女的偷盗举动,感到无限失望和后悔。

某天,当她将来的时候,写了封信,放进舍钱箱里,那么这信一定能和钱一同掉下来,如果掉下了,那她就一定读,那信是这样地写着:"你不应到这里来,因为你每天所做的事情,寺里的人都晓得了,看了这信后,请不要再来。"

等我把这信放进舍钱箱后,我的心里,立刻就充满了她不会再来的寂寞的感情,觉得早先不应该把信放进去,又想再把它拿出来,真是踌躇蹒跚。

他的这种观察法,始终把对于少女的罪看成美的存在,就是把她认为犯了污秽的罪,但也觉得她是纯洁的存在,唯有"自己"——少年——才是不洁、自私的东西。

他的描写女性,常漂漾有官能的氛围气,是锐敏而香艳的。

细田民树在当时文坛上,放着最特异的光彩,因为他的作品,有着庞大的结构、丰富的想象和有出人意外的故事的发展法,正与志贺直哉、葛西善藏等的身边小说,站在对立的立场上。

他的观察深刻,因此作品中存在着深刻之味,而且极其自然,但又因过于深刻,触及到超于平凡中庸的境地,所以就显著不自然,这自然与不自然,正是细田民树作品的特色和矛盾。

他的作品有《泥焰》《围绕一个女人的父子》《初年兵江木之死》《烦恼的破婚者》《母之零落》《无泪之破局》《有暇的猎人》等。

《无涯之破局》内叙青年康吉与舅母奸通而至怀孕,因防舅父发觉,遂施行堕胎,致被舅父发觉,但舅父毫不忿怒,反由此而反省自己与妻之夫妇生活的不调和,以宽大之心情,饶恕了妻与外甥。这种出人意外的舅父的心境,简直被细田描写成为人道主义的极化。这种人道主义的极化,乃是由于细田民树所持有的"宽大的态度"所激起,像《围绕一个女人的父子》也是充满着这种宽大的态度,但到后来则渐渐地扬弃了。

总之,细田民树的作品,多夸张,重异常,这地方明显地表现出大正时代自然主义的特色,尤其色彩焕发,结构庞大,厌弃日常琐事之描写,对心境小说、私小说揭起了逆叛的旗帜。

细田源吉常以静观的态度,观察世间之各面相但因受有自然主义传统的影响,所以多注意于灵肉的问题,他的作品《空骸》,描写有不良遗传的兄妹,与这一家庭的穷苦生涯,这里充满黑暗的空气,展开了丑恶的人生之一群,然而作者有不断地追求纯圣的真美之物的心境,是和过去"现实(暴)露的悲哀"的自然主义相异,此外尚著有短篇集《恃死之女》《牧师之仆欧》《某求婚者》《他的失策》等。

他的文章极下苦心,欲以适切的极少的言语,来表现相当的内容,故重简洁,但缺少芳醇之味。

谷崎精二亦为自然主义传统的作家，用自然主义的手法，描写知识阶级所见到的人生之哀愁，著有长篇《结婚期》等。

加能作次郎以质朴的态度，描写平凡善良的世人，现示中间层所谓的世间苦，有《釜》《到世中》《从兄妹》等。

水守龟之助亦为与加能作次郎同倾向的作者，他把个人主义看成为人间之弱点，描写在此弱点中感到哀怜，但笼罩着轻微的幽默幕帷，著有《不伐树》《能归之父》《小菜圃》等。

加藤武雄感伤地喜爱清新性，他的作品对世间之惨状、对被虐的人们有深深的同情和透彻的理解，例如他的《乡愁》《呜咽》《出发》《闯入者》都有这种倾向，尤其《乡愁》被誉为开于无人触目处的陋巷而芳香及千里的木樨花；此后他专心于通俗作品的写作，尤获女性读者的爱戴。

其他的自然主义新作家，还有相马泰三、中村武萝夫等人，前者著有《荆棘之道》，后者著有《苍白的蔷薇》等。

自然主义的新进作家既如上述，现在再来回顾下旧的自然主义作家吧！

在这一期中，理论与创作并进的是岩野泡鸣。他在这一时期，无论在形式与内容上都有了极大的成就，尤其他的所谓"一元描写论"的形式论，靠着长篇《征服被征服》的完成，有了新展开。

所谓"一元描写"，即是将作者的主观与客观浑然化为一物，作者完全站立在主人公的立场上发言、思考、变化的描写法，换言之，就是作者即主人公的一种描写法。

《征服被征服》叙主人公耕次持有恋爱为人生唯一大事的思想，用各种方法征服了社会主义女斗士澄子，达到了结婚的宿愿，在这作品里，作者完全变成了男主人公耕次，把通过耕次所见到的澄子的心理和一切表现出来，因此这里有非常的统一，同时耕次的一举一动甚至其气息，亦都能翼翼如生地描写出来，反之女主人公澄子则只成为通过男主人公的主观之存在了。正如泡鸣所说："除主人公所见的世界以外，没有别的世界，只要描写出主人公所见的世界，就足够了。"一般，这地方就存在着"一元描写论"的优点和劣点，所谓优点即是能取得了小说上的统一，集中于男主人公的主观世界上；所谓劣点，即是澄子成了主人公的傀儡，而且生了描写不足之弊，至于其他的人物，更成为影阴的出现了。

不用说岩野泡鸣的一元论，固然得以纠正了自然主义的旁观态度和鸟瞰的手法之时弊，把这认为是形式论的极致，则未免是太夸张了，他除上作以外，当时还有《猫八》《非凡人》等。

田山花袋到了大正时代也有了转换，他是渐带上了宗教的神秘倾向，然而他的旧有的个人主义，还仍旧执拗地保存着，这种难以达成的个人主义使他成为绝望，成为谛观、信仰宇宙的神秘，加浓了佛教的人生观，如《某僧的奇迹》《残雪》都表现着这种观念。

到了大正时代，正宗白鸟的虚无人生观已略见减少，但由于时潮的影响，也略略地加上好奇的兴味，当时的作品有戏曲《人生之幸福》《光秀和绍巴》《安土之春》与小说《似毒妇之女》《如果不生》等作品，皆为表现丑恶的个人主义，但有一股森森的鬼气。

德田秋声在当时发表了《某卖淫妇的故事》《笼之小鸟》《归返元巢》《厌离》等作品，描写意志薄弱的人们的爱欲情痴和孤独的身体。其中尤以《归返元巢》，获得极佳之声誉，是篇系一段将近六十老人对年轻女人的情痴记录，巧妙地描写着人间的弱点和爱欲的苦恼。

岛崎藤村在当时发表的作品里加浓了浪漫主义的气氛，长篇《樱桃熟时》《新生》《三人》《岚》《食堂》等的作品，一方面仍保持着冷静的客观，但已渗入了初期抒情诗时代的浪漫感伤的情调。

他在当时，虽用恋爱的目光静观激动的社会，但带有同情的目色，看那逐渐灭亡的事物，这种倾向明显地表现在《新生》和《岚》里。

《岚》是描写一主人公，处身于社会的转换期里，他自己毫不转动，但在其子女们成长之姿态中，管窥新时代的动态，希望其顺调发展，努力地尽些为父的义务。不用说，在这小说里，虽无明确的意识，但执信新时代之将到，不失自由宽大的见识。

其他尚有小司上剑，著有《父之婚礼》《东京》等，在技巧上有显著的进步。

四、新浪漫派

和早稻田文学的自然主义派相对抗，三田文学派（庆应系）是带着反自然主义色彩的，这派到了大正时代，除永井荷风等以外，尚有新作家等的续续崛起，例如佐藤春夫、久保田万太郎、水上泷太郎、南部修太郎诸人，其中尤以诗人佐藤春夫为最崭新的新浪漫主义作家。

佐藤春夫的创作，是完全被诗的精神所贯穿了的，因此有种"内容的旋律的整调",这不但在他的《田园的忧郁》里能见到,甚在《都会的忧郁》《西班牙犬之家》《指纹》《阿绢与其兄弟》《星》《过于寂寞》《一夜之宿》《厌世家之诞生日》《女诫》《扇绮谈》等里亦可明显地读到。

这些作品里,大都有着浓厚的空想,甚至还有插入怪诞的故事、童话的,像《指纹》描写一个抽鸦片人的幻觉和心理错综,以太平洋诸国——美国、日本、中国——之间的杀人事件为中心,展开主人公对杀人犯之指纹的探究事件。这里充满不可思议的运命,有对于不可思议运命之作者的惊异,但他对这种运命,毫无想开拓发展的愿望,这就显着和理想主义的相异,例如有岛武郎他也时常描写不可思议的运命,但他终希望把这运命开拓或发展起来的——虽然没有达成。

他的《田园的忧郁》描写从都市生活里逃开的主人公夫妇,隐居于田园之间,想在田园生活里,找到满足自心的生活,他并且表现出来了以自然为对手的人类的心、自然界的变化等。这部作品,充满郁陶的情绪,那主人公在田园生活里,得不到想象般的美感,染了田园忧郁病的态姿,翼翼如生地跳动着。

总之,他对于忧郁的剖解和把握,并没有达到了深刻、深入的境地,只是把忧郁成为其个人的抒情化,缺乏现实的意义。

佐藤春夫实在是个才人,这才气不但增强了作品的华彩,而且溢满了丰盈的空想,然而由才气而引起的浅浮,也是可戒的东西。薛斯托夫说:"对于作家,才能是可嫌的特权。"那话,在佐藤的场合上,是可以适用的。

久保田万太郎，是受有浓厚的永井荷风的影响，他所描写的世界，是下町的小市民和艺人的世界，他们都是旧时代的残留物，追怀着过去的黄金时代，而一方被时势的大波所侵压，发着感喟的声音。久保田万太郎很巧妙地把握了他们，尤其他发现了他们之间所存在的无形的道义律——江户时代的人情义理，他的杰作是《末松》《春泥》以及戏曲《夜鸦》《大寺学校》等。

水上泷太郎亦受有荷风的影响，带着江户的情味，表现着甘美的追怀和憧憬的文学，但自用明晰率直的笔法，描写职业人的生活之作品出后，开拓了独自的境地，例如《大阪》《大阪之旅馆》等。不过这些作品一见平凡，观察法不离常识，讽刺亦不尖锐，但有一种气骨，使作品有了生气。

南部修太郎的作品，是过于重知识，缺乏情感的昂扬，因此少感动的能力。他所采取的题材，多合绅士的口味，不合大众的理解，著有《S中尉的话》《修道院之秋》等。

其他，如旧作家们永井荷风在当时又发表了《雨潇潇》《二人妻》《露的先后》等，此些作品多为封建社会之追慕，以江户封建小市民的性欲生活和趣味为描写的中心。

谷崎润一郎的作品，到了大正时代更表现出享乐派艺术的特征，即是愈更表现出颓废之美。所描写之人物，不出变态性欲、不良男女、以色相为媚药等的畸形人物。这些人物，也就是构成谷崎艺术里的色欲世界的主人翁。当时的作品有《人面疽》《痴人之爱》《红屋顶》等等。

参考书

宫岛新三郎:《大正文学十二讲》

谷川澈三:《现代文学》

高须芳次郎:《日本现代文学十二讲》《日本名文鉴赏·大正篇》

千叶龟雄:《大正文学概说》

川端康成:《新思潮派的人们》

井汲清治:《三田派的人们》

篠田太郎:《唯物史观近代日本文学史》

正宗白鸟:《文坛人物论》

其他论文

第十九章　昭和时期的小说

概　说

　　大正十二年的关东大地震,对于关东一带的经济与文化,加以致命的打击,但因当时的日本,秉承了欧战后的景气,遂使关东一带得以在极短的时间里迅速恢复,例如在经济方面,有所谓"帝都复兴"计划的实施,将江户风的东京完全消灭,建设了近代都市大东京。在文化方面也渐渐地克服了物质的缺乏——如纸印刷等的缺乏——达到了大量出版,泛滥出版的佳境。

　　但是日本的资本主义,自超过大正时代以后,已渐渐崩溃,和其他各国的资本主义一般遇到了经济恐慌的大危机。这个危机,影响到文坛的解体和改造,像代表布尔乔亚阶级的艺术,就亦变更了过去的姿态,现出崩溃反动的实貌来。同时新兴阶级的艺术,由于阶级的成长,却日日滋长,有了极大的收获。综观当时的文坛,不外三种倾向:一种是继承过去纯艺术的新感觉派,一种是内在的封建性和法西斯反映的通俗文学,一种是新兴阶级的新兴文学。其中第一种的新感觉派,不久以后即告崩溃,联合过去的旧作家,无形中形成了所谓纯文艺的群团;第三种的新兴文学,在最近几年,因受法西斯主义的压迫,则几乎到了停顿活动的地步。然而在这短短的时间中,收获的丰富,也是极其可观的事情。

一、新感觉派与新兴艺术派

新感觉派乃是以大正十三年秋发刊的《文艺时代》为中心的一派。所谓"新感觉派"这个名词,乃是千叶龟雄所拟的称呼,而他们也就袭用这名词而自称。这派的特色,一方面是内容中的颓废性的加浓,一方面是技巧上的玩弄和弄炫,而尤其着重于后者的技巧的炫弄。

新感觉派的主将横光利一说:"未来派、立体派、表现派、达达主义、象征派、构成派、如实派等的一部,我认为他们都是属于新感觉派的,触发这些新感觉派之感觉的对象,不用说是存在于行文的语汇、诗、旋律等的出发里,可是,不仅这一点儿,有时有从主题的屈折角度,有从默默的行与行的飞跃度中,在故事的行进、推移的逆进反覆速力中,存有其各种触发状态的姿态。"这段解说,我们可以管窥到他们是"蹂躏旧的审美与习性",在技巧上想把握到飞跃般的新颖性。

作为这派运动的实绩,不外三点。第一是否定前时代的常识的人情主义、理想主义,酷爱梦与空想,有明朗的知性的造作。第二,重内面,重物质,由此而探求感觉世界的丰富内容。第三,创造了制作上的新手法。在这三点中，尤其第三点含有非常大的兴味，例如他们描写"一辆火车，不在小站停下，全速力地，疾走去了"或者"一辆火车不在小驿停车，以飞奔的力气，蓦逝而去"的事情，写成了下列的文章："火车把沿线的小驿，看成小石子般，而默杀过去了。"这种写法，在肯定上说来，则极有价值，因为它并不是单单事实的报告，而是存着一种新的意志，想用十数字把快车、小车站和作者的自身感觉，更效果地泼辣地描写出来。在否定上说来，只是种技巧的炫弄，勉强地新颖化颓废期的文学。

属于新感觉派的作者，有伊藤贵磨、石滨金作、川端康成、加贵一、片冈铁兵、横光利一、中河与一、今东光、佐佐木茂索、佐佐木味津三、十一谷义三郎、菅忠雄、诹访三郎、铃木彦次郎等十四人。但当第二期以后又络续地加入了岸田国士、南幸、酒井真人、池谷信三郎等人，他们的同人志《文艺时代》约发行四年，即告停刊。其停刊原因，不外由于同人之间的分裂和个人思想的转换，例如片冈铁兵转向成为新兴文学作者，佐佐木味津三成为通俗文学作者，再加之当时新兴文学的扩展，使他们发生恐慌。于是为了与新兴文学抗争起见，就组织了新兴艺术派，其中参加者除上述作者以外，又有中村武萝夫、加藤武雄、浅原六朗、尾崎七郎、佐佐木俊郎、嘉村矶多、冈田三郎、楢崎勤、久野丰彦等人。

在这些作家之中，比较地可观的是横光利一、中河与一、岸田国士等人，现分别述之于下。

横光利一不但是新感觉派的主将，而且是现文坛纯艺术派的重镇。他的初期作品,颇受有志贺直哉的影响,侧重写实,例如短篇《蝇》等就是最好的例子。他的中篇《太阳》,是取材于《魏史》所载日本旧史有关的作品,以卑弥呼公主的恋为(爱)故事的中心,描写耶马台民族如何征服其他民族的故事,开辟了横光氏艺术的新领野。短篇《拿破仑与癣疥》描写拿破仑因一时的耻辱,想发挥自己的伟大给女人看,遂而实行征服世界的故事,是发挥了新感觉派特色的作品。

他的论文和作品,都有混乱的姿态,缺少论理性的把握与展开,例如:"临到了月蚀之夜,妇女的月经乱了,打击着海滨的波浪狂乱起来,这夜,他的妹妹的灵魂,开始开足了马力。"像这种混乱的调子在某种场合上,的确是容易使读者理解氏的思想,甚于有论理性的作品的。为什么呢?因为这种混乱乃是反映着他想忠实地使一切感受性复生的关系,原来他的一切感受,都是杂乱而不容整理的,所以在他反映的时候,也就呈现杂乱的姿态,这种趋向对"内面"的诚实态度,使他变为心理描写的作者,并且使他进一步成为纯粹小说的作家。他的主要作品有《春天生》《马车》《上海》《花花》《机械》《钟》等。

川端康成在新感觉派作家中,是与横光利一齐名的,但他们禀质相异。他是抒情的、流动的,而不是主知的、构成的。他的初期作品,如出世作《伊豆的舞女》,乃是首伊豆地方的牧歌抒情诗,带有浓厚的地方色彩;其他作品,如《浅草红团》《花》《水晶幻想》《镜》《抒情歌》《慰灵歌》《禽兽》等,虽有新感觉派的色彩,但充满了现世享乐的感情,所以像专门描写浅草地带的《浅草红团》就有了特殊的成功。不过他的手法仍然和横光利一相同,例如:"在煊染言问桥的桃色之朝日中,昨日的尿迹形成线状,隅田公园像描在大地上的设计图,少装饰,是清洁的H,也就是那座架在向岛堤和浅草岸间的言问桥。"

他的作品,到了后期,已完全抛弃了新感觉派的色彩,而当他的虚无的谛观,以现世享乐感情,在无意识的世界上,像"残烛之焰般辉耀"的时候,最能发挥他的艺术的特征。

在中河与一的艺术初期,多以病的洁癖性为主题,到了最近,在其发散摩登主义的香气中,还存有病的素质,所以他的作品,可说是一朵病萎了的花瓣。他以新鲜的手法、俐巧的笔,描写近代人糜烂的享乐,如《冰冻了的舞场》《肉体的暴风》等,其他尚有梦想南洋、巴西等地的景色而写成的《有性格的各家》《高尔夫》《满月》等。

十一谷义三郎的初期作品有着现实主义的倾向,如《静物》等作,但以后艺术的节操渐高,加上镂骨雕身的苦心,渐近为形式的技巧派。及他的《唐人阿吉》(洋人阿吉)发表,算是完成了他的独自风格,这部作品乃是描写下田港艺妓阿吉,为上官命令所指使,舍身忍辱,离开恋人,为黑船提督服侍,因此遭众乡里的卑视,并被爱人所弃,此时阿吉心悟自国人与己之隔膜,而切心地感到提督与自己的亲挚之爱。此篇作品,以德川时代的文化史为背景,使之与隆重的异国情调相调和,颇多趣味。十一谷义三郎除上述作品以外,尚有《神风连》《恶》《大街百号》等。

龙胆寺雄是个现代主义的作家,他的《放浪时代》,当选了昭和三年的改造赏,此作持有清新的作风,并有若干微暗的近代的怀疑。其他如《公寓里女人与我》等,大都是描写没落期的小布尔乔亚心理的动摇和不安,持有绝望自弃的态度,并富有相当的伤感性。

岸田国士专长于戏曲,多有法国风的明朗性,如《骤雨》《其罗尔之秋》等,但最近作品,如《浅间山》《序文》等多带有幽默的韵味,长篇创作有《由利旗江》《持鞭之女》等,亦不出是种倾向。池谷信三郎则以描写滞德生活的《望乡》最为著名,短篇有《有闲夫人》《鸽子钟》等,在技巧上有新颖之味。浅原六朗和久野丰彦都是极相似的作家。他们与当时新兴的马克思主义相战,发表了独自的杂乱的勇敢,前者的处女作《鸟笼》较佳,但不久即转向为通俗作家。久野丰彦的《第二列宁》《马粪纸皇帝万岁》都是有与新兴文学对抗的企图,长篇《人生特急》只是种肤浅的暴露小说,缺少艺术的素质。冈田三郎的作品缺少理想,描写变态性欲者的《弹道》、畸形人之《库里姆得卡期德拉西昂》,都有其近代主义的风味。尾崎士郎本为新兴文学的作者,但不久即转向成为新兴艺术派,是个飘逸、素朴、笃实的感伤家,在幽默上有其特色,近作《人生剧场》与《旧山河》,都有卓别林电影的风味。楢崎勤的初期作品,带有淡淡的虚无倾向,近作则渐趋笑谈式,如《神圣的裸女》《叫作相川马由米的女人》等都有是种倾向。

二、纯艺术派的作家群

自新感觉派与新兴艺术派在无形中解散以后,纯艺术派的作者,就毫无其他群团和运动的存在。各个作家,多本着自己的意志和过去的传统,从事于创作,而没有特色的理想和主义的标帜,因此这些作者,只能分成老大家、中坚阵、新进群三个群团来说明,却不能以其类似的思想来划分他们。

属于老大家的作家最有名的为岛崎藤村、德田秋声、山本有三、谷崎润一郎等人,其他如永井荷风、佐藤春夫、宇野浩二、正宗白鸟、里见弴、泷井孝作等也都有其各自的特色。

岛崎藤村在昭和时代最大的成就,是《黎明之前》的完竟。此部作品,续写有五六年之久,采取静观主义的态度,以木曾山中世袭的小驿长的儿子为中心,描绘出明治维新的经过。这里面有当时日本外交与内战的各断面,幕府对京都的战争,明治以后的征韩论之决裂所引起的忧虑,本居宣长以来的国文学的实貌,以及武士阶级的官学之分析等。这种庞大的作品,很明显地表示着作者对于时代的关心,但其态度和方法,仍不失传统的自然主义。

山本有三的艺术态度,我们已详上述,但他在昭和时代的纯艺术派里,不但没有反动的行迹,而且有近乎同路人的倾向,因为他的正义感,使他紧跟真实的世界而前进的关系。他的《女人的一生》被评为与莫泊桑的《女人的一生》,东西二相辉映,是篇系描写一个女子,由女学生时代经恋爱、自活、结婚、生育而达到养育孩子的母亲时代,对母爱的伟大特别强调,而同时批判了现社会的道德风俗之类,此部作品曾被检事官在控告一电影女明星志贺晓子的堕胎事件,引为论证,因此惹起全论坛的注目,其他如《真实一路》《路旁之石》都是有同样的特征,尤其后者为描写一男子的一生将现社会的教育等制度有严厉的批判。

谷崎润一郎的《春琴抄》,为他昭和时代的杰作,是作趋于极端的感官的作品,虽仍不离畸形性欲和特殊心理的描写,但充满古典的韵味,尤其在行文标点上,更有是种特色。

是作系描写女盲人春琴的一生,叙富商女春琴,幼时因过于美丽,被人弄瞎眼睛,于是专心于三味线的学习,其后与侍仆佐助发生关系,乃离家自组家庭,而佐助亦孜孜学习三弦,对春琴仍不失仆役弟子的态度,后春琴因过于骄大,脸部被仇人损害,佐助因好艺心切,并为不愿春琴丧失其美丽的自尊心起见,遂自瞎其眼,以表在瞎的世界中,对春琴之无限的爱慕与好艺。

此作洗练非凡,达到其理想的"粹"与"艺"的境地,韵味奕奕,实可钦佩,尤其描写盲人的心理更佳,例如:

> 春琴有时脾气好,有时脾气坏,喃喃咒骂还是好的时候,厉害的时候,就默不一语,紧蹙柳眉,劲拨三根弦条,叮叮作响,或者让佐助独自弹动三弦,不言可否而沉听,此时最使佐助啜泣。
>
> 是某晚,练习《茶音头》(曲名——译者)之谱时,因佐助记性不好,极难记住,虽传授数次,还是错误,因此春琴又得别费心思,照例将三弦放下,用右手急叩膝上,口中吟读三弦之曲谱:"呀!叮叮当,叮叮当,叮当叮当,叮得铃,鏊鏊咙,呀!噜噜鏊。"但一息后,终于默然不睬了,于是佐助日暮途穷,欲止又不能,独自乱思拨弹,久之,春琴亦不下令命止,于是更觉狂急,愈成乱调,体中满身冷汗,只是乱弹胡

拨，然春琴寂然无言，更加紧闭樱唇，浮刻于眉根之皱纹，毫不颤动。

像这样虐待异性的盲人心理，经谷崎的描写，都翼翼如生。

其他作家如德田秋声，以《勋章》获得了文艺恳话会赏，系描写都市中小市民的一世相，尤其将吃茶店的氛围气，确当地描了出来，永井荷风的《露的前后》《紫阳花》都有江户戏作风的色彩，并有西洋式的冷酷的逼真力。正宗白鸟已不常创作，专心于评论，佐藤春夫渐趋自由主义，行文有汉文脉的行迹，如实录小说《温古知新录》，系隐约地讽喻二二六事件的叛军与军部，极有胆量，宇野浩二于昭和八年的文艺复兴呼浪中，又重活跃，著有《有枯木的风景》等，不脱过去苦劳的世界观。

在中坚作家中，现着最特殊的光芒的，是横光利一。他自扬弃了新感觉派的特征后，渐成为心理描写的作家，到了昭和八年以后就成了"纯粹小说"的提倡者了。所谓纯粹小说，乃是一种企图打破纯艺术的不振，使纯艺术变成通俗化的理论。据他说来，没有强烈自意识所写成的作品，都是种造作，也就是一般的通俗小说，用强烈的自意识写成的作品，只有日记和随笔，这种作品才配称为真正的纯艺术，但真正的纯艺术如果永远厌弃偶然性，保持过强的自意识，则就永远不能脱离日记与随笔的世界，甚至趋向灭亡，所以为提倡纯艺术复兴起见，有纯艺术通俗化之必要。作为这个理论的实践作品是《家族会议》，但并不极大成功，倒是他的《纹章》（获文艺恳话会赏作品）在近年的作品中,占着重要的位置。是篇描写仅小学毕业的雁金八郎,热心于各种发明事业的研究,尤其注意于酱油酿造业的发明——他起初失望于家庭的破产,但后来持有了"为欧洲精神所蔑视的日本精神而奋起"的热心——孜孜研究,使他终于成功,甚至驾凌了友人山下久内的父亲山下酿造博士。在此作品里,作者以山下博士为中心,详细地描写了"茶道"的世界,并有初子、放子、善作等人物的故事插入。这部作品的优点,第一是把握了现代人想把握的问题,强调了所谓日本精神;第二是作家所用的思索的努力与实验室的努力,如实地表现出来;第三是小故事的描写,有稀有的杰构。

和横光利一相齐名的,是诗人作家室生犀星,他的作品到后来带有东洋风的枯寂风雅,侧重于心理描写,例如《钢琴之镇》《女之黑暗》《哀猿记》《神乎女乎》都是描写男女心理的作品,例如《神乎女乎》描写一个持有妻妾的男子之心理葛藤,淡泊地笼着一层枯寂的趣味,所以缺少尖利的睿智。近作《兄妹》曾获文艺恳话会赏。

林芙美子为有名的女作家。她的处女作《放浪记》为一日记体裁的生活告白,叙说她青春时代的贫穷故事。她的作品无女性的虚荣心,忠实诚恳,感情盈盈,较著名的长篇有《清贫之书》《她的履历》等,最近长篇《电光》充分地表现着女性的细琐的感受性。

宇野千代为一与林芙美子齐名的女作家,她的出世作《脂粉之脸》获得了大正十年《时事新报》的悬赏以后,在昭和时代更呈现她的活跃,她的作品多能大胆地细纤地描写爱欲状态,而这种观察又是通过女性的眼睛而出发的关系,所以显得非常彻底,较有名的作品为

《好色忏悔》《大人的图画书》等。

阿部知二是个专门提倡主知主义的作家兼评论家，他的初期作《白色大官》较为著名，其他如《在湖畔》等，因侧重主知，所以缺少热情，且有过分施用头脑制作的痕迹。

中村正常于昭和四年，以喜剧《西洋通心面》获得改造赏后，遂成为文坛的喜[剧]作家，无论戏曲、小说、散文，都以笑为主旨，但有差强人意的讽喻，表现崭新，但过于滥作。井伏鳟二虽亦为幽默作家，但与中村正常的态度相反，有古风之实质，缺华美，代表作为《谷间》《朽助所住之谷间》，至如近作《可怀恋的现实》《逃亡记》等，都开辟了新的境地，致密地描写最近的乡村风景，有不凡庸的实质。其他如富于淡愁，著有《结婚期》《恋爱摸索者》的谷崎精二，夸张地运用华丽的浪漫故事，而构想象征世界；著有《爪》《鬼泪村》的牧野信一，毫无容赦地检索着自己，成为律义的现实主义；著有《崖下》《途上》《神前结婚》的嘉村矶多，持有坚实的笔致，叙情的软柔；著有《一家》的深日久弥，带有同路人倾向；而后成为行动主义作家的芹泽光治良等，都是中坚阵中的佼佼者。

在新进作家中，比较地著名的作家是丹羽文雄、狮子文六、石坂洋次郎、石川淳诸人。这些作者，大都有其个人的特征，而且表示着不同的倾向，其他如舟桥圣一、石川达三等也都是文坛的宠儿。

丹羽文雄在初期进出文坛时，常把他与左翼新进作家岛木健作相对比，但到[大正]十一年以后，就被论坛视为与高见顺相对照的作家了。因为他们立在不同的世界观上，都专心于世俗风习的描写之故。其实丹羽文雄最大的特色是描写女性,但这些女性多半是过着畸形的生活,妾、妓、淫卖,所以他的作品,几乎成了一幅灿烂的肉欲行状图。像《真珠》乃是他描写自己美貌的母亲之一生,叙母亲年轻时被实母与入赘婿赶了出来,成为女仆、他人的后妻,到后来与公债买卖人同居,不久以后,又成为他人之妾,终至于到了自杀的结局。像这个女人所经历的一生,其惨状和畸形生活的苦痛,丹羽文雄并不十分注意,他也不把这种事实,在社会的意义上加以讨论批判,只是大胆地色气地描写着,甚之像描写自己母亲,亦不离于"色"的立脚点。

　　八岁时就分离开了,所以母子的亲密,总有着若干病态的。这个事情,作用着我的眼,使我把你单看成一个女人,是实在的事情。友人说,我把你描写得太美了时,我是要彻底地轻蔑友人的,在小说中把你描成美貌,这点点自觉我是有的,很明显的,在私小说般的小说中,我以为不用顾虑到世间的。

像他把母亲描写成为一个女人的存在,用色气来煊染她,这种大胆的尝试,恐怕在其他作家中,不易见到吧!他的行文,重和文调,像他收在《自己的鸡》集里的小说,都不出这种特征。
　　总之,映进他的眼睛之美,都是腻、淫,而没有健康的美,所以像消费的女人、白痴,都是他发现美的处所,不过有的时候,也有"年轻而未婚，知道自己的要求，用彻底的手段，达到其要求与企图的银座女郎"在他的作品中出现。他的作品，如果遗留到几百年后，可以成为极佳的风俗史的参考。

狮子文六是个卓越的讽刺作家，他的作品很少堕于讽刺作家所易犯的毛病——Nonsense——却漂浮着嫉恶如仇的哄笑、眼泪或教训，他的讽刺对象多集中于法西斯抑或现实的否定面，例如收在《游览列车》集里的短篇，都有这种倾向，其中以《巷中有歌》为最佳的讽刺作品。内述政府为统制文化起见，将国内二大综合文化杂志《解造》（影射改造）与《中心公论》（影射中央公论），收归为半官制，合并成为《解造公论》，一切编辑纲领皆由局长、课长制定，每期多登《纯粹日本文化精神的侵略性》等稿子，而《下等生物的单性生殖》等研究论文，认为有关风化，概在禁登之列，于是编辑者、记者，除校对以外，无事可做，而一般有气概的论客多不愿再写稿子，只有御用文人，大跳其梁。正当这时，在民众之中，有一群怪人，因受言论自由控制的痛苦，就暗地组织了狂歌落首联盟，专门在热闹场所和高楼大厦的墙上，张贴些反政府的狂歌，这个消息被不满现状的《解造公论》记者XZ所知，他们二人就隐瞒社长，访问联盟盟员，希望得些原稿偷刊到《解造公论》上去，但时运不佳，正当他们接洽的时候，都遭了警察的拘捕。这篇小说，对于文化统制的讽刺，实在是针针见血。

实际杂志编辑者的工作，也完全变了，与其说是变了，毋宁说是少了，已经没了编辑会议，那些工作，是直辖官厅的次官和局长们的工作,每月初旬将翌月号的编辑命令细目表发下来,例如论说《纯粹日本文化的精神侵略性》拜托擦木子博士做,创作《三级跳》托新行动派某人做,都是详细地预定好了的,所以像编辑会议是用不着的,卷头言是大臣写,编辑后记是课长写……伏字打叉空白等的挖心之苦劳,却也云消烟散了。

像上述的描写,是作者想象着官办杂志的编辑方针,实使读者看了激起哭笑不得的情绪。

石坂洋次郎的作品,有渗透理知的表现和构想,他的《年青人》曾获好评,然而最著名的作品,当推［昭和］十一年度发表的《麦不死》了。这部作品,在发表后就立刻遭到批评家的一致赏赞,为年来日本文坛稀有的收获,是作乃是北国某中学教师兼文学者五十岚的生活记录,将共鸣马克思主义的五十岚,同醉心于是种思想的妻子秋,阶级斗争上的"铁的斗士"之牧野,秋与牧野的关系,精神的地是小儿,性的地是解放了的秋之自由奔放的行动,五十岚与秋之间的夫妇痴情世界,左翼运动者的理论与实生活,对于一切纠纷所引起的五十岚的懊恼,等等,告白者五十岚,想用三种方法,来取理以上的各种问题,这三种方法之第一种,是全然不把这些问题记录下来,自己安心成为市井的平凡人,慧智地过日子;第二种是想纯客观地把秋看成为性格的破产者,致密地描写出来;第三种是不拘一切,将事实作为事实,赤裸裸地吐露出来。这部小说,实是采取第三种方法,记录吐露出来的告白。因此这部作品，就有彻底的暴露。无论对于一切人们的破伦理性和丑恶，无论对于当时盲从者的卑劣之行为，都毫无容赦，暴露出来，作者写道：

> ……被这运动的悲壮之氛围气所魅惑住了，铁的斗士、同志、煽动、House Keeper、斗争、三·一五、俺们、饥饿同盟、阶级恋爱、史的唯物论以及暗示新生活的这些熟语含有如蜜的气馨，使五十岚十分地兴奋……

这段大胆的指斥，不但说出了五十岚个人的心境，并且将当时革命之随从者、盲从者的心理，毫无弯曲地表现出来了。氏的文章洁简可读。

石川淳是获得昭和十二年度芥川赏的作家。他的当选作《普贤》乃是描写一般小布尔乔亚的生活史和主人公旧恋人由卡梨的斗争史，以之反映出现日本的实貌之一断面，这篇作品没有具体的故事，乃是集合许多乱凌故事而成的，因此可以分割和隔离。故事的中心人物，是作者自称"我"，为一写政论传记等的小文人，其他则为油嘴职业人垂井茂市、没落哥儿田部彦介、"能"乐教授寺甚甚作、邻人庵文藏、肉欲放纵的酒家女阿网，作者则将这些人的无聊生活、肉欲交流的丑貌，琐碎地、片断地缀拾起来，同时在心中时刻地追求着智慧之神——普贤菩萨——来净洗自己，使自己自觉起来。

> ……在这床上，被旁边熟睡着的阿网的身体、发、汗、

脂、白粉、腻腻地涂秽了,不知道缒求璎珞之花(普贤菩萨)之术的我:"神是和我们同样地造成的,不!或许可以说是像我们一样地,是由于多兽造成的。"如果阿兰这话是不错的话呵!普贤菩萨呀,你也是像我们,像糊涂虫的我,像睡在这里的泼贱之女一般,是由爬地的虫之般一片,所制成的吗?不然则你是与异邦人(指阿兰——译者)所称之神相异,是与地上的俗缘无关,靠他样东西所造成的结晶体吗?

这一段是他在淫秽了自己的肉体之后,失掉了正觉,失掉了道义,在漠然之中,对于心的理念——普贤菩萨——之怀疑,而发的一种梦呓。

此作文章极其苦涩,多有不必要的冗语的插入,破坏作品的紧张性,但有法国文学的气韵。

在新人阵营中,除上述诸人之外,如行动主义派的舟桥圣一、丰田三郎、小松清都是可注目的作家,同时获得芥川赏第一次奖金的石川达三,亦为极新颖的作家,他的获赏作是《苍氓》,描写日本农民移民至巴西后的痛苦生活,饥饿病贫,无日不缠恼这些亡家之犬般的贫农,使他们陷入失望与沉苦的深谷里,以后诸作如《阿美利加》《雾海》《豺狼》都极成功,氏的创作方法为克明的现实主义。第三次获赏者(第二次无获赏者)是小田岳夫,获赏作品为《城外》,是描写作者在杭州领事馆与女仆发生关系的作品,将国际爱、身份的矛盾、下级吏员与上官的冲突等描写出来,无特殊的成功,不过清秀简洁而已。第四次与石川淳同时得奖的富泽有为男之《地中海》为一极佳的短篇小说，以南法的风物为背景，新鲜泼辣地描写着男女的关系，显著非常完整。其他如出现于［昭和］十一年文坛的北条氏雄，是专门描写其实际生活癞病的作家，将患癞病者的生活实貌、心理变化全盘地表现出来，如他的获得文学界赏的《生命之一夜》以及以后的《癞院受胎》等，都是一体系的癞故事，构成他独特的"癞世界"。

他如布尔乔亚农民作家和田传，新浪漫主义作者中谷孝雄、寺崎浩、太宰治、中村地平，新心理主义伊藤整（乔易斯之模仿者）女作家太田洋子、真松静枝、矢田津吉子，都在新进群中，占着重要的位置，如矢田津吉子的《神乐坂》，几乎获得第四次芥川的赏金。

三、大众小说

大众小说或称"大众文学"。这个名称，成立于大正九年，但实际上，属于大众文学性质的作品，却有其悠久的历史，例如在民众间盛行的"讲谈"，即是种近于理想的大众文学。所谓讲谈，宛如中国茶坊间的说书，多以史实，或以史实为胚子之传说，用嘴讲述，但其所根据之原本，决非一人所写成，乃集合许多人所记之实录而成，因此可以说是民众的集体创作。此种讲谈在江户时代极甚，因为它是庶民阶级娱乐之一种。

明治以后，大众小说已逐渐加上新的要素，已不仅限于讲谈一种了，例如尾崎红叶的《金色夜叉》、德富芦花的《不如归》，在现代的见地看来，都可以说是类似纯文艺的大众文学。当时的大众文学，已将固有的讲谈的传统,与西洋的传奇小说、侦探小说、通俗小说——雨果的《哀史》等混为一致,构成了与纯文艺相对立的作品。

现在,我们为明了昭和时代大众文学的实况起见,有回顾大众文学所经过之路和如何从讲谈蜕变而来的情况之必要。

明治十年左右,有两个流派,注目到了讲谈形式的卓越。这二派之中,一派是思想派(自由民权运动者),他们想借讲谈的形式,来宣传自己的思想,例如坂崎紫澜利用讲谈形式,讲述法国运命的经纬,以之达到宣传民权思想的效果;一派是艺术派,他们一面肯定了讲谈的优点,一面想矫正其卑猥与流俗,例如土子笑面的《话术新论一名讲谈落语论》,就是想改良讲谈的理论,同时像砚友社的同人,都开始尝试于文艺讲谈的写作,例如尾崎红叶的《打碎茶碗》、岩谷小波的《蔷薇像》等。

明治三十三年左右,以片山潜为首的初期社会主义运动开始活动,他们瞩目到讲谈所含的大众性,想利用讲谈的形式宣传社会主义的理论,像《劳动世界》一月号([明治]三十三年)所载的屋大策七的《纸币的话》,即是利用讲谈的形式述明剩余价值的名讲谈。

世界大战以后,日本充满了战后的景气,一般娱乐杂志如《讲谈俱乐部》《讲谈杂志》的销路顿然兴旺,增加了讲谈的地位,同时一般的思想杂志,如《改造》《解放》等相继出版,它们亦注意于讲谈形式的优越性,遂制作社会讲谈,作为思想的宣传;但这种讲谈有过于坚硬之弊,因此一般文艺作家,为拯救此种弊病起见,以娱乐杂志《日本第一》为中心,提倡文艺讲谈的建设,参加的作家有菊池宽、长田幹彦等人，当时他们的宣言是"文艺的民众化，讲谈的革命"，算是开始有了"民众文艺"的称呼；但不久以后，白井乔二算是确定了"大众文艺"的名称，于大正十五年刊行《大众文艺》杂志，同人有直木三十五等十人，自此以后，大众文学开始有了一泻千里的威势，在昭和文坛上占了重要的地位，尤其自白井乔二编辑发行《大众文艺全集》以后，大众文学更风靡了全文坛，不用说大众文学之所以能如此发达，当然有其特质的存在，因为一般的大众文学都极其通俗，尊重偶然性、娱乐性、趣味性、卑俗性，逃避现实，而且文字显浅，适合一般读者的口味。不过日本的大众文学，除占有以上的特点以外，尚有两个特征，一个是封建性的强调，一个是法西斯主义的强化，前者在"时代物"中，处处可以看到，后者在"宗教物""军事物"中亦可窥见。

现在我们为明了日本大众文学的内貌起见，特将其内容分类如下。

（一）时代物（以过[去]的时代人物为题材的作品）

1. 历史物——以过去历史上有名的人物或过去的史实为题材的作品，并或借大众文学的形式，重新估计古人，带有传记小说的倾向。

2. 剑侠物——叙述历史上之侠客、豪士、剑术、师范等的生涯，或为作家凭空构想而成的义侠故事。

3. 宗教物——以宣传教义为目的，叙述过去伟圣人、得道人等的生涯，而不是取材于现代的。

4. 艳情物——描写历史上的妖妇、恋爱淫奔等，属于软性的读物。

5. 股旅云助赌博物——描写过去的股旅、云助（流浪人）、博徒、流氓、土豪等的生涯，侠情的读物，尤其注目于下等社会之黑幕组织及他们之间的人情理义。

6. 人情世俗物——描写普通人的离合悲欢、通俗伦理上的诸故事以及悲恋等的凄艳故事。

7. 其他。

(二)现代物(以现代为背景的作品,概称为现代物)

1. 言情物——描写现代的恋爱享乐等的作品,颇与纯文艺相类似,但其内容侧重兴味,多刊载于娱乐杂志和新闻上。

2. 军事物——描写皇国军人的悲壮故事、赞美战争或者追忆过去。日、俄,中、日,九·一八,一·二八等战事事变等的"光荣史",甚之还有许多描写空想战、构想战的读物,他们对于战争的惨酷,一概抹杀,只是军国主义思想的鼓吹。

3. 软性幽默读物——软性作品以供给读者一时之愉快为主,多为杂录、美谈等等,幽默作品亦多轻松、不含讽刺的涵义,以博读者的欢笑为目的。

4. 宗教物——与时代的宗教物相同,仅其时代相异。

5. 侦探物——或为空想或为事实的侦探故事,利用犯罪心理和防犯学而写成的科学侦探作品亦极多。

6. 科学物——以空想、想象,然后假以自然科学的方法,构成未来的一切奇异物质之出现,或利用自然科学上之原理、物质,作为其故事展开的机因。

7. 神怪冒险物——多怪诞的妖鬼故事,以及一切空想的航海、盗宝等神秘故事,使读者起一种精神上的好奇,获得一种 Thrilling 的感觉。

8.其他作品——如实话之类,亦即现社会所发生之诸离奇、猎奇等有兴味之记录。

上面为大众小说内容的大概,当然不能算是确切的分类,但通过这分类总能管窥到大众小说之若干面貌吧!

大众小说的作家甚多,且一个作家有时兼写二三种作品,现在为着便于理解他起见,以其特长,来分类地叙述这些作家。

时代物的作品,其发展的过程,凡四:第一,刚脱离了讲谈的形式;二,如白井乔二所说,是通过了纯艺术境地的作品;三,剑剧物的猖旺;四,艳情旅股物的盛行。至于历史物则一贯直进,毫无一沉一浮的现象,其收获之大,在时代物中,占首席位置。

历史物的作家,最著名的为白井乔二、直木三十五、大佛次郎、矢田插云、吉川英治等人,白井乔二除建设大众文学的功绩以外,其作品亦颇可观,例如长篇《立在富士上之影》《神变吴越双纸》《新撰组》等都有其一流的观史眼,其中如《新撰组》描写幕末期以近藤勇为中心的《新撰组》之活动状,非常卓越,但他的其他作品,如《源平盛衰记》等过于追随史实,失掉了大众文学的趣味性。

矢田插云的杰作《大阁记》,为描写人间英雄丰臣秀吉的大传记,趣味地解释着当时的各种事件:本来在德川时代,因丰臣秀吉为一平民出身的幕府,再加之是德川家康的大敌人,因此对他极端贬辱,但到了现代,靠了矢田插云的《大阁记》,算是对丰臣秀吉又加以重新的估价。

直木三十五与大佛次郎为时代物作家中最有修养的人,其读者之对象,亦多为知识阶级等较有教养的人,直木的作品,多侧重历史的考证,深察事实之正误,因此颇遭到论坛的反对,认为这种创作法堕于历史家史述的范围,而非大众文学创作所应持的态度,其代表作品有《南国太平记》《明暗三世相》《源九郎义经》等。《南国太平记》描写维新前萨藩中保守进步二派的相斗,而以岛津齐彬咒杀之俗说为故事展开的中心。

大佛次郎在大众文学作家中为最进步的一个,他对于题材的取理、解释,绝不以兴趣为标准,同时亦没有独断的态度,而是具备有社会学的眼光的,他的描写忠臣藏故事的《赤穗浪士》,就有这种倾向,尤其在《安政大狱》《由比正雪》等作品中,严厉地批判着封建制度。

> 这个世界分开为主人与奴隶,不!好像压根儿被构成分开着似的,在主人方面,那奴隶永不能抬头,夺走了一切权力,自己永远是主人的,插着刀,昂步走的,只是主人方面,奴隶是不允许的,奴隶不许带枪,如果密带,查出来,立刻死刑……那是当然的,因为你们是奴隶——使他们听了这话,还让他们十分首肯,决不让他们探究世界为何有主人与奴隶之分,让他们觉得奴隶与主人之分,是天然,是种秩序……

这种对于封建制度的批判解说,是在其他大众作家的作品里所看不到的。

大佛次郎,最近的代表作是《大楠公》。是作完全抹去了他的

《水户黄门》《大久保彦左卫门》的新讲谈味，成了清冽雄劲的本格历史小说，其他如现代物的作品，亦有芳馨的艺术味，例如《雪崩》等都为难得的作品。

吉川英治的作品，最合于大众文学的常道，像他的《鸣门帖贝壳一平》都存在着大众文学的特色，但以后诸作如《女人曼陀罗》等因欲与近代文学调和起来，结果反使内部起了不调和之感，近作《宫本武藏》，不但为吉川最大的杰作，且为近来大众文学之杰构。此作描写一个有卓越才能之剑侠，由于不绝之精进，达到了人生之"悟"的佳境，与现代的大众，以强烈的兴味和感动，因此剑术师为一实在之人物，且作者之重心为描写精进剑术之人生的实貌，故可列入于历史小说的范畴内。

其他作家，如三上于菟吉等，多以幕末维新为题材，构成其特自的对幕末武士之观察。

剑侠物的作家中，最著名的为中里介三与牧逸马，中里自认为非大众文学的作者，但一观察他十几年来连作的大长篇《大菩萨岭》时，就可以看到他仍旧是个大众文学的作家，是作罗网人生诸相，表现圆轮具足之姿，背景为江户幕末时代，以剑士机龙之助为中心，展开连绵曲折的人生之实姿，行文流畅平明，中里介三自夸《大菩萨岭》为世界古今第一长篇。

牧逸马又称林不忘、谷让次，为一大量生产的作家，在其时代现代诸作品中，以《舟下左膳》为最著名，此作描写一独眼独手武侠的故事，概以怪奇之乱杀乱斗为唯一引动读者心理的作品，其他作品尚有以讲谈为基础而写成的《大冈政谈》等。

在宗教物的作品中,没有独自特色的作家,勉强地说来,只有三上于菟吉等人,但他也并不是彻底的宗教物作者,不过是从旁涉猎而已。他著有《日莲》,系描写提倡爱国主义佛教的日莲之生涯史,含有浓厚的法西斯倾向。

在情艳物的作家中,以邦枝完二、村松梢风、北村小松、长田干彦、平山芦江等最为有名。其中如邦枝完二,专以江户时代之俳优、浮世绘师、妖妇等为作品的主人公,以艳致肉欲的笔法,描出绵绵的情史,如《浮名三弦》《阿传地狱》《浪人俱乐部》等,平山芦江与长田干彦专长花柳物,描写狭巷中之艺妓生活。

旅股云助博徒物的作者,最有名的为子毋泽宽,他的《国定忠治》《盗人老爷》等都是描写以理义人情为唉呵、剑法打架为本业的这些流浪人的作品,是种小说,在剑剧物盛行之后,曾风靡大众文学的文坛。

长谷川伸、野村胡堂、竹田敏彦为人情世俗物的作家,尤其长谷川伸的作品,概以人情为基调,有柔稳之感,如《亲生母》等,描写母子失散,费几十年工夫,重相逢见的人情悲剧,获得读者无限眼泪;长篇《红蝙蝠》《刺青判官》《鼠小僧次郎吉》则较无味,因构想不确实,故事发展无理之故。

其他时代物的作家尚有土师清二、国枝史郎等人。

现代物中的言情小说,颇与纯文艺相似,但它有浓厚的兴味,没有纯文艺那般的深味。这派作者,多为纯文艺派的作者,如菊池宽、久米正雄、小岛政二郎、加藤武雄、广津和郎等，其他则有佐藤红绿、吉屋信子等人。

佐藤红绿为此辈中最年长者，著有《丽人》《蕀之冠》等小说，富于幽默，近来倾向于少年读物的写作，构想着实，富于教训。

加藤武雄多以家庭中心之恋爱为题材，有抒情味，作风优美，能巧妙地写出女性之纤维的感情，代表作有《白虹》《三颗真珠》等。

久米正雄与菊池宽都长于恋爱小说的写作，前者作品遗有古风的面影，纯艺术的气韵颇高，但故事行进极缓，有冗慢之嫌，代表作有描写静养于高山之肺病患者与看护妇悲恋的《月中使者》以及《龙涎香》等。菊池的作品，清晰平易，但内容常相类同，陷于多角爱之葛藤中，氏所描写之女性，其性格都有翼翼如生的特征，能把握住现代女性的全典型，代表作为《真珠夫人》《第二次接吻》《新道三家庭》等。

吉屋信子为唯一的女性大众文学作家，初作多为少女、少年读物，如描写不幸的生命之花故事，使小读者衷心感伤，其后诸作如《唯一的贞操》《女之友情》等，都能锐利地观察男女间之爱欲关系。文章极其柔和美丽。

军事物的作者，最有名的为陆军少将樱井忠温和山中峰太郎。此些作品多为描写"皇军"的活跃史，充满军国主义思想，如樱井忠温的《肉弹》《战争从此开始》《铳后》等。

软性幽默物的作者，最有名的有佐佐木邦、佐藤八郎、中野实、辰野入紫等。佐佐木邦的作品，圆滑沉着，代表作为《明亮的人生》《在地上留下爪痕之物》等。中野实为一多作的作家，作中充满喜悦明朗的气氛,如描写一女性之寻找理想丈夫的《新娘设计图》等,都极有趣。佐藤八郎本为诗人,故其作品,充满抒情味,缺少小说的成分,代表作有《失恋账簿》《幽默舰队》等等。现为明了这派的特征起见,译述佐藤八郎的《雨》如下。

> 看着叫作"雨"的电影之试写。
> 喜欢雨的我,觉得银幕上降的雨,好像特意为我而降似的,感得非常得意。因为有各种各样的雨,映在银幕上,所以欢喜之极,终于透出声满意的太息,于是同伴的女郎也随着叹了口气,待我一发觉她的太息,就轻轻地问道:"有趣吧?"于是那女郎答道:"真倒霉,忘带了雨衣。"

宗教物的作者如大正年间的贺川丰彦,著述《越过死线》,都是宣传基督教义的作品,近作各小说亦不脱离这种倾向,例如收在《呼醒黎明》随笔集里的传记小说,都是宗教物的标本。

侦探物的作品,几乎是以《新青年》杂志为中心的,作家计有江户川乱步、小甘酒不木、小栗虫太郎、正木不如丘、甲贺三郎、大下宇陀儿、横沟正史等,其中尤以乱步、三郎、不木三人,为侦探小说中之三大柱石,乱步之初作《二分铜板》《一张票》,为首先出现的本格侦探小说,离外国作品之模仿,成了纯粹日本式的创作,后年作品,多将其观点建立于人间犯罪心理之描写上,甲贺三郎为一化学研究者,故作品中有浓厚的自然科学之方法的遗迹,他常将事件之发生、进展、解决以最堂堂的正攻法表现出来，代表作为《琥珀的烟袋》等，小酒井不木为一法医学者，故极其熟识犯罪与医学知识，喜用特殊题材，使读者发生战栗，其代表作为《恋爱曲线》等。

其他如神怪、科学、冒险等作品，不外以上诸作家的副作，并没特殊的成就。

在大众小说的新人物中，以滨本浩及获得直木赏（与芥川赏同格的奖金）的川口松太郎、鹫尾雨工、海音寺潮五郎、高高木太郎诸人，最为有名，滨本浩重地方主义，好描写明治时代的事物。作品中缺少自我意识和意图，长于实录物，如《土佐之卡门》《被囚之江藤新平》等。

川口松太郎兼写现代物与时代物，好沉湎于下町情调与艺人的世界中，善于模仿他人的作品，但有脱骨换胎之术，如其代表作《鹤八鹤次郎》《第二夜》等，都有模仿西洋电影之趣，但能完全地消化，成为自己的东西。

鹫尾雨工为直木三十五同班的挚友，他的获得直木赏之作品，为《吉野朝太平记》，虽无直木氏之锐利和奔放，但以确切之史实为基础，先对照地描写出将死之正行与奇略纵横的正仪之性格，继之述出了死于沙场的正行与正仪的活跃史，有他特自的解释和取理法。

海音寺潮五郎的作品中，有茫寞之阔大和东洋的人生观，笔致简洁，但无轻快的速率，代表作为《风云》(Sunday 每日志当选作)、《道中役者》等。

高高木太郎本名林龭，为一医学博士，曾留学苏联，专攻生物学，故其作品——侦探小说——多由医学的见地出发,充满佛洛依特之精神分析,他能将专门的知识,写成通俗化的小说,故可以说是新辟了侦探小说的领野,获奖作品为《人生之阿呆》,其他如《就眠仪式》等亦极卓越。

(参考书见第二十章末)

第二十章　新兴小说

一、原始时期

新兴文学发达的基础是根植于新兴阶级的成长上的，新兴阶级的活动愈强硬，则新兴文学愈能开出灿烂的花朵。

在近代日本的社会运动史里，第一个可注目的，是明治三十年代（1890）以后，新兴阶级开始组成了近代意义的劳动组合，这件事，正是象征着新兴阶级的滋长。自后，在1919年以后，以自由主义者河上肇、吉野造作等为中心，掀起了民主主义运动，这种民主主义绝不是布尔乔亚欺人的拉谟克拉西，而是含有较进步的成分的，这种运动启蒙着新兴阶级，使他们成长，并且培植了新兴阶级的文化的种子。

1920年随着这种新兴思潮的澎湃，平林初之辅提出了所谓"第四阶级艺术的确立"之口号，这是企图将当时已经现实地成长了的劳动阶级与文学运动结合起来的一种表现。果然，由于这种运动的提倡,使从来与文学漠漠无关的劳动者,也有若干人,作为作家而登场了,如网井和喜藏(纺织工)、宫地嘉六(旋盘工)、宫岛资夫(铲工),同时过去站在无政府主义立场上的秋田雨雀、藤森成吉、江口涣也都宣言转向,算是在日本文坛上,建立了第四阶级的文学。

但当时的代表作品,不外有三种倾向:一种是自然主义式的贫困小说,例如宫地嘉六的《放浪者富茂》;一种是虚无主义气氛的反抗,例如宫岛资夫的《坑夫》;还有一种是人道主义式的同情文学。像以上的这些作家,到后来都相继停顿了作家的活动,只有自无政府主义转向过来的秋田雨雀、藤森成吉、江口涣等还继续活动,直到现在。

秋田雨雀与其说是作家、诗人,毋宁说是文化人,他起初从事于诗及剧的写作,但到后来,则变为一般的文化运动者了。他的初期新兴文学作品是《国境之夜》(大正九年),这部戏曲语说着他的发展的经过,他的作品多诗与散文诗的倾向,为其他剧作家所不及者。

江口涣本与佐藤春夫有相同的倾向,后转向为安那其,然后再由安那其转成为新兴文学的作家;他的最大的功绩,是理论上的建设。在创作方面,著有《恋与牢狱》和《火山下》等,《火山下》描写一左翼斗士与一军官之妇相恋,将爱情与事业的相克、小布尔乔亚动摇和苦闷,深刻地表现出来,而结局的相继死亡,使读者起无限的悲恸,是篇以火山温泉地带为背景,有浓厚的地方味。

藤森成吉,与其先辈有岛武郎极相类似,故其对艺术的态度极其严格,他憧憬着热情、洁癖和至纯的精神,但他的作品,表面上笼着暗影,乃是表现着他向光明追求的过程,初期作《年青时的烦恼》《烦恼》都是如此，自转向以后，在戏曲上颇有成就。但长篇《二个相争者》《地主之子》都过于观念，前者以德国为舞台，但以朝鲜人（影射中国人）为主人公，颇为机警。昭和九年以来，专从事于历史小说戏曲的写作，例如《渡边华山》《高野长英》等，多取材幕末的封建时代，描写锁国时代的进步人物之生涯，有讽喻现代日本世相的成分。

二、播种人时代

欧洲大战后，以巴比塞为中心的光明运动，靠了佐佐木孝丸和小牧近江的介绍，传到了日本，遂与日日成长的新兴文学相结合，具体地展开了新兴文学的运动，那就是《播种人》杂志的创刊。这杂志最大的活动是理论斗争，严厉地批判了所谓"艺术的永远性""艺术的超阶级性"，阐明了艺术的历史和阶级性，遂至树立了所谓"武器的艺术"之口号。当时参加《播种人》杂志的有金子洋文、佐佐木孝丸、小牧近江、青野季吉、山田清三郎、前田河广一郎、柳濑正梦、今野贤三、中西伊之助、佐野袈裟美、松本淳三等人，但较著名的作家是金子洋文、前田河广一郎、山田清三郎等。

金子洋文是首先计划创设《播种人》的一个，他的小说多描写农民劳动者的悲惨生活，例如《女》《地狱》等，但他的佳作多为戏曲，例如《狐》《牡鸡》《理发师》等。

前田河广一郎有着丰富的劳动和流浪经验，年轻时曾赴美从事于各种劳动生活，故他的作品多以美国移民生活为背景，将年轻人的放浪、野心、虚无、绝望等的苦恼，以夸张的笔致描写出来，例如《三等船客》《大暴风雨时代》等。他的作品,过于粗杂,而且不纯,冗慢,只以"力"为唯一的中心,代表了初期作品的特色。

> 鲜红的腥血,以可恐的威势,流向敷在旁边床上的黄毡子,那黄毡子看着之间就染成血迹斑斑了,几乎同时,好像被压榨了的橡皮洋囡囡的幽微的叫声,潜过苦痛的沉默,画出可怜的音波,这个音波渐渐抒大,终于充满了全船室,但在这音之旁另有个透彻的嘎了的被苦痛所缠恼的声音,动辄夺走了明朗的声音,画着更粗的音波——长久之间,这二个声音,互相争斗着。

经过了如上的叙述,又继续了二十行左右的冗文,到了儿才以会话来结束道:"你说生了小孩?""谁?""照例是那个五十号的大肚子妇人。"这种纯感、冗长的描写,实是前田河广一郎的特色。

山田清三郎亦是个有不幸生活经验的作家,他的作品充满诚实素朴与康健的斗志,例如《幽灵读者》《小小的乡下人》《五月节前后》,近作《试练的半生》为他的自叙传,将其报贩生涯出身的苦斗史记述下来,有与美国作家高尔德的《没有钱的犹太人》相似,充满素朴与诚实。

三、展开时期

1923年大震灾以后,国内右翼势力勃兴,又加之物质的困难,

《播种人》遂告停刊，但至1924年6月，又另创《文艺战线》杂志，作为《播种人》的继续，但不久又停刊，到大正十四年（1925年）6月，再行复刊。当时的新兴文学作家，以此志为基础，组织了"普罗列塔利亚文艺联盟"，加强了文艺的实践运动，当时在理论方面竭力否定自然成长说，加强马克思主义的目的意识，于是遂与当时合作的阿那其派宣告分裂，而开始努力于新人的获得，例如以东京帝大为中心的新人会系的研究会员，林房雄、川口浩、中野重治、鹿地亘、久坂荣二郎，劳动者叶山嘉树，都是在这个时代里出现的。除上述作者以外，这时期里比较活跃的，尚有黑岛传治、小崛甚二、里村欣三、村山知义等。

叶山嘉树为劳动者出身的作家，他可以说是完成初期自然发生的新兴文学者，他的作品之取材，多汲于自己的生活体验中，用直截明白的言语表现出来，但时有用他人所不明白的言语之怪癖，代表作为《活于海里的人们》，为描写在海上劳动者的生活实况，带有安斯托益夫斯基的狂气和人类爱；其他作品，如收在《没有劳动者的船》中之诸短篇都很有名。

林房雄为一典型的知识阶级，是个才子，是个浪漫的诗人。他的初期作品，如《无绘的画本》《锁》《密侦》《都会双曲线》等，都有浓厚的通俗小说味。他在《都会双曲线》的后记上道："我敢媚惹读者。"就可以知道他的性质了。他的作品爱用说明的比喻，不看重描写，近年努力于三部曲的写作，已成《青年》《壮年》，企图描写明治维新的过程，而其观点则与藤村的静观主义相反，充满浪漫的精神，甚之有夸张日本精神之嫌。

黑岛传治自发表《铜板二分》后，渐被文坛所赏识，他的作品多描写一体系的西伯利亚之出兵故事，因为他曾被征赴西从军，如《橇》《冰河》《浮动之地价》等作品，都是描写日本军队侵伐苏联，在西伯利亚所过的苦日子，这些作品并不是浩荡大雪的原野之抒情，而是热与力的交迸。

里村欣三为一十足的放浪人，有透彻的浪氓性，他自发表最初放浪记《从富士町》后，始被文坛认识，其他著作如《苦力头的表情》《动乱》等，亦都描写其放浪生活的作品，他尤好描写东三省方面的下等生活苦力，娼妓、赌窟等都是他作品的好题材。

四、宗派主义

1927年，由于领导当时新兴阶级运动的福本主义犯了宗派主义的错误，于是影响到了艺术运动，致使以《文艺战线》为中心的普罗艺术联盟起来了脱退分体等的纠纷，当时在脱退者说来，希望将艺术运动解消于狭义的政治斗争中，而旧盟员则一面强调艺术的特殊性，一面希望艺术运动与福本主义讲结合的手段。分裂后的阵势，大抵如下：

1. 旧普罗艺术联盟，停刊《文艺战线》，另出《普罗艺术》杂志，中心人物为鹿地亘、中野重治、武田麟太郎、久板荣二郎、江马修等。

2. 退脱组，另组劳农艺术联盟，出版旧有之《文艺战线》，中心人物为藤森成吉、林房雄、村山知义、藏原唯人、山田清三郎、田口宪一等。

在这个分裂的不久以后，所谓脱退组的劳农艺术联盟又起来了内部的分裂，这即是社会民主主义派的抬头事件，因为指导当时新兴运动的福本主义，受到了国际的批判，想摆脱过去观念的极左主义以及清算宗派主义，向大众化方面进出；这个转换，给与了过去过着隐者生活的社会民主主义派以极好的机会，像山川均等都开始活动，甚至想操纵艺术运动，群向劳艺游说进攻，致使当时如青野季吉等，都成为社会民主主义者了。这种转换使劳农艺术联盟的左翼分子感到不满，联袂退出，另组前卫艺术联盟，遂使左翼文坛，成为鼎足而三了。其情形如下：

1. 旧普罗列塔利亚艺术联盟，详情如上述；

2. 劳农艺术联盟，未脱退者有青野季吉、前田河广一郎、金子洋文、叶山嘉树、里村欣三、山崎甚二、平林泰子等，发刊旧有之《文艺战线》；

3. 新脱退者组前卫艺术联盟，发刊《前卫》杂志，所属人员为藤森成吉、林房雄、佐佐木孝丸、村山知义、藏原唯人、川口浩、山田清三郎等。

在以上三组的流派中，当时最活跃的作者，是中野重治、武田麟太郎、平林泰子以及后来由新感觉派转向、加入前卫联盟之片冈铁兵，由纯艺术阵营转向、加入劳农艺术联盟的细田民树与细田源吉等。

中野重治是个卓越的才人，他初期专心于诗和评论的写作，小说不过是他的余技，他的创作，被抒情诗的浪漫气氛所渲染，但不失其素朴的特色，例如小说《铁的话》就有浓厚的诗味，而且想将电影脚本和诗的形式结合起来，以后诸作如《开垦》《村中杂话》都笼罩着知识阶级的牧歌情绪。

武田麟太郎亦为知识阶级出身的作家，他的作品有他独特的禀质和才智，初期作品如《暴力》《休息了的轨道》《败战主义》等都用明朗有味的电影式手法所写成，氏自昭和六年，发表了《簑和笠》后，渐步上西鹤式的实质的现实主义，因他最私淑西鹤，例如近年专写长篇《井原西鹤》，想把西鹤一生之波澜艺术等都表现出来，其他作品如《便宜歌剧》《低迷》《市井事》等，都是用最锐利的眼光，检拾市井上的琐事，有苛烈、有厌憎的心情，构成现代生活的缩图。

片冈铁兵本为一彻底的新感觉派，自描写说谎者的谐谑小说《舌》问世后，获得读者之拥戴，他的短篇小说都极精巧，例如描写马戏班女演员的悲剧《绳上的少女》等，有种悲哀的情绪，自从转向以后，发表了《绫里村快举录》，乃是描写渔村的农民与土豪、当地劣绅的血斗史，有非常明快的现实主义手法，但自昭和八九年以后，氏又脱离了新兴文学的阵地，专门描写布尔乔亚的恋爱等故事，例如《朱与绿》就是这种小说的标本。

平林泰子，为新兴文学的女作家中最著名的一个。《在施疗室》一作，是她的出世作，存有一种无上的尖锐性。她的《殴》《敷设列车》《耕地》大都是描写女性的惨苦生涯。近作《转落》《救农工了》等都心理地持有反抗的色彩，但笼着无限的苦恼，有人称她为苦恼作家，实在妥当；她自称私淑岛崎藤村，这种倾向的确可以在她作品里看到，那种对于惨苦状之深刻的叙述，都有藤村的影响。

细田民树自转向前后，在《文艺战线》上发表了《黑的死刑》《女囚》，继之在昭和五年发表了《真理之春》，算是改变他的作风思想的作品。《真理之春》乃是暴露上流社会机构的作品，站在进步的立场上，因此获得一般读者的热爱。

其他如村山知义与久板荣二郎等皆为戏曲家，前者著有《志村夏江》《鸦片战争》，有表现主义的痕迹，后者代表作《烟之安治川》描写劳动者们的生活，村山知义于昭和九年，声言转向后，发表了《白夜》，被赞为转向小说的首席。

五、纳普确立时期

由于1928年3月15日的大检举事件并福本主义清算的告竟，旧普罗艺术联盟和前卫艺术联盟又开始握手重并，组成了全日本无产者艺术联盟（简称"纳普"），废除了从前的刊物《普罗艺术》和《前卫》，合创了《战旗》，于是统一了左翼的文坛（除社会民主主义系的文艺战线派以外）。当时最有力的作家，有立野信之、桥本英吉、猪野信三等人。

立野信之与黑岛传治一般，都以描写军队生活为特长，如《成为标的之他》《军队病》《豪雨》等，后来又专提倡农民小说，作有《春农民副业读本》等等。

桥本英吉为劳动者出身的作家，生于产矿区福冈，且曾在矿山做工，故长于描写煤矿的作品，如《棺材和红旗》《地底英雄》《坑夫伤害之记》等。近年所作《炭坑》，描写他从前在煤矿工作时的生活，富有黏着力，并为极雄壮的构成。

六、普罗列塔利亚现实主义

纳普虽然成立，但当时创作上不失二种低能的倾向：一种是自然主义式的现实主义（桥本英吉、藤森成吉、山田清三郎等人）；一种是游离现实的，从观念的态度出发的"叫喊文学"（林房雄、中野重治）。于是卓越的理论家藏原唯人看到了这种缺点，就提出了革命的现实主义，亦即以普罗列塔利亚革命的眼观察世界、描写世界，力说创作方法上的现实的态度和阶级的观点。这个提倡，激起了创作上的新的转动，有了贵重的收获，如藤森成吉的《土堤大会》，小林多喜二的《一九二八·三一五》《蟹工船》《不在地主》《工场细胞》，德永直的《没有太阳的街》，片冈铁兵的《绫里村快举录》等。

小林多喜二实为日本新兴文学中之最伟大的作者、实践者，他永远地紧随着新兴文学运动的路线，不绝地加以自我批判，反逆自己作品的固定化，实践藏原唯人的理论。他的作品都留有刻苦挖心的痕迹，对材料、构想、表现都费极大的准备。他每在描写一事象时，常在与全体的关联上而把握之，所以作品有极大的效果，他的杰作当推描写北海渔人生活的《蟹工船》，将在冰天荒海中捕蟹劳动者的苦况和他们如何地发生了自觉的过程，表现出来。尤其在荒海的描写上，极其精致。

一到鄂霍次克海，海色更显灰色，寒冷尖锐地从衣上刺袭进来,杂伙夫的唇,变成纸色,做着工作。越寒冷,则那如盐的干了的细雪,更纷纷地降散下来,这雪像破玻璃片一般,刺着爬在甲板上劳动着的杂伙夫和渔夫们的脸和手。波浪一越洗过,甲板就立刻凝冻,变成铁滑,在船栏之间,都互张着铁索,大家都如尿布似的倒挂着,做着工作——

监督提着杀鲑鱼的大棍棒,大声地叫嚷着。

除《蟹工船》以外,尚有描写1928年三一五大检举事件的《一九二八·三一五》,描写北海道劳动者苦况的《转换期人们》,都不失为长篇的佳构。但《沼尻村》等小说则有浓厚的观念概念之形骸,《党生活者》系描写潜入地下后自身的实生活记录,那种殉道者的伟姿,给新兴文学留下了不灭的典型,尤其氏的殉难,更是日本新兴文学史灿烂的一页。

德永直发表了描写共同印刷所大罢工的《没有太阳的街》以后,顿被文坛所赏识,这篇作品都以其实际生活为基调,将当时罢工的各面、各种斗争状况、各种斗争委员会的活动状况,毫无弯曲地表现出来,尤其他的特殊的风格,如表格、布告等的引用,增加了作品的效果,不过他的文章有些地方,似乎过于破格并感稚拙,但其简洁快速和明朗的官能性亦不能抹杀。

"喂,妈妈,满洲在那里?"

每晚都这样地问母亲,

"那边？这边？"

姊姊从破被里伸出手，指着右方或左方，然而母亲不知道那只方角是满洲。

"战死"电报愈来愈多，村里的"战胜祈愿"用各种样式举行着，但战死者还愈来愈多。

村里神社的大樟树的顶上，由"爬树名手阿甚"挂上了大得了不得的太阳旗，这太阳旗就是在老远地方也瞧得见，据说这旗是山下地主老爷捐助的。

——后防线

这是他描写满洲事变后农村的状况，想表现出侵略者内部的可怜情形。他的近作《我的黎明期》，乃是受有高尔基《我的大学》的影响，描写阿苏山中发电所内年轻劳动者成长的历史，是他的自叙传，不过他描写的重点，并不放在个人的历史上，而欲描写出时代的成长。

在这时候，《文艺战线》派里也有个卓越的作家，即是岩藤雪夫。他亦是个劳动者出身的作者，处女作为《被卖的他们》，继之又发表了《铁》《赁银奴隶宣言》《尸海》等作品，他以力强的笔致，精密地描写工场劳动者的斗争生活，在他的断裂的劳动者感觉上，有许多混沌，缺少明朗性和故事性，近作《金属支部》等尚佳，但[近]年来已渐湮然了。

七、纳普的活跃期

纳普自组成以后(1928—1930年),一方面既在作品上有了收获,一方面尤侧重于理论斗争,当时最具体地展开的问题,是艺术大众化问题——(对内的)艺术价值与政治价值二元说之反对,形式决定内容之反对——(对外的)和对于文战派的斗争。他们当时除了这二方面以外,尤努力于组织上的活动,所谓"组织上的特色",将原来纳普所有的小部门、演剧部门、文学部门等扩大成为演剧同盟……使之附属于全日本无产者艺术团体协议会(仍简称纳普)下,同时加入了国际组织,致使新兴文学踏上了健全的大道。

在大众化问题讨论时,最可注目的作家是贵司山治。他认为文学的大众化,即是新兴文学采用大众文学的样式,不用说这是极不正确的理论,他的作品,如《Go stop》《忍术武勇传》《山县万岁》等都是地道的通俗文学;他到近年,努力提倡实录文学和历史小说,都不出这种见地,最近所作长篇《西方的黎明》,想描出大阪一带的工业乃至都市的发展史,颇为可观。

八、唯物辩证法创作方法的确立

支配纳普的革命的现实主义,一到了1931年,就成了狭义的描写"活的人间"的形式探求了,因此当时的作品,就多倾向于斗士的爱情问题等的问题,失掉了新兴文学的党派性。这时,理论家藏原唯人,介绍了国际革命作家大会第二次大会的议决案——唯物辩证法的创作方法,扬弃了革命的现实主义,使新兴文学的创作又有了新的展开,当时如洼川稻子的《应做什么》、须井一的《清水烧风景》等都是极佳的作品。

须井一当时自以自传风的叙述形式,描写了北陆一寒村的贫农之《绵》发表以后,获得了一般的激赏,认为他是小林多喜二的后继者;继之他根据了唯物辩证法的创作方法,写了《清水烧风景》,亦极成功。但长篇《劳动者源三》,缺少意力的构成,但富有叙情的色彩,非常灿烂,他的短篇《无树之村》幼少的合唱都不见起色。

诗人洼川鹤次郎的妻子洼川稻子,曾经做过糖果工场的女工、面铺饭馆的招待、女店员,所以她有丰富的女性劳动经验,处女作《从糖果工场》,即是描写糖果工场之内貌的,其后的作品,如《干部女工之泪》《祈祷》《应做什么》都是描写女工生活的作品。

与洼川稻子齐名的女作家,尚有中条百合子。她本是人道主义作家,像《贫者之群》等作,后因偕汤浅芳子赴俄留学,以致发生思想的转变,回国后所作的《辛苦了的信吉》《一九三二年之春》等,都为转变后的作品,时有陷于概念之嫌。其他女作家有松田解子,她的《女性苦》,描写一女性之惨苦的生涯,但颇粗杂。

当时除以上作家外,藤泽桓夫亦为极佳的作者。他的《渔夫》《海岸堆埋工事》都为本格的力作,但近年以来,他完全抛弃了新兴文学的立场,恢复他过去纯艺术派的特色,如近著《花粉》,乃是描写大阪一富商人之孙女儿的恋爱和几个自由职业人的生活貌的作品,富于大阪情调。

九、文化联盟组成和解散

1931年1月,由纳普的推动,组成了日本普罗文化联盟,在新兴文化运动上,开扩来从来所无的大组织,但终因九一八事变后日本社会情势的渐渐加劣,且加之唯物辩证法创作方法的机械化,遂使文化联盟所属的作家同盟陷于不振的地步,虽靠森山启等在1934年,努力提倡社会主义的写实主义,但毫无效力,终于由德永直和林房雄等的清算提议宣告解体,同时一响不振的文艺战线派亦相继解散,致使日本的新兴文学成了无组织的状况,此后除陆续崛兴的同人杂志以外,没有一个共同的团体,像林房雄所组织的作家俱乐部只是形骸,没有实际的活动。

从当时直到目前的作家,比较地可观的是铃木清、岛木健作、本庄睦男、佐佐木一夫、平田小六、鹤田知也、岛田和夫、荒木巍、高见顺等,较佳的为岛木健作、平田小六、鹤田知也等。

岛木健作经德永直的提携,在文学评论上发表了处女作《癞》后,即获得全文坛的注目,自后他又络续地发表了一体系的"监狱物",构成他特自的世界。《癞》描写一斗士冈田置身缧绁,罹了无治的癞病(麻疯),但他毫不悲观退却,仍旧执拗地相信着马克思主义,同时邻室的旧同志太田亦在狱罹了绝望的肺患,感到无限的空虚和悲哀。作者将他们二人的性格互相地对照起来,以衬映出屹立不动的冈田的雄姿。

我的身体虽已腐了一半,但绝不抛弃我过去的思想,这绝不是无理挣扎,也不是被某种强制的神气,逼我无理地如是想……如果不如此,恐怕你也能明白,我是一天也活不了的。总之,我无论到了怎样地步,决不在监狱里上吊,在自己能守得住自己的限度上,我是要活的……

"我绝不抛弃我过去的思想。"这正如冈田所说一般,太田深信,这是种没有被任何东西所强制的自由之告白。在冈田的场合上,他所信的思想溶化在他自己的暖血中,与自己的生命合为一,脉脉地活着,这是如何可羡的境地呵!

这种冈田的自白,与太田眼里看来的冈田的姿态,实表现出来了肯定的人物之雄姿。这部作品,尤其对于监狱的描写,犯人的心理,犯人的肤浅卑俗,有明克的描写。

此后岛木的作品,又侧重于农民运动的描写,如《县会》《黎明再建》等,其他如暴露无产党丑态的《时势》,都有其一流的腕力。

平田小六的作品都是描写农村的农民小说,其中尤以长篇《被囚的大地》最为著名,是篇乃描写叫作木村的寒村小学教师如何地发展成长的故事,但他在描写木村时,绝不是把木村单单地隔离起来,而是通过全体农村之发展,然后将木村的转变表现出来,这里有许多农村的现象,贫困呀、被榨取呀以及青年之逃亡出奔呀,都现实地表现出来,不过带有浓厚的人道主义色彩。

"俺虽是先生,但也反对村里的青年团,不仅是青年团,就是村公所所做的事情,学校所做的事情,也有许多想反对的……"木村渐渐兴奋起来,他想把一切不平和不满在这些青年们面前,洗干净,掏出来,然而这应用怎样方法来说明呢?

这是木村在青年们面前讲演的一情景,他遇到了青年们的纯情自己就陡地热情起来了,反对御用的青年团,反对学校公所的设施。作者毫不弯曲地,给读者看到了那颗纯洁的木村的赤心。除此长篇以外,还有许多短篇,如《孩子》《垂冰》等,都为描写北国农民的贫困故事,但结构颇为松懈。

鹤田知也他是旧文战派的盟员。他的近作《可细雅马因记》,曾获得昭和十一年度下届的芥川赏,是作系描写阿衣奴民族的灭亡史,非常悲惨,内述可细雅马因的父亲里那乌因酋长,为报世仇,和日本人开战,遭到了悲惨的败战,终至死亡,于是酋长的妻伴同可细雅马因,在一个侍卫的保护之下开始逃命,受到萨克那衣爱酋长的收容,但不久他们又投奔他处。

这时可细雅马因已渐渐成长,知道自己所负的责任,决心长大以后,为父仇、为民族和日本人决一死战,于是他在萨克那衣美克酋长的教导下,学得了非凡的武艺,然后起兵反抗,但又遭到了失败,于是迫不得已,重偕母亲逃到酋长托可托衣地方,和托可托衣的女儿结了婚。为隐蔽日本人的追索,就和母妻隐居在深山之中,然而他们之间的生活是痛苦的,母亲想念着丈夫,想着世仇,就犯了蛇疯,殴打儿媳过着沉痛的生活。儿媳呢,因为不会生孩子,也感难受,只有可细雅马因急急地筹备复仇,但世事日非,他亲眼看到了各民族的没落不振,中了日本人的奸策——烟、酒,于是复仇的心已挫了不少,此后,他自己也喝上了酒,并且中了日本人的奸计,惨被杀戮,抛尸在河里,成了浮尸,而他的妻女却当了日本人的泄欲器。

这篇作品,在表面看来,似乎是一首素朴的哀伤的牧歌,但实际上是一出悲惨的民族没落史,作者用明确的史观,将一个原始民族和受了大陆文化洗礼的民族之斗争,如实地表现出来,让读者惊惕,对没落的民族,掉下追悼的眼泪。

然而作者的眼是锐利的,他知道在民族的斗争之间,那些受为政者支配的佣雇劳动者,是与被压迫民族相联络的、相同情的,我们试看可细雅马因营埋日本人劳动者时的对话,就可明白。

"我们的劳动真苦,并且我又是病魔缠身,但不做工就被打死。我的故乡在海的对方之六国,那里有我的病母,等待着我赚钱回去,但我再过三年也是回不去故乡的,我虽想见母亲,已是无望的了?"

"为什么你们的头目要虐待你们。"

"因为我不能工作。"

"你不是病人吗?"

"虽是病人,也得做工。"

"为什么你们头目让你的这般辛苦地工作。"

"因为我是被雇的。"

"你不是立刻将死吗?"

"须一直地做到死。"

"这是违反神的戒律。"

"但这是头目的戒律。"

从这些会话以后,可细雅马因非常地爱怜他们,在工人死去的时候,他和妻殷勤地把他埋起来。

总之,这部作品是血与泪的记录,因此有了过重的感伤性,甚之蒙蔽了对于日本人之所以崛兴的原因,只把日本人当作奸策油脸的坏小子而出现,没有叙出它的物的原因。

除上述的新兴作家以外,尚有农民小说家佐佐木一夫著有《阿茂的一家》,铃木清著有《母亲们的示威》《明亮的黄昏》,桥本正一著有《谷间之村》,其他尚有本庄睦男、高见须等都极有名。

参考书(自第十九章至第二十章)

谷川彻三:《文学的世界》

篠田太郎:《唯物史观近代日本文学史》

杉山平助:《现代作家总评》

高须芳次郎:《日本名文鉴赏》(昭和时代)

芹泽光治郎:《新感觉派》

森山启:《横光利一和丹羽文雄》

浅见渊:《川端康成论》

洼川鹤次郎:《纯粹小说论的现代意义》

大森叉太郎:《思想与生活》

三枝博音:《纹章的分析》

木村毅:《大众文学发达史》

中村武萝夫:《通俗小说研究》

直木三十五:《现代大众作家论》

青野季吉:《直木三十五论》

笹本实:《大佛次郎论》

保高德藏:《直木和鹫尾》

奥村五十岚:《大众文坛新人评判记》

中村武萝夫:《现代大众作家总评》

明石铁也:《时代小说的动向》

山田清三郎:《普罗文学发达史》又《普罗文学史概论》

作月　编:《普罗文学讲座》

纳普　编:《普罗艺术讲座》

人名索引

Alfred Tennyson 95；铁尼逊（Alfredlord Tennyson）95/阿尔弗雷德·丁尼生

阿部知二 336

阿顿 66

阿内躬恒 52；躬恒 53/阿内躬恒

阿斯吞 34、93/阿斯顿

阿知吉师 3

安德天皇 228

安藤年山 197

安西冬卫 152

安原贞室 78

岸田国士 328、331

奥村五十岚 373

芭蕉 11、12、14、27、76、79、80、81、82、83、84、85、93、125、306/松尾芭蕉

白河天皇 56、244；白河法皇 56/白河天皇

白井乔二 344、346

白乐天 26

白鸟省吾 144、185

白雄 84

白须孝辅 168

百田 142

百田宗治 141、143

柏格孙 116/亨利·柏格森

拜伦 100、116

坂本越郎 152

坂上郎女 50

坂上望城 54

坂坦退助 269

半谷三郎 158

邦枝完二 349

卑弥呼 3、329

北川冬彦 158、159

北川真颜 91

北村初雄 145

北村季吟 78

北村透谷 97、99、280、287

北村小松 349

北条团水 256

北围克卫 152

北原白秋 110、122、123、126、156、185；白秋 123、125、127、128、136、140/

北原白秋

本居宣长 71、72、93、332；宣长 72、93/本居宣长

本庄睦男 368、372

鼻山人 267

滨本浩 352

柄井川柳 91

波立一 168、172、173

波特莱尔 33、117/波德莱尔

薄田泣堇 102、120；泣堇 107、108、113、121/薄田泣堇

布兰思特 141/布莱恩特

仓田百三 301、306

藏原唯人 359、360、363、366

柴东海散士 273/东海散士

柴霍甫 314/契诃夫

长谷川二叶亭 32、279

长谷川进 161、168、170、171

长谷川伸 349

长田幹彦 295、343、349

长田恒雄 156

长田秀雄 110、127

长与善郎 300、302

长泽佑 168、170、172

长塚节 291

辰野入紫 350

称德天皇 43

池谷信三郎 328、331

赤染卫门 55、56

崇德上皇 57、58、243、244

樗良 84

川岛忠之助 272

川端康成 325、328、329

川口浩 358、360

川口松太郎 352

川路柳虹 110、132、133

川上眉山 276、277、281

春曲山人 267

春山行夫 150、152、153、184

村山知义 149、358、359、360、362

村上浪六 285

村上天皇 54

村松梢风 349

村田春海 71

村田达夫 177、180

嵯峨舍 278、279

嵯峨天皇 19

达尔文 270

大伴黑主 51

大伴家持 43、44;家持 49/大伴家持

大伴旅人 29、44、49

大村辰二 158

大佛次郎 346、347

大关五郎 156

大江九 86

大江匡房 56

大江满雄 175

大藤次郎 145

大町桂月 97

大隈言道 73、75

大下宇陀儿 351

大宅壮一 184

大中臣能宣 54

大仲马 33

丹羽文雄 336、337

但丁 106

宕田凉菟 84

岛木健作 336、368

岛崎藤村 32、97、100、102、103、287、313、322、332、361；藤村 102、104、105、107、108、109、135、358、361；岛畸藤村 284/岛崎藤村

岛田芳文 156

岛田和夫 368

稻津祇空 84

德川家康 238、346

德富芦花 32、284、285、342；芦花 284/德富芦花

德富苏峰 270、274

德田秋声 289、313、322、332、334

德永直 363、364、368

狄更斯 32

迪斯那里(Disraeli)273/本杰明·迪斯雷利

槙木楠郎 168

都筑益吉 156

督源通具 62

杜甫 27、80

渡边蒙閹 72

渡边修三 152

多田爷 262

儿岛喜久雄 301

儿玉花外 115

二条良基 69

二条为定 66

二条为明 66

二条为世 65、66

二条为藤 66

二条为远 66

二条为重 66

二叶亭四迷 275、291

法然 20

凡兆 82

飞鸟井雅世 66

丰臣秀吉 238、346

丰岛与志雄 308、312

丰田三郎 341

风来山人 89、262、263

佛陀 74、300；释迦 217、262、306/释迦牟尼

弗罗列博士 89

伏见上皇 65

伏藤春夫 302

服部抚松 272

福劳贝尔 131/福楼拜

福士幸次郎 135、137、185

福田夕咲 135

福田正夫 141；福田 142/福田正夫

福泽谕吉 269、270、271

富田碎花 144；富田洋花 141；富田 142/富田碎花

富泽有为男 342

冈本润 149

冈田三郎 328、331

高安月郊 115

高滨虚子 293

高仓天皇 228、235

高村光太郎 139

高尔基 33、365

高高木太郎 352；林龥 352／高高木太郎

高见顺 336、368；高见须 372／高见顺

高木进二 168

高桥义雄 268

高桥元吉 145

高漱梅盛 78

高须芳次郎 93、197、226、239、249、267、297、325、372

高须治助 273

歌德 33、106、273

格雷（Thomsa Gray）95／托马斯·格雷

葛西善藏 313、315、318

各务支考 82

宫岛资夫 355

宫地嘉六 355

宫崎湖处子 98

谷川彻三 152、310、372

谷川氏 152

谷崎精二 313、320、336

谷崎润一郎 116、295、324、332；润一郎 295、296／谷崎润一郎

关直彦 273

管标孝 215、216／菅原孝标

广津和郎 313、315、350

广津柳浪 273、281

龟井胜一郎 182

龟山天皇 65

贵司山治 366

国木田独步 32、97、101、116、284、286；国木田 101、102/国木田独步

国枝史郎 349

果戈理 317

海涅 33、147

海音寺潮五郎 352

韩退之 27

和泉式部 19、55、56、57

和田传 342

河井醉茗 97、110、185；醉茗 111/河井醉茗

河上肇 354

河竹默阿弥 270、271

荷田春满 70、72

贺川丰彦 351

贺茂季保 52

鹤田知也 368、370

黑岛传治 358、359、362

黑岩泪香 285

横沟正史 351

横光利一 150、308、327、328、329、334、335；横光氏 329/横光利一

横濑夜雨 110、111

横山由清 31

后白河天皇 244；后白河法皇 58/后白河天皇

后村上天皇 66、67、69、248

后嵯峨上皇 65

后二条天皇 65

后光严院 66

后龟山天皇 66

后花园天皇 66

后崛河天皇 65

后鸟羽天皇 58、62、235；后鸟羽法皇 236；后鸟羽上皇 62、64、238/后鸟羽天皇

后深草天皇 65

后藤郁子 175、182

后藤宙外 283、291

后醍醐天皇 66、67、238、248

后阳成天皇 238

后宇多天皇 65；后宇多上皇 65、66/后宇多天皇

后朱雀天皇 61

后朱雀天皇 61

壶井繁治 161、167

户川秋骨 97

户田茂睡 70

花园天皇 65、248

华特曼 137、141/惠特曼

荒木田宗武 77

荒木巍 368

黄遵宪 自序 1

鸡冠井令德 78

吉阿弥 13

吉川英治 346、348；吉川 348/吉川英治

吉田松阴 25

吉田弦二郎 306

吉田资经 244

吉屋信子 350

吉野造作 354

纪贯之 52；贯之 53、54、77/纪贯之

纪时文 54

纪友则 52；友则 53、54/纪友则

济慈（Keats）107、108、294/济慈

加贵一 328

加能作次郎 313、320

加藤弘之 270

加藤介春 135

加藤武雄 313、320、328、350

嘉村矶多 328、336

甲贺三郎 351

榎本其角 82

假名垣鲁文 270、271、273

兼好法师 31

菅谷高政 78

菅忠雄 328

建部绫足 258

江岛其碛 256

江户川乱步 351

江见水荫 276、277

江口涣 355

江马修 359

鲛岛大浪 110

杰姆斯 116

芥川龙之介 301、307、308、309

今东光 328

今井白扬 135、137

今野大力 177

今野贤三 356

金龙济 177、179

金斯理（Charles Kingsley）95/查理·金斯莱

金子洋文 356、360

锦文流 255

近路行者 258

近松门左卫门 27

近松秋江 295

近藤勇 346

近卫天皇 57

京极为兼 65

井伏鳟二 336

井上康文 145

井上勤 272、273

井上哲次郎 95

井原西鹤 78、251、361；西鹤 21、22、27、30、78、252、255、277、278、283、361；平生藤五 251；井厚西鹤 317/井原西鹤

九华 96

久坂荣二郎 358、359、362

久保田万太郎 322、324

久保田宵二 156

久保田彦作 271

久米正雄 308、310、350

久野丰彦 328、331

酒井真人 328

酒上不埒 89

鹫尾雨工 352

菊池宽 184、308、310、343、349、350；菊池 310、350/菊池宽

菊池幽芳 285

橘成季 223

橘千荫 71

橘曙览 73、74、75

橘诸兄 43

崛河帝 232

崛景山 72

崛口大学 148、149

俊慧法师 58

俊宽 246、247

孔子 262

狂言 13、21

赖忠 232、233/藤原赖忠

岚雪 82、83、84；服部彦兵卫 83/服部岚雪

老子 262

冷泉院 221、233

李白 262

李义山 26

李由 82

里村欣三 358、359、360

里见弴 137、300、304、308、332

立花北枝 82

立野信之 362

笠公村 44

笠女郎 44、50

恋川春町 257

良井 95/矢田部良井

良宽 73、74、75

蓼太 84

列子 27

林房雄 358、359、360、363、368

林芙美子 149、335

林卫 175

林文会堂 28、256

铃木清 368、372

铃木彦次郎 328

铃木正三 250

柳川春叶 285

柳濑正梦 356

柳泽健 148、149

龙胆寺雄 330

泷井孝作 332

泷口武士 152

泷亭鲤丈 266

泷泽马琴 28、258、259；马琴 31、259、260；泷泽琐吉 259；佐七郎佐吉 259/泷泽马琴

泷泽一二 168

隆国 217

卢梭 33、268、269

鲁庵 284/内田鲁庵

鹿地亘 358、359

萝珊 148/罗莎·卢森堡

骆宾王 11

落合直文 97

马场孤蝶 97

马拉尔美（Mallarmé）118/斯特凡·马拉美

茅上娘子 50

茅野萧萧 112

梅暮里谷峨 263

美福门院 243/藤原得子

孟德斯鸠 268

米罗管江 89

密尔顿 106/约翰·弥尔顿

民敦（Lord Lytton）272/爱德华·鲍沃尔·李敦

末广铁肠 273

莫泊桑 33、290、332

木下杢太郎 122、125、126

木下利玄 301

牧野信一 336

牧逸马 348

内村鉴三 141

内藤丈草 82

南部修太郎 322、324

南仙笑楚满人 257

南幸 328

楠木槙郎 174/槙本楠郎

楠木正成 248

能因 52、56、57

鸟羽启 175

鸟羽天皇 225；鸟羽法皇 244；鸟羽上皇 58；鸟羽院 243、244/鸟羽天皇

俳林子 256/洛下俳林子

朋诚堂㐂三二 257

蓬莱山人 262

片冈铁兵 328、360、361、363

片山潜 343

片上伸 123、132

平城天皇 43

平户廉吉 149

平兼盛 55

平林初之辅 354

平林泰子 360、361

平山芦江 349

平田小六 368、369

平泽贞二郎 175

坪内逍遥 32、272、273、274、275、279；逍遥 275/坪内逍遥

蒲原有明 102、108、117；有明 107、113、118、120、121/蒲原有明

普式庚 273/普希金

齐藤绿雨 278/斋藤绿雨

其角 82、83、84；晋子 82；宝晋斋 82/榎本其角

奇奇罗金鸡 89

契冲 70、71、192

千家元麿 137

千叶龟雄 325、327

千叶江东 110

前川由平 78

前田春声 145

前田河广一郎 356、357、360

前田林外 114、115

浅草庵 89

浅井了意 28、250

浅原六朗 328、331

桥本英吉 362、363

桥本正一 175、177、178、372

亲鸾 20、31、306

芹泽光治良 336

青野季吉 356、360、373

清少纳言 26、29

清原深养父 53

清原元辅 54

秋田雨雀 139、355

萩原恭次郎 149

萩原朔太郎 145、184、185；朔太郎 146/萩原朔太郎

去来 11、80

泉镜花 123、277、281、282、304

人见东明 135

仁明天皇 19

仁木二郎 161

壬生忠岑 52；忠岑 53、54/壬生忠岑

壬生忠见 55

日莲 20、31、349

日夏耿之介 148、149、185

如儡子 250

萨福（Sappho）120

萨克莱 32/萨克雷

三富朽叶 135、136

三好达治 152、154

三好十郎 161、164

三木爱花 272

三木露风 110、122、128、145

三木清 22

三善彦明 238

三上于菟吉 348、349

三重吉 296；铃木三重吉 296/铃木三重吉

森本东鸟 255

森川葵村 132

森川许六 82

森鸥外 97、117、278、279、291、293

森山启 168、176、185、368、372；森山 169、170/森山启

森田草平 32、296；草平 296/森田草平

森田思轩 279

森有礼 269

僧正遍昭 51;遍昭 54/僧正遍昭

莎士比亚 32、106、273、279;莎翁 32、273、279;莎氏比亚 32/莎士比亚

山本西武 78

山本有三 308、311、332

山部赤人 44、46;赤人 46/山部赤人

山川菊荣 282

山川均 360

山村暮鸟 135、137

山东京传 257、258、259、263;京传 258、259、263/山东京传

山冈元邻 250

山崛甚二 360

山路爱山 99

山平马鹿人 263

山崎紫红 110、112

山崎宗鉴 77

山上忆良 44、47;忆良 47、49/山上忆良

山田美妙 96、97、276、279;美妙 96、97、98、276、277、279/山田美妙

山田清三郎 356、357、359、360、363、373

山田孝雄 43

山中峰太郎 350

杉山杉风 82

上岛鬼贯 79

上司小剑 291

上田东作 258

上田敏 97、117、120、152、296

上田敏雄 152

上田秋成 37、73、258

上野壮夫 161、165

深日久弥 336

深尾须磨子 145

神保光太郎 158、159

神武天皇 9、37、41、45、231

神原泰 152

生田庵行风 90

生田春月 33、147

生田花世 145

绳田林茂 175

圣德太子 24、231

狮子文六 336、338

十返舍一九 264；重田贞一 264；一九 266、271/十返舍一九

十一谷义三郎 328、330

石坂洋次郎 336、339

石滨金作 328

石川淳 336、340、342

石川达三 336、341

石川郎 44

石川啄木 112、113

石桥思案 276、277

石田东得 90

时雨音孙 156

矢田插云 346

矢田津吉子 342

矢野龙溪 273

式亭三马 257、264、266；三马 13、271；西宫太助 266；菊池泰辅 266/式亭三马

室生犀星 145、184、317、335

柿本人麻吕 8、29、44、45；人麻吕 46、49、55/柿本人麻吕

手柄冈崎 89

霜田史光 156

水上泷太郎 322、324

水守龟之助 313、320

水野叶舟 291

司各脱(Scott) 98、99、273/司各特

四方赤良 89、90；蜀山人 89/四方赤良

寺崎浩 342

松本淳三 149、356

松村春辅 271

松村又一 156

松冈让 308、313

松江重赖 78

松浦茂作 175

松田解子 168、367

松亭全水 267

松永贞德 78

苏东坡 27

素堂 82

素性法师 53

宿屋饭盛 89

太田洋子 342

太宰治 342

汤浅半月 96

唐来三和 257

唐衣橘州 89

藤森成吉 355、359、360、363

藤田鹤鸣 273

藤田健次 156

藤田茂吉 272

藤原长能 55、56

藤原道长 19

藤原定家 62、65

藤原公任 52、55、61

藤原公实 57

藤原惠通 57

藤原基俊 57、58、61

藤原家隆 62、63

藤原俊成 58、59；俊成 11、62/藤原俊成

藤原敏行 53

藤原盛经 56

藤原通俊 56

藤原为家 65

藤原为时 197

藤原显辅 57

藤原秀卿 58/藤原秀乡

藤原雅经 62

藤原有家 62

藤泽桓夫 367

藤泽卫彦 156

醍醐天皇 52、61、66、67、232、238、248

天智天皇 37、46

田安宗武 71

田边耕一郎 168

田村俊子 291

田代松意 78

田口菊汀 285/田口掬汀

田口宪一 359

田螺金鱼 263

田木繁 168、170

田山花袋 97、116、284、288、313、321

樋口龙峡 291

樋口一叶 282

屠格涅夫 32、279

土井晚翠 102、105；晚翠 106、107/土井晚翠

土师清二 349

土子笑面 343

菟道稚郎子 3

托尔斯泰 32、33、137、300、302、306；托氏 32；托翁 300/托尔斯泰

陀田勘具 149

妥斯托耶夫斯 32；妥氏 32/陀思妥耶夫斯基

洼川稻子 367

洼川鹤次郎 161、166、367、373

洼田空穗 93、110

外山正一 95；正一 95/外山正一

丸山薰 152

万象亭 264

王仁 3；和迩吉师 3/王仁

网井 355

威廉 34

为永春水 267

惟然 82；唯然 86/惟然

维尔列奴 117

维尔涅（Verlaine）154/保罗·魏尔伦

维勒 33、272/儒勒·加布里埃尔·凡尔纳

尾崎红叶 276、342、343；红叶 96、276、277、278、279/尾崎红叶

尾崎士郎 331；尾崎七郎 328/尾崎士郎

尾崎喜八 145

尾上柴舟 115

未明 296/小川未明

文屋康秀 51

渥兹华斯 32、106；娃兹华斯 286、294/华兹华斯

乌干吉 175

五十岚力 249

武田麟太郎 359、360、361

武者小路实笃 137、299、300、301、302、303、307、308

西冈水朗 156

西山宗因 78、251；宗因 79/西山宗因

西条八十 148、149、156、158、184

西胁顺三郎 152

西行法师 31、58；西行 12、14、59、68、69、80、236/西行法师

西园寺公望 269

西泽隆二 161、173

西泽一风 255

西周 269

席勒 33

杣江柚斋 293

喜藏 355

喜撰法师 51

细田民树 313、318、319、360、362

细田源吉 313、319、360

下川仪太郎 168

下河边长流 70

夏目漱石 13、32、141、291、292、311；漱石 293、296/夏目漱石

显宗天皇 37

相马氏 134

相马泰三 320

相马御风 112、114、132、133

相模 56

香川景树 73

飨庭篁村 278

向井去来 82

小岛法师 248

小岛乌水 110

小岛政二郎 350

小甘酒不木 351

小崛甚二 358

小栗虫太郎 351

小栗风叶 283

小林多喜二 363、367/小林多喜二

小林园夫 161、165；小林 183/小林园夫

小牧近江 356

小泉八云 24、34

小山内薰 115

小杉天外 283、284、286

小室屈山 96

小司上剑 322

小松清都 341

小松院 66

小田岳夫 341

小西来山 78、79

小熊秀雄 181、182；小熊 183/小熊秀雄

小野十三郎 149

小野小町 51

小泽芦庵 73

晓台 84

孝谦天皇 43

肖柏 69、70

新岛襄 269、270

新井彻 175、176、177、181、182

信赖 244/藤原信赖

信浓前司行长 244

信西 244/藤原信西

幸德秋水 131

幸田露伴 277、283

熊泽蕃山 197

秀岛武 168

须井一 367

须藤南翠 273

须须许理 42

玄惠法师 248;小岛法师 248/玄惠法师

薛斯托夫 323

雪莱 294

巽轩居士 95

鸭长明 23、31

岩谷小波 276、343

岩藤雪夫 365

岩野泡鸣 114、121、122、290、313、320、321

野村胡堂 349

野口米次郎 115

野口雨情 156、157

野上弥生子 308、312

野野口立圃 78

叶山嘉树 358、360

叶室时长 243、244

一茶 13、86、87、88/小林一茶

一田秋 177、178

一条帝 232

伊贺上茂 175

伊良子清白 110、112

伊势 53

伊藤贵磨 328/伊藤贵麿

伊藤信吉 175、177

伊藤整 342

伊泽兰轩 293

揖取鱼彦 71

以柳 13

易卜生 33

应神天皇 3、42

樱井忠温 350

永井荷风 33、127、284、286、294、296、322、324、332、334；荷风 294、295、296、324/永井荷风

永漱清子 158

楢崎勤 328、331

有岛生马 301、307、308

有岛武郎 137、300、302、303、305、323、355

与谢芜村 27；元勋芜村 84；谷口芜村 84；与谢长庚 84/与谢芜村

与谢野晶子 112

与谢野铁幹（宽）98、100、110、112；与谢野 101/与谢野铁幹

宇多天皇 65、232

宇野浩二 313、316、332、334

宇野千代 335

雨果 33、279、343

圆融帝 232；园融帝 66/圆融帝

源光行 244

源经信 56、58

源俊赖 56、57、58

源实朝 64

源顺 54、192、196

源为义 244

源喻僧正 243

源重之 55

猿丸大夫 51

远地辉武 131、149、175、181、185

越智越人 82

在原业平 51、193

在原元方 53

在原滋春 194

泽村胡夷 110

泽田东江之 262

曾良 82

曾祢好忠 55、57

张伯伦 34

照古王 3

真山青果 290

真松静枝 342

真渊 72、73、74、84

正富汪洋 147

正冈子规 84、292

正木不如丘 351

正宗白鸟 289、313、321、325、332、334；白鸟 142/正宗白鸟

织田纯一郎 272

直木三十五 344、346、352、373

志贺直哉 131、301、305、306、315、316、318、329

志田野坡 82

中村地平 342

中村武萝夫 320、328、373/中村武罗夫

中村星湖 291、313

中村正常 336

中村正直 269

中谷孝雄 342

中河与一 328、330

中江兆民 269

中里介三 31、348

中山辉 156

中条百合子 367

中务 55

中西梅花 97、98、99、155

中西悟堂 145

中西伊之助 356

中野重治 161、163、168、185、358、359、360、363；中野 162；中野实 350/中野重治

中原师梁 243

塚原伏龙（岛木赤彦）110

重广虎雄 149

重仁亲王 244

舟桥圣一 336、341

周作人 自序2

朱雀天皇 240

猪野信三 362

竹田敏彦 349

竹杖为轻 89

竹中郁 152、155

竹塚东子 264

庄子 27

子毋泽宽 349

紫式部 197、214

宗长 69、70

宗良亲王 66

宗祇 69、70

邹衍 自序2

诹访三郎 328

足利尊氏 238、248

左拉 33、116、131、284、285、286

佐藤八郎 156、350、351

佐藤春夫 148、322、323、332、334、355

佐藤红绿 350

佐藤清 145

佐藤惣之助 142、156

佐野和子 175

佐野袈裟美 356

佐野岳夫 175、177、180

佐佐木邦 350

佐佐木俊郎 328

佐佐木茂索 328

佐佐木味津三 328

佐佐木孝丸 356、360

佐佐木一夫 368、372